CHINA MUSIC DRAMA
中国音乐剧

米脂婆姨绥德汉

阿莹◎著

大雨洗蓝了陕北的天
大风染黄了陕北的山
天上飘来个米脂妹
地上走来个绥德汉
妹是那黄土坡上红山丹
哥是那黄河浪里摆渡船
高坡上爱来黄河里喊
米脂婆姨绥德汉

陕西新华出版传媒集团
陕西人民出版社

编剧阿莹在陕北采风

阿莹，陕西耀县人，中国作家协会会员，中国戏剧家协会会员。1979年开始文学创作，在国家级和省级文学刊物发表200多万字的小说、散文、报告文学和剧本，多篇作品被收入各类文学选集和中学生课外读本。著有短篇小说集《惶惑》，散文集《绿地》《俄罗斯日记》《重访绿地》《旅途慌忙》，报告文学《中国9910行动》，长篇电视连续剧剧本《中国脊梁》和中国音乐剧剧本《米脂婆姨绥德汉》。其中，散文集《俄罗斯日记》获第三届冰心散文奖、俄罗斯契诃夫文学奖，散文《饺子啊饺子》获第五届冰心散文奖，报告文学《中国9910行动》获第三届徐迟报告文学优秀奖。

中国音乐剧《米脂婆姨绥德汉》2008年获陕西省艺术节优秀编剧奖、优秀导演奖等7项大奖；2009年获陕西省第十一届精神文明建设“五个一工程”奖；2010年获国家文华大奖特别奖、文华剧作奖等全部7个奖项；2012年获第二十届中国曹禺戏剧文学奖（第四届中国戏剧奖曹禺剧本奖）。

序一

赵季平
中国著名音乐家，西安音乐学院院长
中国音乐家协会主席，音乐剧《米脂婆姨绥德汉》作曲

阿莹与音乐剧

■出版社要出版《米脂婆姨绥德汉》（简称《米》剧），我感到很高兴。编辑让我写点东西，如果是让我用音乐来表述，我会从容许多，但让我用文字来表述，也不知道从何说起，那就谈一谈我与阿莹相识相知，以及合作创作《米》剧过程中的一些情况吧。

■认识阿莹是在1983年的秋天，在陕西省召开的“青年创作研讨会”上，组委会把我和他安排在一个房间。我来到宾馆，看见房间门上贴着赵季平、阿莹的名字，我心里便掠过一丝好奇，这个与会者的名字有点儿意思。刚刚坐定，房门被轻轻叩响，我赶紧起身打开房门，一位帅气的小伙站在我面前，并自报家门："赵老师好！我叫阿莹，和您住一屋。"噢！一个如此秀丽的名字附在了一位朝气蓬勃的阳光青年身上，的确有点儿意思。因为是室友，所以在研讨会上我格外关注他——认认真真听别人发言，仔细地记录着，时不时用手扶一下架在鼻梁上的眼镜，显得若有所思。回到房间我就成了他发表感想、表达理想的倾听者。这位二十来岁的阳光青年对文字充满了火一般的热情，既有清晰的条理，又有些许浪漫，此人性情也很有意思……

转眼20多年过去了，我和阿莹再次近距离见面的时候，他已经从文学青年转身为陕西省委宣传部的领导。基层磨砺赋予了他成熟的工作状态，交流中他果敢敏锐的思维方式令我刮目相看。更让我没想到的是，那么忙碌的工作不仅没有削弱他对文学创作的热情，相反，他不断积累经验、勤于思考，逐步摸索出了自己的创作方向。我们第一次的精彩合作是在2006年的春节前夕，省上要打造一台歌舞剧，主要由榆林市文化局负责。阿莹立即召集各路人马组建剧本和音乐创作班子。他第一个电话就打给了我，真诚邀请我为这部歌舞剧创作音乐，我答应接手。然而，全体主创人员在讨论剧本的时候，对剧本的可行性提出了否定的看法，建议要按照舞台表演形式重新结构。会上我提出，阿莹也是搞文学创作的，何不让他来负责剧本创作？这个提议得到了全体创作人员的认同，一阵掌声把他推到了剧本创作的前沿，并且只给他半个月的时间拿出剧情大纲。我真没想到第二天早上他就把剧情结构交给导演陈薪伊和我，并一再叮嘱导演和我要严格审查。尽管还只是个大纲，其中还有不成熟的地方，但我看到了人物关系脉络与情节的戏剧冲突，我的心已经被轻轻触动，撩起了我创作该剧音乐的欲望。经过我们主创之间的反复讨论甚至是争论，最终主要人物和故事情节在阿莹笔下确定下来，后来这部戏被定名为《米脂婆姨绥德汉》。

作为一台音乐剧，“歌”在其中的重要性不言而喻。好的歌词才能让音乐和导演有更广阔的发挥空间和余地。陕北民歌是陕北劳动人民精神、思想、感情的结晶，有其独特的表现手法和韵味，很多都是传唱的经典。虽然阿莹从事文学创作多年，写出了很多优美的文章，但民歌创作与一般的文学创作有着很大的不同，更何况是要写出具有浓郁地方特色、原汁原味的陕北民歌歌词。刚开始我是非常担心的，但当阿莹把写好的剧本和歌词放到我和导演陈薪伊面前时，我很吃惊，因为这些歌词不仅符合人物性格，而且具有鲜明的陕北民歌特征。后来我才知道，阿莹为了编写歌词，不仅翻阅了近一尺厚的陕北民歌集，更是数次走进陕北，与民间艺人、田间地头的农民聊天交流，深入一线采风。为了使人物性格更鲜明，甚至还在餐馆、在村舍收集了上百个陕北人的名字。

阿莹创作思路之敏捷、速度之快，常常让我感到惊讶。我印象最深的是，在榆林合成全剧的时候，感觉该剧的两位特邀主演——总政歌舞团的男高音歌唱家王宏伟和女高音歌唱家雷佳在剧中缺少核心唱段，经过商量，让阿莹在三天内拿出有助于人物表现力的唱词。结果他可能一宿没合眼，第二天一早就交出了既有人物个性又很质朴的让人满意的答卷，即《哥哥你笑来妹子照》和《天上的月亮钻出了云》。这两个主唱段的添加不仅使人物形象更加饱满，也使故事更有逻辑性，同时剧情更富有张力。我想这些不仅得益于阿莹长期从事文学创作而打下的扎实文学素养和写作功力，也得益于他善于向劳动人民学习、善于从民间艺术的土壤里吸取养分吧。

■ 阿莹在创作中仍然保持着一颗童心，平时也非常朴实和诚恳。在作品得到大家认同的时候，他的嘴角会露出一丝不经意的得意，不过你要改动他写的最爱之处，他实在难以割舍，也会和你急，想方设法变着花样地找理由说服你。2009年秋，陕北歌舞剧《米脂婆姨绥德汉》正式出炉，在西安的舞台上闪亮登场，在北京国家大剧院赢得满堂彩。热烈的掌声中，西装革履的阿莹依然透着阳光青年的率真，依然散发着阳光青年的创作热情，热烈的掌声中我们之间有了下一个约定。

■ 时间过得好快，阿莹已到了新的工作岗位，但工作在变迁，唯一没有变的是他的创作热情。如果说《米脂婆姨绥德汉》是我们合作的第一乐章，那么第二乐章已经开始，也许接下来还有第三乐章……

2011年12月2日于曲江

序二

陈薪伊

国家一级导演

音乐剧《米脂婆姨绥德汉》导演

坚守大爱

■认识阿莹是从叫白部长开始的，那是2005年。

■那年初夏的一个夜晚，赵季平突然给我打电话说：老姐，你娘家陕西想搞作品了，老姐得出山呀！我说：行，必须你作曲！就这样，我飞回西安住进丈八宾馆从前省上的一个“秘密”招待所。在我住房里放着一个剧本，等读完剧本，经季平介绍，在晚饭时与阿莹认识，在座的还有薛宝忠、齐雅丽等人，当时就要跟我签约，被我婉言谢绝了。我说这个剧本肯定是不行的，咱以后再合作吧。阿莹急了，也像季平那样叫了我一声：老姐，你不答应不能走。他居然还说不行你也得弄，你也是咱家里人嘛。他倒跟我不见外，我说弄砸了咋办，他说你和季平出马不会砸。这时季平说阿莹也能写，刚出了本散文集。我觉得这人挺逗，就半开玩笑说除非你部长亲自动笔写个剧本。阿莹抬眼看着我，我说你就写陕北人的人性、爱情和淳朴的感情，写个全新的人物、全新的故事，不要再是兰花花、四妹子、三十里铺了，这都弄得太多，都弄了六七十年了，你就重写一个吧。阿莹无语，又看我一眼。季平说：老姐说得对着呢，咱要弄就弄一个全新的。有了季平的支持，我便步步紧逼：为什么我这么讲呢，我从13岁开始就认识陕北人，有许许多多陕北“拜识”（陕北称结拜认识的兄弟姐妹为“拜识”）。我太熟悉陕北了，1958年我就去陕北宣传“大跃进”，每一年都会去，每一个县都走遍了，每一个重要阶段、每一个大的政治阶段艺术家需要体验生活，我都会去，对陕北和陕北人有一种特殊感情，早就想搞陕北秧歌剧。我当时激将阿莹，我说你叫我老姐，我就称你老弟，像对待季平一样对待你，你写，季平作曲，我导，咱三驾马车拉出一个新的陕北秧歌剧来……阿莹仍无语。季平激励说，你能行，大家也在旁边助阵。我拿出阿莹刚送我的散文集《俄罗斯日记》说，我翻过你这本书了，你肯定能行，你一周之内写一个提纲来，最好今晚写个梗概，明天我11点的飞机，8点半早餐时交稿。季平笑了：老姐呀，你这不是给人出难题嘛，明儿早晨就要？……阿莹看着我仍是无语。我接着说：两张纸就行；要有人文精神，要表现人性美。陕北民歌中蕴含着多美的人性啊！那都是谁写的？都是老百姓在山沟沟里唱出来的。“想亲亲想得我手腕腕软，拿起筷子端不起碗”，这就是陕北的生活。就是这样一方土地孕育了这样一群男女，别的什么都不要，碰杯吧。阿莹仍然无语，但举起酒杯一饮而尽。

第二天早上8点半，我准时到餐厅，阿莹不在，大约9点钟他到了，递给我一摞纸，十多页！他竟然真的拿出一个提纲来……我无语了，心底里生出敬佩，好一个阿莹，一夜没睡吧，脸都绿了，可是一个生动活泼的虎子的雏形依稀可见。他写了一个土匪，敢于这样切入，这是文学家的切入角度，这样的故事我国舞台上还没出现过，我没有想到他对人性的立场这样淳朴！

我们三个人的合作就从那天开始。2008年4月15日开排，将近三年修改剧本数十稿，打坏了一个电脑，我的助理换了三位，阿莹的工作转换三次，写那份提纲的时候他是在陕西省委宣传部工作，开排前已在陕西省国资委了，现在又到陕西省人大常委会工作，一路公务繁忙可想，却能这样关注人性，难得！

形成剧本的过程是艰苦的，虎子的形象最初有争议，但我们这“三驾马车”在虎子的塑造方向上始终一致，不过“三突出”仍影响着一些人，甚至曾经有人提出应该让石娃做主角，因为石娃没有缺点。虎子为什么不能做主角？为什么不能让有缺点的人做主角？阿莹写了一个当“土匪”的哥哥回来了，解剖了一个被逼上梁山的青年人，阿莹把爱投给了他，这是这部戏最有价值之处。我们就这个问题开了数次创作会，后来我急了，搬出毛泽东20世纪40年代在延安策划以“逼上梁山”为主题的《三打祝家庄》时的指示做我们的大旗。所以我几次在研讨会上说，《米脂婆姨绥德汉》里虎子的形象是中国戏剧舞台上的一个新形象。

■阿莹坚守住他对虎子的理解和爱。

■语言问题是文学创作的核心，用普通话唱陕北民歌坚决不行，因为绥德米脂的语言像我们安徽安庆话，美极了，尤其是米脂话，你就觉得说话像唱歌，特别迷人而且特别贴切。但阿莹对陕北语言不熟悉，别说绥米话了，所以阿莹得从头学之习之，非常艰苦。经过漫长的三年，《米脂婆姨绥德汉》终于孕育诞生了……

■这部戏的整个创作过程，从2005年开始到2008年演出是三年，2008年到现在又是三年，阿莹又出书了，我这里祝贺了。

2011年12月17日于上海家中

目 录
Contents

第一辑

第二辑

第三辑

中国音乐剧

ZHONGGUOYINYUEJU

《米脂婆姨绥德汉》
剧本

编剧：阿莹

主要人物

时　间：从前。

地　点：陕北。

人　物：虎　子——21岁，绿林好汉，与青青青梅竹马，对爱刻骨铭心。

青　青——18岁，米脂的俊女子，温柔而又开朗。

石　娃——20岁，绥德的石匠，民间歌手，率真而又倔强。

牛　娃——23岁，酒坊的伙计，爱慕青青已久，软弱而又执着。

青青娘——52岁，青青的母亲，淳朴的米脂妇女。

老羊倌——50岁，牧羊老人，喜好牧羊唱歌。

梁婆子——年龄不详，村里的媒婆子，能言善辩。

翠　翠——年龄不详，村里的女歌手，诙谐而又善良。

师爷、后生、弟兄、女子、媒婆、碎娃等若干。

第一幕

ACT
ONE

〔黄河神曲幽远而热烈，久久在空中回荡。
〔在陕北的黄河边上，一面高坡缓缓而上融入波澜起伏的地貌里，点缀在高坡上的山丹丹张扬着红艳艳的笑脸，与藏匿在山峁后面一群无忧无虑的娃娃相映成趣，娃娃们嬉笑着打闹着，稚嫩的童声响彻宽阔的山坳，构成了一幅民风浓郁的风俗画。
〔终于，裹着红兜肚儿的一群小娃娃，光着屁股从黄土中一耸一耸摇摇摆摆地钻了出来。

众男娃（唱）　　《黄河神曲》

天上有个神神，
地上有个人人。
神神照着人人，
人人想着亲亲。

〔河边走来一男一女两个娃娃，男娃叫虎娃，穿着有些破旧的小棉袄，但那薄薄的嘴唇执拗地一张一合，与那名叫青青的小女娃演绎着他们的梦想。女娃系着一块红红的兜肚，衬着红红的脸庞，头顶上两个活蹦乱跳的羊角辫，把藏在衣兜里的粉红手帕都牵了出来。

男　娃　你到黄河边干甚来？

女　娃　我来看你嘛。

男　娃　那……那你做我的婆姨好吗？

女　娃　好啊，那你甚会儿娶我呀？

男　娃　等你长大了我就娶你。

女　娃　那我甚会儿才能长大呀？

男　娃　明天，明天你就长大了！

女　娃　那我把手帕送给你，可不要明天丢了。

男　娃　丢……这手帕就是我的命根子，我咋能丢呢！（欲拿手帕）

女　娃　那我给你。

男　娃　那你得亲我一下……

〔女娃慢慢凑上去又停住，音乐浪漫。

女　娃　不敢，不敢嘛。

男　娃　咋了？

女　娃　怀上娃娃了咋办嘛？

〔这时，那群光屁股娃娃们探出头嘻嘻笑起来，童声笑声响彻天际。

〔阳光在白昼间反复，音乐大作……

〔众男娃长大了变成了众后生，他们仍裹着红兜肚，从高高的山坡上走下来，簇拥着一位美丽动人的长辫子姑娘。

青　青（唱）　　《黄河情歌》

天上的鸽子地上的鹅，

石娃（贺斌扮演）与青青（王晓怡扮演）互表情意

石娃（王宏伟扮演）与青青（雷佳扮演）互表情意

一对对毛眼眼照哥哥。
哥哥你笑来妹子照，
照着哟照着哟贴个近近了。

黄河里划桨哟船对个船，
世上的人儿哟就数哥哥好。
哥哥划桨妹掌舵，
信天游塞满河道道。

众后生（唱）　　黄河里划桨哟胆气个壮，
缠磨妹子哟日子长。
白天想妹山上望，
黑夜里想妹爬上房。

〔有位憨厚的小伙子从人群中挤出，他是酒坊的伙计牛娃，面带羞涩朝青青摆手。

牛　娃（唱）　黄河里划桨哟顺溜溜个快，
牛娃跟妹子有情缘。
箍窑洞哟推车车欢，
冬日里送柴不得闲。

青　青（唱）　黄河里划桨哟船对那个船，
牛娃的实诚打动天。
……
睁大了毛眼眼四处瞭……

〔有个精干的小伙子也从人群中冲出来，他是绥德城里的石匠，爽朗镌刻在他棱角分明的脸颊上，炯炯的眼神随着信天游聚焦到青青身上。

石　娃（唱）　黄河里划桨哟忽悠那个闪，
毛眼眼瞭得哥哥心里乱。
有心爱妹哟家中寒，
只有一副呀好个身板。

白格生生脸蛋苗格条条腰，
走过了崖畔畔山也摇。
红格樱樱小口歌声飘，
树林林的山雀雀也跟着笑。

青　青（唱）　黄河里划桨哟船随那个船，
照见哥哥哟好喜欢。
不图你人来不图你的钱，
单图你的那个好嗓弦。

〔石娃闻声高兴地围着青青转了个圈，大声对着青青“耳语”。

石　娃　你爱听呀哥就唱给你听。

（唱）　　　《山丹丹开花》

山丹丹开花红个艳艳，
想你的后生排成串串哟。

青　青（唱）　　山丹丹开花背洼洼红，
酒盅盅量米也不嫌你穷。

石　娃　青青，这是哥亲手给你打的石狮子，今天送给你。

〔众后生羡慕地唏嘘不已。

〔这时青青娘在山后喊：“青青！”

〔青青娘盘着头，沉着脸，穿着对襟蓝衫，趺趺撞撞地跑过来，老羊倌尾随其后。

众后生　大婶。

后生甲　大婶，青青看上绥德的穷石匠咧。

青青娘　（不悦）青青！你咋爱上他了？他就是河对岸一个穷石匠啊！

青　青　娘，他雕的石狮子呀，眼睛乌溜溜的，滴上水就会跑出门。他唱的信天游呀，崖畔上的小鸟听见都会跟着叫唤呢。

青青娘　青青，这会唱歌的人，心里太活泛，靠不住啊。

老羊倌　（生气地捅了一下青青娘）你咋这样说呢？我不就是个会唱歌的人吗？

〔众人善意地大笑。

青　青　娘胡说咧，石娃可不是那种人，你忘了，还是他把我从狗嘴里救下的！

青青娘　啥？他啥时救过你？

虎　子　（忽然在山崖高喊）青妹子，你咋把哥给忘咧！

〔众人扭头看到，从山崖通往河畔的路上来了一支骑马的队伍，领头的浓眉大眼，脸庞上镌刻着彪悍，他就是当年的虎子，正率领众弟兄大摇大摆冲下山来。这个虎子虽脱了早年的稚嫩，却对黄河畔那个“结婚仪式”难以忘怀。

虎　子（唱）　《相思歌》

南风风刮过草留下根，
人里头挑人实在苦心。
豆子里头数不过豌豆豆圆，
谁也数不过呀我可怜。

刮了几天南风没下一滴滴雨，
拜了回天地没亲一回呀嘴。
白格生生脸脸哟黑油油头，
米脂县里就数你风流。

〔看到众人都站着发愣，虎子下马走过来。

虎　子　青妹子，你真的把哥给忘了？你看这块手帕，我一直藏到今天。

青　青　虎子？

虎　子　牛娃，石娃。

石　娃　虎子哥！（拉住虎子的手）

老羊倌　虎子，你不在山上当你的山大王，跑这儿做甚来咧？

虎　子　羊倌叔，你就甭管后生们的事了，管好你跟青青娘的事，我就把你当老丈人侍奉了。

老羊倌　（恼怒）虎子，你胡说啥呢？

石　娃　虎子，你回来晚了，青青早不是你的妹子了！

虎　子　那不会，我俩的事你们不知道，青青知道我说的啥意思。青妹

青青（王晓怡扮演）与石娃（贺斌扮演）深情对唱

子，你咋见了哥不叫呢？

石　娃　（急促）青青，你可别忘了野狗那年撵过你！

虎　子　（皱眉）什么野狗？你骂谁呢？

翠　翠　（自语）哈哈，这下可有好戏看了。

青　青　（斜睨石娃一眼）虎子哥啊，你……你说的那些，都是当娃娃时耍呢，你咋还当真呢？

众弟兄　咦，这女子耍赖了。（齐吼）耍赖了！

〔虎子示意众弟兄安静，青青娘上前两步。

青青娘　石娃。

石　娃　大婶。

青青娘　虎子。

虎　子　哎，大婶！

青青娘　你们不是都想要青青做婆姨吗？可我只有青青这一个女子。（走

过去拉住牛娃）今天呀我做主了，把青青许给牛娃了。

青　青　娘，你这是干甚呢吗？

青青娘　没良心！你牛娃哥给咱家打井箍窑，待你呀，就像亲哥哥一样。

青　青　我……我就是把他当亲哥哥嘛。（转向牛娃）哥！亲哥！亲亲的亲哥嘛！

牛　娃　（迟疑）嗳！妹子，我就是你的亲哥。

〔牛娃的性格全长到脸上了，圆圆的眼睛透着憨厚，也把任劳任怨演绎得细致入微，他从小就爱青青，却只是在青青家里忙碌，期望有一天能感动心爱的女子。

〔虎子见状，撇嘴笑笑走上前。

虎　子　大婶啊，你就别说了。牛娃嘛，青妹子不愿意嫁。石娃嘛，你又不愿意给，那青妹子就是我的了。青青，这彩礼啊，我早就备好了，弟兄们，送彩礼喽！

〔送彩礼的众弟兄欢快地舞动起来，朝村里去了。

〔石娃要冲上去拦住送彩礼的队伍，被硬拉住了。

女子甲（领唱）　远望绥德城啊，
二水绕城流。
观音阁好像亮水珠，
西山寺好像凤凰头。
大理河的石狮子啃绣球，
口唱那山曲不犯愁。　※

男子甲（领唱）　远望米脂城啊，
盘着九条龙。
城西有个貂蝉洞，
城中有个闯王宫。
如今出了个青妹子哟，
照亮米脂一座城。　※

牛娃（武合瑾扮演）向青青（雷佳扮演）表白爱意

众　人（伴唱）　青涧的石板哟瓦窑堡的炭，
米脂的婆姨哟绥德的汉。
结下的姻缘唱呀唱不完哟，
米脂的婆姨绥德的汉！

〔老羊倌跟随青青娘走到村口外的山坡上。
〔翠翠也站在远处的山坡上瞭望着他们。

青青娘　你跟着我做甚？
老羊倌　看你走哪呀？
青青娘　给虎子退彩礼呀。
老羊倌　（嬉笑）那……这事还得是我去吧。
青青娘　看把你骚情的。

老羊倌（唱）　三月的桃花漫山山红，
世上的男人就是爱女人。　※

翠　翠（唱）　六月的日头腊月的风，
老祖先留下个人爱人。　※

〔青青娘顿时脸红了，扭头朝山崖瞥了一眼，羞得匆匆返回村子了。

翠　翠（唱）　黑夜里我抱着枕头睡，
亲口口亲了一嘴荞麦皮……　※

〔老羊倌恼得用粪铲铲起土圪垯，朝山坡上的翠翠扔去，翠翠笑得前仰后合。
〔山坳终于平静了。

第二幕

ACT TWO

〔小村落旁边的土崖下，生长着一片苍翠的枣树林，有个敲打不绝的石作坊堆满了山里采来的青石，一群年轻的石匠围着青石精雕细琢，有的已显出狮形，有的露出虎威，有的像头绵羊，大大小小的石雕把个小山坳扮成了一个动物乐园。

〔几对恋人不时从枣树林里闪出来，甜甜蜜蜜，手舞足蹈。

青青 众女子（唱）　　《石场道情》

枣林的鸟儿河畔上草，
我想我的哥哥石场里照。
六月里那个天气热难当，
你送我的石狮子醒来了。

石娃 众后生（唱）　枣树林里小鸟喳喳个叫，
我的嗓弦一开青青你就笑，
一天里没有了青青的笑啊，

闹呀么闹闹闹……

石狮子雕成个小花猫。

后生甲　这米脂的姑娘又来闹咧。

〔石娃正在雕琢一尊石狮，虽说四只爪子还很模糊，但狮头上两只眼睛已经瞪大了。

〔青青从树林中闪出来，动人的大眼睛忽闪忽闪，即使不说话也会让人着迷。她是那么喜欢信天游，为听石匠们的歌声，常常蹲在崖畔上，从前晌听到后晌。

〔石娃追寻喊声跑过来，却左瞧右瞅看不见，但他忽一转身，青青已笑吟吟站到面前，两人欢喜地抱住又分开。

青　青（唱）　《亲亲热热相跟上》

太阳临落呀西方方红，
为照哥哥呀上枣树树。
天河的水哟空中的云，
想起我的哥哥不守神。
山羊绵羊哟一搭里走，
我和我的哥哥手拉手。

石　娃（唱）　满天星星一颗颗明，
满世界我就挑下妹妹你一人，
荞麦麦开花哟满秆秆红，
一挑你人品二挑你心。
清格粼粼河水哟千里个长，
咱两人亲亲热热相跟上。

幕后男声伴唱　麻雀雀叫来九十月个天，

背坡坡成亲呀真可怜。
墙头上那个跑马还嫌低，
面对面抱住我还想你。　　　　※

幕后女声伴唱　妹妹要拉哥哥的手，
哥哥要亲妹妹的口，
亲口口呀拉手手，
咱两人往那背圪里走。

哥哥要拉妹妹的手，
妹妹要亲哥哥的口，
亲口口呀拉手手，
咱两人往那背圪里走。　　　　※

〔石娃想亲青青了，青青闭上眼睛噘嘴等待着……忽然，石娃犹豫停住了，低头沉默不语。

青　青　（睁开眼）咋了？野狗撵我，你都敢上，还怕甚呢？

石　娃　不是，不是。

青　青　是啥？（见石娃不语）你要后悔了，那……那我就跟虎子上山做压寨夫人去！

石　娃　我不是后悔，我是怕你后悔。

青　青　我后悔？

石　娃　你想我现在穷得叮当响，你要跟了我，可就要过苦日子了。

青　青　石娃，你可不要把人看扁了，有钱没钱我都要进你石

娃家的门！

石　娃　青青啊！你是米脂最俊的姑娘，我也是绥德的好石匠，我不抢人不偷人，也要光光堂堂八抬大轿接你进家门。

青　青　（噘嘴）石娃哥，我可不要八抬大轿，我就要你。你那年把我从狗嘴里抢下来，我就是你的人了。不然，等我被虎子抢上了山，你就等着来娶我的魂吧！

石　娃　那……那我就去走西口，回来就娶你。

〔忽然，牛娃急匆匆提着牛鞭赶到了枣林。

牛　娃　（压低声音急促地喊）青妹子，你快跑啊！

石　娃　牛娃，出啥事了？

牛　娃　虎子带着人来抢青妹子了。石娃子，你带上青妹子快跑吧！

石　娃　跑啥？（扭头）青青不要怕，有哥呢！

〔话音刚落，山寨的弟兄们就上来了，将青青和石娃紧紧围住，虎子在后面快步上前。

虎　子　青妹子，太阳这么毒，你到这石雕场做甚呢？

石　娃　（挺身上前）她是来找我的。

虎　子　找你做甚？

青　青　哼！我还不是你的人呢，你就管得这么宽？再说了，我娘已经把彩礼退给你了。

虎　子　这事能说退就退？

青　青　咋了？我就是不情愿嘛！我喜欢的人是石娃哥！

虎　子　（气得一跺脚）青青，这你可不能胡说！

弟兄甲　虎哥，别跟他们废话了！（弟兄们摩拳擦掌想动手）

众弟兄（唱）　大红个果子早该剥皮皮，
虎哥你拧拧次次羞先人。
现在就抬上嫂嫂进山寨，
晌午喝喜酒晚上闹洞房。

老羊倌（雒胜军扮演）牧羊放歌

咿儿呀哟……

众弟兄　哈哈！抢了！

虎　子　（瞪眼）都不要胡来！

〔牛娃领着老羊倌和青青娘与乡亲们赶来了。

老羊倌　虎子，你跑到石雕场来干甚？

虎　子　我来找青青。

老羊倌　人家还没答应你呢，你急个甚呢？

虎　子　我怕她被人拐跑私奔了。

青　青　你……

石　娃　虎子，哼！我就不是那偷鸡摸狗的人！

虎　子　你啥意思？

青青娘　虎子啊，你让大婶我咋说呢……？

虎　子　大婶，你就直说吧。

青青娘　你从前虽说也是咱绥德的好后生。可是——

（唱）　小老虎上山做了威风，
大婶收钱送女心里怎安宁？
青青若进了山寨做夫人，
我这张老脸可往哪里丢？

虎　子　大婶——

（唱）　《山寨对唱》

穷汉汉偷瓜实无奈，
黑皮们日鬼我进牢监。
山上安寨已经三年半，
没抢过穷人一文钱。

众兄弟（唱）　没抢过穷人一文钱！

青青娘　可人活脸，树活皮，你不准再缠我家小青青。
石　娃　听见了么，你不准再缠我青青妹了。

（唱）　山头上刮风树林林响，
有势人挡不住石娃子唱。
吃了秤砣铁了心，
娶不上青青誓不为人！

虎　子　哟！你还硬格铮铮啊！
青青娘　石娃子，你也别放大话，你拿甚娶我家青青啊？
虎　子　是啊！你拿甚娶青青？
石　娃　大婶，你就放心吧！我这就拉石雕走西口呀，等我赚够了钱，就

老羊倌（雒胜军扮演）与众小羊

来娶青青！

虎　子　石娃子！行啊，看来你还是个硬骨头，既是这样，我还有话呢，你走西口回来的时间，不能超过七月七。

石　娃　为啥非是七月七？赶不回来咋个说？

虎　子　石娃子，我们可都是绥德的汉子，七月七，是媒婆子给我算下的喜日子，到时见不到你人回来，青青就是我的婆姨了，（拉住青青对石娃）以后你可不准再跟我耍麻缠！

石　娃　（见状也拉住青青，对虎子）你……你这是有意刁难人！

虎　子　咋是我刁难你？是你硬要跟我耍赖皮，这里我才让你一个脸。

石　娃　（稍顿）虎子，我现在就告诉你，七月七，我肯定回来！

青　青　石娃哥，你走了，就不怕虎子他……他抢人？

石　娃　虎子，抢人可不算能耐啊！

虎　子　这你放心，我保证明媒正娶！

〔青青愤怒地猛挣开石娃和虎子。

青　青（唱）　《心里有谁就是谁》

我是一个人不是一只羊，
任由你们推来搡去牵回房。
我心里有谁就是谁，
不容你俩瞎嚷嚷。

女　声（幕后伴唱）　我心里有谁就是谁，
不容你俩瞎嚷嚷。

石　娃　青青，我石娃这辈子娶你娶定了！

青　青　石娃哥……

石　娃　我这就驮上石狮子走西口，七月七日头顶到山峁，我肯定回来娶你做婆姨。

青　青　石娃哥，这围巾可是我亲手绣的，你围上它就是我抱着你。

石　娃　青青，你好好等着哥回来啊！

青　青　路上小心啊。

石　娃　（喊）后生们，走西口咯！（带领众后生走了）

〔一群女子走到山崖下的黄土地上瞭望，青青抱住老槐树拼命朝山下挥手。

〔川道上顿时响起一片“叭叭”的马鞭声。

青　青　石娃哥……（回声）石娃哥……

石　娃　青妹子……（回声）青妹子……

青　青（唱）　《哥哥走来妹妹照》

哥哥走来妹妹照哟，
照着照着哟走远了。
脚扎上石头手扳上墙，
眼泪汪汪滴在红鞋上。
照见山来照不见人，
眼泪打得脸蛋蛋疼。
前山里有雨后山里雾，

照不见哥哥走的哪条路？

〔石娃在山里回应：“青妹子——”

石　娃（唱）　　《我的小亲亲》

哎，我的小亲亲，
叫声妹妹你泪莫流，
泪蛋蛋打得哥哥心尖尖痛。
实心心的哥哥也不想走，
真魂魂还在妹妹你左右。

哎，我的小亲亲，
叫声妹妹你莫要哭，
哭成个泪人人你叫哥哥咋上路？
西口的路上曲弯弯多，
等我挣上十斗八斗就折回头。

哎，我的小亲亲，
妹妹你守住大门放开狗，
宽宽心心坐在热炕头。

等到那大雁排成行哟，
妹妹呀可要迎我到渡口。

〔虎子看到这一切蹲坐到地上，摇头叹气。

弟兄甲　虎哥，我去给他路上搞点麻烦，保准叫他七月七回不来。

虎　子　滚开！咱明人不做暗事，谁也不能搞鸡鸣狗盗的事。

〔老羊倌这时忧虑地赶着一群绵羊慢慢凑过来，众弟兄只好悻悻退下。

虎　子（唱）　这么长的个辫子哎，
探呀么探不上个天。
这么好的个妹妹哎，
谋呀么谋不上个面。

这么旺的火来哎，
烧呀么烧不热个你。
这么好的妹妹哎，
害呀么害得我心烦乱。　　　　　　※

老羊倌　憨娃子，你咋也跟我一样一根筋呢，这川道里你看上谁家姑娘，我给你寻摸去。

虎　子　哼！我就不信，我还斗不过一个穷石匠。

老羊倌　憨娃子哟，你可千万千万不敢胡来啊，这羊要天天拦，女人要慢慢缠。

虎　子　羊倌叔，我咽不下这口气呀！

〔旁边众女子被感动得想起了什么，簇拥着朝远处挥动手帕。

众女子（唱）　　《走呀走西口》

一年一年走西口，
一年一年哭到头。
西口的大路直道道少，
西口的泪蛋蛋串成河。

〔虎子和老羊倌在歌声中相跟着朝山崖深处走去，四周渐渐静下来了。

第三幕

ACT THREE

〔这天晌午，村里的梁婆子与众媒婆摇摇晃晃地赶来了。

梁婆子（唱）　　《媒婆提亲曲》

哎，拧个拧个上台来，
米脂出了个小貂蝉。
柳叶眉来红脸蛋呀，
樱桃小口哟毛眼眼。
咿儿咿儿呀，唉嗨嗨……

媒婆甲　哎呀，那青青真是个小貂蝉，满城的后生都看上她咧。

梁婆子（唱）　哎！我提的后生二十三，
浓眉大眼是个硬汉。
赶车上路呀不驾辕，
气得老汉胡子翘上天……

众媒婆　（嘲笑）不驾辕小心掉沟里了。

媒婆乙（唱）　哎，我说的后生是人尖尖，
从小就在私塾把书念。
前前后后那个八百年呀，
人家娃能说清能道白……

众媒婆　（嘲笑）能知道前后八百年，怕是个不敢上床的小半仙啊。
梁婆子　你们都别乱喊了，今儿个我可是虎子托的媒。
众媒婆　哎，不就是个山寨头嘛，看把你张狂的。
梁婆子　哎，你看不出来嘛，赶七月七石娃肯定回不来，青青不想嫁虎子都不成了！

〔七月七中午，黄河渡口边。

梁婆子（雒翠莲扮演）与众媒婆去青青家说媒

〔河水哗哗地流向了远方，河边一群姑娘摆着浆洗的衣服，唱着忧伤的信天游。只有青青手里没拿衣服，只是站在河边的老槐树下，朝着河水奔来的方向张望，仿佛石娃会从哪朵浪花里冒出来。所以她不停地向河神祈祷，保佑石娃平安归来。

〔青青的虔诚感动了洗衣女，大家也围上一起跪下祈祷。

青　青（唱）　　《拜河神》

河神啊河神快快显灵，
快把石娃哥追回回门。
石娃哥进窑下褡裢，
我扑进怀里贴上上身。

女子甲　青青，你可不敢想石娃想疯了啊。

女子乙　青青，你可不要想石娃想成个半憨憨！

众女子　（哧笑）

（唱）　我想哥哥心烦乱，
煮饺子下了两颗山药蛋，
想哥哥想得不能能，
趴在地上画人人。

前半夜想哥哥吹不熄灯，
后半夜想哥哥翻不转身。
想哥哥想成个半憨憨，
推磨倒把那驴套反……　　※

〔这时梁婆子率众媒婆扭扭摆摆走过来。

梁婆子　青青，你就认命吧，这走西口难事多，现在日头已经偏西了，石娃就是现在回来，你也得嫁给虎子了。

梁婆子（雒翠莲扮演）劝青青嫁给虎子

青　青（唱）　　《不信哥哥不回来》

黄瓜把子哟黄连根，
见不到石娃我不甘心，
等烂石头等烂铁，
等不回石娃我心不歇。
水流千里归大海，
我不信石娃不回返。

梁婆子　青青，你快看，虎子他接你来了。

〔这时娶亲的唢呐声顿时响起来。

〔虎子率弟兄们风风光光赶过来，他身穿新郎服喜气洋洋，手上还托着一个红盖头。

虎　子　青妹子，我今天可是明媒正娶来米脂接你的。

青　青　虎子，我告诉过你，不管咋说，我是非石娃不嫁！

梁婆子　青妹子，你不敢胡说了。那石娃和虎子早定下的誓约，七月七晌午是个坎，现在日头已经偏西了，已经没有石娃说话的份儿了。

虎　子　他石娃要是有你，他就会赶回来的，到现在还不见个影，你就……

青　青　就啥？我生是石娃的人，死是石娃的鬼！

虎　子　青妹子，那……那为啥嘛？

青　青　我的命都是石娃从狗嘴里抢下的。

虎　子　（一愣）青青你……你是骂我？（上前拉住青青）你快跟我走吧！

青　青　你再逼我，我就跳黄河找我石娃哥去呀！

虎　子　青妹子，你可不敢胡来！

〔突然，黄河里漂来一条小船，船上有一座挂满彩灯的花轿，那高亢的信天游也随之飞过来。

〔隐约可见石娃在船上频频招手。

石　娃（唱）　　　《河畔对歌》

上一道道坡来下一道道梁，
想起我的小青青心慌忙。

青　青　是他……是石娃哥回来了！虎子，你听，是我石娃哥回来了！
众　人　回来了，回来了，石娃回来了……

石　娃（唱）　你不去掏菜呀崖畔畔站，
把我个后生娃心拨乱。
唉嗨唉嗨嗨……

青　青（唱）　日头临落引着一把火，
我借上搂柴呀瞭哥哥。

石娃幕后唱　一盏盏彩灯呀轻风风摆，
青青呀笑格嘻嘻把门开。
热格腾腾米酒豆芽芽菜，
忙忙给哥哥我端上来……

虎　子　石娃子，现在七月七晌午已过了，我们有约在先，绥德的汉子要讲信义，不要把脸丢到人家米脂了。
石　娃　（故意俏皮地冲虎子边扭边唱）

《二月走西口》

正月里驾辕二月里走，
六月里上了西包唉嗨头。
走了一回西包头出了一回口，
买了顶花轿往回走，

梦里的婆姨可不敢出岔口。

虎　子　石娃子，你也太鬼了。

石　娃　虎子哥，你以为就你聪明。（转向众媒人）媒婆子们，把钱拿上，跟我走！（他把一包包钱扔给媒婆）给我备好彩礼备好马，我要八抬大轿去娶我的青妹子了。

〔众人喜气洋洋系好船，等待石娃上岸来。

〔青青兴奋得手舞足蹈，嘴里却故意唱出埋怨。

青　青（唱）　《紫蓝蓝天上彩灯摆》

青天蓝天紫蓝蓝的天，
哥哥你一走见不上个面。
心里梦里口里念，
哥哥呀你咋今天才回返？

石娃幕后唱　一盏盏彩灯呀轻风风摆，
青青呀笑格嘻嘻把门开。
热格腾腾米酒豆芽芽菜，
忙忙给哥哥我端上来……

〔只见石娃背着一个褡裢跳上岸，依然是那么英气勃发，脸上带着胜利者的微笑。

〔当石娃终于被人们簇拥进村了，青青还沉浸在重逢的喜悦之中，又歌又舞，当她想起自己应该回家做些新娘的准备了，扭回头却发现虎子正面色沉沉地站在回村的路上。

〔那个被冷落了的虎子一直在凝视着眼前突然发生的变故，揪心地看着这一对忘乎所以的有情人尽情宣泄，就连那些被石娃激怒的弟兄们也被虎子冷峻的表情震慑住了。

青　青　（迟疑地）虎子哥……？
虎　子　你还记得吧，咱们小时候，就在这河边上，你说过的话……？

〔交叉闪回——
〔黄河神曲起，两个小娃娃走出来。
男　娃　你做我的婆姨好吗？
女　娃　好！那你甚会儿娶我呀？

虎　子　（旁白）是你让我娶你的！

男　娃　等你长大了我就娶你。
女　娃　那我甚会儿才能长大呀？
男　娃　明天，明天你就长大了！

虎　子　（旁白）你现在已经长大咧！我就回来找你了。（激动地）绥德汉子可说话算数呢，是你让我来米脂娶你的。

男　娃　那你得亲我一口……
女　娃　哎呀，不能、不能嘛。
男　娃　咋了？
女　娃　怀上娃娃了咋办呀？
〔众娃娃的笑声嘻嘻地浪过崖畔去了。

〔闪回——
虎　子　青妹子，娶你是我睡不醒的梦啊，（说着掏出那只粗布手帕）这些年，你送我的这只手帕我就没有离过身。

虎　子（唱）　《天天想念小青青》

炉坑里烧麦根忽闪闪红，

虎子（韩军扮演）与众弟兄到青青家迎亲

天天想着我的小青青。
大喜鹊年年飞进山寨门，
不见书信不见你个小青青。

青　青　（噘嘴）哼，哼！

（唱）　　那一年正月十五耍社火，
谁知你看上谁家婆姨撇下我。
要不是遇见我的石娃哥，
青青我就在川道里喂了狗！

虎　子　你说啥？

青　青　那年，要不是石娃哥救下我，我早就喂野狗了。

虎　子　你是说，是石娃救了你？

青　青　谁知道你看上谁家婆姨不见了！

虎　子　天上的神神啊，可要给我做个证。青青呀，今天我可要跟你讲清了，那一年闹社火，我看见一群泼皮胡骚情，我怕你吃亏，就随手给了一石头。

青　青　后来有野狗撵上来，是石娃哥跳下山崖救了我。

虎　子　谁知那小泼皮不经打，一伙人到处转悠想抓我，我才躲进山里没回村。

〔青青被虎子感动了，眼里涌满了泪花，她双手捡起那块浸着虎子体温的手帕。

青　青　虎子，你说的可都是真的？

虎　子　青青呀，我还能骗你？这些年我天天都想下山来找你，可是我怕连累你。青妹子，我发誓这辈子就娶你一个婆姨！今天娶了你，进门就拿柜钥匙，只要你发话，我们住上几天就离开山寨过日子。

青　青　不！

虎　子　咋了？

青　青　我……我不能……我不能嫁给土匪当婆姨！

虎　子　你说啥？

青　青　我不能嫁给土匪当婆姨，丢死人了！

虎　子　你……你，你……？青妹子，我虽然上了山，可我的心是真的，血是红的，我可没抢过穷人一文钱！

〔虎子见青青对自己的痴情会是这么一种态度，恼得他突然拔出匕首，朝自己的手腕狠狠一刀，鲜血哗地涌出来。

青　青　（一愣，急扑上去）虎子，你干啥呀！（抓住虎子流血的手臂）虎子哥啊！

虎　子　我要你看看，我这血是红的，还是黑的。

〔青青蓦然怔住了，她没想到虎子会有这个举动，她紧紧抓住虎子受伤的手腕，用那块儿时手帕包扎起来，泪水从眼眶里流下来，落到虎子的手腕上。

青　青（唱）　《下辈子再还哥哥情》

天上的太阳昏格沉沉，
糜子地的人儿转个昏昏。
川道里都说虎哥上了山，
耳朵里灌满了山寨的传言。

天上的月亮钻出了云，
虎哥的情谊妹子肚里明。
小小的手帕闯下了祸，
哥哥伤痛连在妹妹我心上。

天上的星星哟亮晶晶，
妹子我欠下你的人情。
今生我已是石娃的人，
下辈子我再还你虎哥的情。

青青娘（徐云霞扮演）与牛娃（武合瑾扮演）商议保护青青

众女声（唱）　今生我已是石娃的人，

下辈子我再还你虎哥的情。

〔青青内疚地给虎子跪下连磕了两个头。

虎　子　不！不！我不要下辈子，我没有下辈子，我就这辈子，不，我就今天娶你娶定了。（猛地一把扛起青青）

〔众弟兄哗啦一下吆喝着拥上来。

众弟兄　嫂子哦，我们走咧！

〔青青娘和牛娃在院子里急得一筹莫展。

青青娘　牛娃，你还愣着干啥？！你就看着你青妹子让虎子给抢走？

牛　娃　（蹲在一个酒坛子边上琢磨着）我正在想呢嘛！

青青娘　唉，你还想个啥？

牛　娃　（一拍脑袋站起来）我想好了，我去告诉石娃，叫石娃再把她抢回来！

青青娘　哎，牛娃！你愿意青青嫁给石娃？

牛　娃　古人说了，长兄如父。

青青娘　你说甚？

牛　娃　我是当哥的，只要我妹子愿意，我就愿意，我妹子喜欢，我就高兴。

〔牛娃提起一坛酒冲出院子。

〔青青娘气得直点牛娃背影，摇头叹气。

〔老羊倌边走边唱来到院子里，却不知该怎样安慰这家人。

老羊倌（唱）　《最数哥哥难》

头羊那个昏头羊群乱丢丢，

满山的羊群哎钻进了深沟。

红格丹丹的日头照崖畔哟，

你看这当哥哥的难也不难？

石娃（王宏伟扮演）准备去抢回青青

第四幕

ACT FOUR

〔一支娶亲的队伍夸张地颠着轿唱着歌大步走来，虎子骑马跟在花轿旁，悲凉而痴情地表达着内心的向往，但是青青坐在花轿里一声不吭。

众弟兄（唱）　　《山寨歌》

要喝就喝咱高粱酒，
要唱就唱咱信天游。
要娶就娶米脂妹哟，
要活就当山寨头！

〔虎子苦涩地看着舞轿的队伍摇摇头。

虎　子（唱）　　《爱妹妹能舍命》

天上的星星哟配格对对，

人人都想我那青妹妹。
骑上那骆驼峰头头高哟，
人里头要数咱二人好。

拜过天地拜过堂啊，
红嘴嘴早就嘬到我脸庞。
青青掀帘照一眼哥吧，
手帕香香还藏在胸口口。

飞过的大雁啊快来做证，
哥爱妹妹能舍上小命。

〔虎子期盼青青回声对唱，可花轿里依旧没一点儿动静，虎子忍不住想掀开轿帘看个究竟。

〔忽然，石娃领着众后生也抬着花轿追过来，怒冲冲堵住了虎子娶亲的队伍。

石　娃（唱）　　《对酒歌》

黄河里浪头哟打浪头，
川道里后生不怕苦，
有骨气喝下这坛酒，
咱们一对一交个手！

〔牛娃搬上一坛酒放在两人中间。

牛　娃　虎子，你们两个都想娶我妹子。今天，谁也不要打架！我做酒官，你俩比喝酒，谁赢了，谁就娶我妹子！

虎　子　哼！牛娃，我知道你向着谁呢，咱们都是从小一块长大的，这会儿你要把心放在正中间！

牛　娃　你放心，我当然向着我妹子嘛！

虎子（韩军扮演）与石娃（王宏伟扮演）争抢青青，牛娃（武合瑾扮演）上前调解

虎　子　（严厉地）石娃，咱们都是绥德汉，也都爱青青，可是今天她已经上了我虎子的花轿，现在已经出了米脂县界，她就是我的婆姨了，你就老老实实给我让开！

石　娃　什么？我让开？

虎　子　石娃，你要让开，算你仗义够朋友。（盯着石娃的眼睛，忽转念一想，冷笑）要不……你帮我去劝劝青青，让她好好跟我过日子。

石　娃　（斜睨）什么？叫我去劝青青？（沉吟一下，猛推开虎子喊）青青，你听好了，你石娃哥接你来了。

青　青　（闻声走出花轿）哥哥，我的石娃哥啊，我就想你连野狗都不怕，还怕……

虎　子　青青你胡说甚？

青　青（唱）　《心中只有你》

荞面皮皮架格墙飞，
想哥哥想成黄脸鬼。
我心中有你就有你，
哪怕他别人跑断腿。

石　娃（唱）　《相好一辈子》

三十里明沙二十里水，
八百里路上寻妹妹。
就是做鬼也不分离啊，
咱俩人相好一辈辈。

〔虎子苦涩地看着舞轿的队伍直摇头。

虎　子　你，你石娃太过分！

山寨的弟兄将青青抢走

石　娃（唱）　　　　　　《绥德汉子歌》

一道道坡来一道道梁，
绥德的汉子硬格铮铮。
一坛坛烧酒给我端上来，
看咱二人谁个最有情！

虎子　石娃（重唱）　一道道山来一道道沟，
川道里的狼狗耍威风。
你今天冲了我的喜，
我也要让你吃苦头。

黄河里浪头哟打浪头，
川道里后生不怕苦，
有骨气喝下这坛酒，
今天咱们两个交个手！

虎　子　石娃，我平常看你是条汉子，没有跟你较劲，可你今天闹婚闹到这田地，是非逼我动手不可啊！

众弟兄　大哥，抢了！

〔众后生和众弟兄一拥而上对打起来，虎子与石娃、牛娃都去抢青青。

〔争抢中，石娃被人踢倒又爬起，牛娃硬把青青从人群里拉出来交给石娃。两人急忙跑上山崖，虎子发现要去追，被牛娃死命拦住。

〔但虎子一挥手，石娃、青青的去路被另一拨山寨弟兄给挡住了。

青　青　虎子，你再逼我，我就跳崖了！

石　娃　青妹子，今天我跟你一起跳！

牛　娃　青妹子，可不敢啊！（怒对虎子）虎子！你就这样爱俺妹子？你真的要逼她去死？（见虎子愣住）你再逼她，她真的会跳下去！

石娃（王宏伟扮演）向青青（雷佳扮演）深情告白

虎　子　（悲情）青青……青青……你真的要为石娃去死？我真的在你眼里是畜生？是野狗？！

〔山坳里顿时静了，所有的人都闻声愣住了，看着青青石娃被虎子弟兄团团围住。

牛　娃　（喊）虎子，强扭的瓜不甜啊！

虎　子　（喊）可我等青青已经八年了！

牛　娃　（喊）黄河的筏子一头沉不行啊！

〔青青突然拼命尖叫。

虎　子　（沉吟，突然仰天大喊）青青——

众弟兄　虎子哥！

虎　子　（无奈地摇摇头，猛地朝自己腿上砸了一拳）把这两个人都给我绑了。

〔众弟兄猛扑上去绑住青青和石娃。

〔虎子又一挥手，迎亲的唢呐锣鼓又响了起来，队伍大步朝高坡上走去。

〔另一面山坡上翠翠隔山相望。

翠　翠（唱）　三月的桃花漫山山红，
世上的男人就爱女人。　※

〔山寨灰暗的大堂已布满了喜字，一条条红色丝绸从屋梁上垂下，衬着正中的一把太师椅，一张硕大的桌子格外突兀地摆在中央，上面放满了酒壶酒碗。旁边厢房的门窗贴着大红窗花，等待着即将到来的主人登堂入室，穿梭的跑堂人更把个大厅搅动得热闹极了。

〔虎子带着队伍一言不发走进山寨。青青被蒙眼坐在轿子里，石娃则蒙眼跟在轿后边。等青青被拉出花轿，她突然向墙柱撞去，被众弟兄拦住了。

山寨众弟兄为抢亲欢庆起舞

〔众人似看出气氛不对。只见虎子对师爷私语，然后神情严肃地摘下礼帽，脱掉新郎服，示意婚礼开始。师爷一招手，众弟兄把青青和石娃带到大堂中央。

〔虎子站在原木墩上，两只眼睛冷冷地瞪着五花大绑的两个蒙面男女，胸脯一起一伏像酝酿着惊天动地的事情。

〔石娃和青青终于被弟兄们强按着跪下了。

师　爷　一拜天地。

〔青青、石娃被按着跪下行大礼。但两人眼睛还被蒙着，不知缘由极力挣扎。

师　爷　二拜高堂。

〔两人被摘去蒙眼布。

青　青　（睁眼）石娃？

石　娃　（睁眼）青青？

师　爷　夫妻对拜。

众弟兄　（不忍地看虎子）大哥！

师　爷　送入洞房！

〔原来师爷按虎子的指令在为他俩举行婚礼。

青青　石娃　（不约而同地扭头冲着虎子喊了一声）虎子！

〔众人皆惊。

〔虎子看着二人被推进洞房，心如刀绞陷入沉思。

〔闪回。

〔男娃和女娃又走上来。

男　娃　你做我的婆姨好吗？

女　娃　好啊！那你甚会儿娶我呀？

男　娃　（把粉红手绢盖到女娃头上）等你长大了我就娶你。

女　娃　那我甚会儿长大呀？

男　娃　明天，明天你就长大了。

〔闪回完。

石娃（贺斌扮演）、虎子（韩军扮演）与牛娃（武合瑾扮演）相约共同走西口

〔虎子好像终于释然了，端起酒碗一下仰脖灌下去，弟兄们也都一碗碗地喝酒，忘了时辰，忘了忧愁，也忘了为何而喝。但虎子是清醒的，他忽然将酒碗一扔，悲伤地走出大堂。

弟兄甲　喝酒来！

弟兄乙　喝酒来！

众弟兄　（划拳歌，逐渐由宣泄变恼怒变醉）

八月十五月儿圆，
请你划一个瞪眼拳。
一抹胡子二瞪眼，
肚子上画了一个圆。
呀嗨咿呀嗨，莲子开，
呀嗨咿呀嗨，莲子开！

八月十五月儿圆，
一心敬你喝酒来。
哥俩好呀喝酒来，
三星高照喝酒来。
四喜来财喝酒来，
五魁首呀喝酒来！

八月十五月儿圆，
请你划一个踢腿拳。
一抹头发二闭眼，
站在地上画个圆。
呀嗨咿呀嗨，莲子开，
呀嗨咿呀嗨，莲子开！

五魁首呀喝酒来，

六六大顺喝酒来，
七巧八马喝酒来，
九百汉子喝酒来！
喝酒来，喝酒来，
喝酒来，喝酒来…… ※

〔众弟兄喝得大醉，东倒西歪瘫倒一地。
〔音乐转入黄河神曲。

（女声合唱） 《黄河神曲》

天上有个神神，
地上有个人人。
神神照着人人，
人人想着亲亲。

〔这时，虎子换上走西口的服装走进大堂。
〔青青娘与老羊倌、牛娃跟着赶来了。
〔石娃、青青也从洞房出来，感激地四周张望寻找虎子。

青青 石娃 （小声）虎子哥？
青青娘 青青！你们……？
青青 石娃 （大声）虎子哥！
虎 子 （拉起一个山寨弟兄）弟兄们，醒来，醒来了！弟兄们，青青和我，是小时候一块耍大的，那年我在河畔答应过她，长大了要娶她呢，娶青青是我睡不醒的梦啊！可谁知道人家嫌咱丢人呢。咱也不怨谁了，谁让咱上了山呢，弟兄们,今天咱们就把这寨子散了，种庄稼，走西口，娶个好婆姨，做个堂堂正正的绥德汉子！
弟兄甲 把山寨散了？

众弟兄　散了？……虎子？

牛　娃　（上前拉住虎子）虎子，你要走西口，我也跟你一搭里走！

众弟兄　虎子哥，我们都跟你走！

虎　子　石娃子！

石　娃　虎子哥！（跑向虎子）

虎　子　你呀，就给咱打上两只石狮子，替我们守住大路口。

〔他与石娃、牛娃紧紧握住手。

虎　子　（喊）弟兄们，走西口咯！

众弟兄　（喊）走西口咯！

〔众人上了大路，青青和翠翠在屋檐下张望。

青青　翠翠　（重唱）《捎句知心话》

水流千里归大海，
走西口的人儿早回来。
对面山里喜鹊叫喳喳，
要给哥哥呀捎上句话。
捎话捎句知心话，
就说妹妹我想着他。

〔走西口的队伍早已不见影了，山野也终于静了，只剩下青青娘和老羊倌两位老人。

青青娘　娃们走了？

老羊倌　都走了。

青青娘　现在可能到黄河边上了。

老羊倌　那咱也走吧。

青青娘　咱也走？咱走哪去？

老羊倌　跟我走，到绥德。

青青娘　现在就走？

老羊倌　现在就走！
青青娘　走就走！（兴奋地舞蹈起来）
老羊倌　（随着青青娘的舞蹈唱）

大摇大摆哟大路上来，
你把你的白脸脸调过来。
摇三摆哎……　※

〔阳光顿时铺满了黄土高坡，一棵棵老树新树焕发出光彩。

众　人（合唱）　《米脂婆姨绥德汉》

大雨洗蓝了陕北的天，
大风染黄了陕北的山。
天上飘下个米脂妹，
地上走来个绥德汉。
妹是那黄土坡上红山丹，
哥是那黄河浪里摆渡船。
高坡上爱来黄河里喊，
米脂的婆姨哟绥德的汉。

〔歌声中，一群又一群小娃娃唱着黄河神曲从山脊上拥出来，走进灿烂的阳光里，童声稚语又涌满了黄河畔……

——剧终

注：加※的歌词改编自陕北民歌

（2018年8月3日修订）

2010年3月12日，时任中央政治局委员、中央书记处书记、中央宣传部部长刘云山和时任陕西省委书记赵乐际等领导在全国政协礼堂与演职人员合影

2008年10月21日，第十届全国人大常委会副委员长蒋正华和时任陕西省委书记赵乐际等领导在陕西省人民大厦剧院与演职人员合影

2009年7月16日，编剧阿莹、导演陈薪伊、作曲赵季平在国家大剧院演出结束后向观众致谢

《米脂婆姨绥德汉》
创作谈

《米脂婆姨绥德汉》创作谈

阿 莹

我始终说我是文学圈的“票友”，这不仅因为这么多年来我东一榔头西一棒槌地尝试了不少体裁的创作，而且我始终公务在身忙得筋疲力尽，即使在业余时间也不能全身心投入。眼下秧歌剧《米脂婆姨绥德汉》两年内四度晋京赢得了一点喝彩，这次又获得了“中国曹禺戏剧文学奖”，似乎完全是一个偶然。

那是七八年前了，我在省上一个部门分管文艺工作，奉命抓几部反映地域人文精神的大制作。邀请导演陈薪伊来看了几部正在打磨的剧本，还极有兴致地把作曲家赵季平、作家高建群和红柯、演员王向荣和宣传文化部门的头头脑脑们叫到丈八沟倾听意见，然而没想到陈导断然拒绝了与我们的合作，可想这顿饭吃得是多么郁闷。吃到最后赵季平说起30年前曾和我一起参加过省上的青年文艺创作会，还住在一间房里。陈薪伊便对我说：你要能写个本子，我们可以合作一把。我当时感觉这多少有些嘲弄的意味。而陈薪伊却认真地提出，如果你们陕西要搞这个戏的话，这个戏可以是陕北元素的集成，但人物和情节不能有《兰花花》《三十里铺》《王贵与李香香》等等在民间已经流传的艺术形象的影子，要搞成一个全新的样式、全新的人物、全新的故事。我觉得这多少是个玩笑。然而那天晚上我奇怪地在夜里3点多钟就醒了，脑海里不由得翻腾起有关陕北的故事。

许多到过陕北的人都说，那里是一个神奇的地方。你看那工农红军二万五千里长征历尽艰险及内忧外患，号称两万人的队伍已经疲惫不堪，可红旗一插到陕北的黄河畔便摧枯拉朽捷报频传，偌大的一个中国就呼啦啦解放了；你看多少年来人们的印象里陕北就是风沙弥漫的黄土高坡，可退耕还林没几年，满眼里便是绿了，而且绿得苍翠、绿得可人；你看那陕北多少朝代都是发配充军的贫瘠之地，老百姓值得炫耀的财富就是白羊肚手巾羊皮袄，忽然地下冒出了“金元宝”，那叫一个富啊，富得全世界都眼红了；你看那陕北的乡音十里不同，却隐含着江南的韵节，无疑是历史上武士文官们驻守边关的痕迹，不由得让人对这片曾经烽火映天的战场与连绵的兵营遐想无限；你看那陕北的风土人情更是交融了农耕与草原的情结，就连过年人家玩的都是“转九曲”“吊山灯”“烧煤垛”，那剽悍、那大气让皇城根下的人惊得目瞪口呆；你看那至今生活在记忆中的杨家将就在那里演绎，几乎摧毁了大明王朝二百多年基业的李自成就从那里成长，更有秦直道横卧在荒漠上至今还可看到走向，而且那大夏的国都垛口还遗迹犹存，还在那里用那裸露的身躯顽强地述说着历史的沧桑。是啊，陕北已经发生和正在发生的每一段故事都够文人骚客们钻研一辈子了。

我想我是否应该去描写陕北人的性格。陕北人的血脉里永远流淌着火、流淌着辣，就连人们讳莫如深的偷情约会在老乡们嘴里都很自由很随意地称之为“串门子”。噢，那几天报纸上就在追踪报道着一个女人和两个男人，在乡间公路上驾驶着汽车活生生上演了一场令人惊诧的现代版抢婚大戏！

就是这个今日陕北的故事让我突然有了感觉，不由得翻身下床匆匆疾书，一口气用了四个多小时，把宾馆里可怜巴巴的几张信笺正反两面都写了个满，草就了六七千字的故事大纲。出乎预料，早餐时我把故事一讲出来，陈薪伊就对赵季平说，就是它了，这个故事有戏，咱们三个合作一把！后来这部戏反反复复修改了十多遍，但人物故事的基本脉络始终没有脱离那天晚上的构思。

不但如此，陈薪伊还给我开列了一个长长的曹禺等老剧作家的经典剧目，让我阅读，还跑到上海图书馆借了一部威廉·阿契尔的《剧作法》

寄给我。这些著作大部分我曾经读过，但这一次阅读可能是临阵磨刀的缘故，给人一种如饥似渴的感受。我又有意观摩了几台陕西久演不衰的剧目，便躲进雁塔路上一间小屋进入了创作。坦率地说，我并没有一开始就想要表现一种大美大爱的崇高主题，只是想写一个令人回肠荡气的爱情故事，想把鲜活的陕北姑娘后生的形象树立到舞台上。为了少走弯路，我把那草就的提纲按戏剧的要求分为五幕，将原来的提纲扩充到1万多字，把那戏剧情节用叙述语言细细地表现出来。当我忐忑不安地寄给导演和作曲，陈薪伊戏谑地说，她去算了一卦，这部戏能成。赵季平更是激动，反复催促我往下走。应该说，是他们这次的首肯才让我对这部戏坚定了信心。

然而，人物和故事清晰以后，这部戏最大的问题是要创作一大批反映人物思想活动的歌词。导演和作曲一致要求这歌词必须以陕北民歌元素为特征。实话说，我对陕北民歌的惊讶，缘于当年一位从北京到西安挂职的北大才子从陕北考察归来的感叹，他佩服得五体投地说，这陕北民歌绝对是世界级的文化遗产。为此我开始留意这方水土，还操持了十大陕北民歌手的选拔赛。但我对陕北民歌的神韵并未领悟，这次为了创作秧歌剧，我找来了《绥德文库》中三大本民歌和三秦出版社的两本陕北民歌集，几乎近一尺厚了。我把那每一页歌词都读了一遍，似乎体会到了信天游的韵律和风格，但是铺开纸来还是不知道从哪里下笔。赵季平鼓励我到乡间去走走，那里会有取之不尽的素材。然而当我几度走进陕北，想在陕北这块沟壑纵横的土地上挖掘点什么的时候，发现这儿老乡们口里的信天游真叫一个绝，唱情唱爱唱得地老天荒，那细腻那缠绵那豪迈，几乎让每一部文史教科书为之赞叹。而且几乎每个陕北人都会来几首，那曲调那故事几乎每一首都让人击节鼓掌。尤其是流传在村头巷尾的酸曲，更是别有一番魅力，感情表达得更准确更生动更诙谐，这极大地考验了我的文学储备。

开始，在剧中我还选择了一些陕北民歌的经典唱段，但被导演和作曲坚决给枪毙了，他们要求我绝对不能偷懒，除了原生态的唱段外，尽可能地不要借用老歌，这部戏从音乐到歌词都应该是新的。如此激励下，有几段歌词我走投无路还找了位熟稔陕北民歌的朋友予以协助，但始终找不

中国戏剧家协会主办 《剧本》杂志社
剧本
2010.3
PLAY MONTHLY

到感觉。记得全剧最后一段歌词，应该是画龙点睛之笔，从开始到排演我都不满意，后来在宝鸡出差时突然来了灵感，早饭前一会儿工夫就写出来了，那天音乐家们已经在北京的录音棚开始和声了，我将新歌词用手机发过去，很快便传来了他们的叫好声。后来我们去榆林看彩排，当晚赵季平对我说，青青和石娃在出场和高潮时，应各加一个类似咏叹的大唱段，让我不要超过一周赶出来，然后第二天我就在早餐桌上递给他几页歌词，他看了后连连说“你是个铮人啊！”这其实都得益于之前的学习和采风啊。

实话说，我开始拿出的是五幕秧歌剧《米脂婆姨绥德汉》。为了凸现陕北特色，我努力把收集到的陕北风俗转九曲、吊天灯、放河灯、扭秧歌、烧煤垛等等都集中到故事中去了，期望这一方舞台能是一个陕北民粹的大集成。甚至为了使人物性格更鲜明，我在餐馆、在村舍收集了上百个陕北人的名字。然而真正的创作过程并没有我收集名字那么顺利，大腕们的艺术追求更有差异，按照导演和作曲的意见，我先后大大小小修改了十多遍。坦率地说，有些意见我也感到郁闷，几次都想到了放弃，是制片薛宝忠们的鼓励，使我一遍遍地鼓起勇气提笔润色。似乎是在走投无路的时候，我忍痛删掉了原来的第二幕，导演又做了一些局部调整，终于使这部平面的剧本站立到了舞台上。其实删掉的那第二幕也挺可惜的。为了解决虎子的逼婚问题，老羊倌举办了陕北特有的风俗游戏转九曲，约定谁能先从九曲迷阵中走出来，就将青青许配给谁。人们都想着那阵旗在老羊倌手上，九曲阵会随老羊倌的旗令变阵，所以绝不会让虎子走出来的，没想到那虎子上山后学了些阵法，居然率先从九曲阵里冲出来了。眼看着虎子要强娶青青，石娃与青青商议私奔走西口，却被虎子们给挡在约会的老槐树下。如果这一情节还能留在舞台上，这部戏的故事会曲折复杂许多的。

这部戏能达到今天的状态，多少有些意外。我庆幸在这台戏的成长过程中遇到了许多善良的朋友，我也庆幸我背靠的是陕北这方神奇的沃土。

附一

《米脂婆姨绥德汉》创作大纲

第一幕

这年正月十五闹社火。绥德后生石娃带着一支队伍边走边闹，来到了黄河岸边码头。

这时车马店的车伙计也带着一支队伍来了，两支队伍在三岔口相遇，争相比试起秧歌来。原来是村里最俊俏的姑娘青青与青青娘回米脂老家过年，今天要返回了。石娃与车伙计都想请青青加入自己的队伍去耍社火。

正当两支队伍争得火热的时候，又一支黑衣黑裤的社火队伍冲了过来，原来是山寨王虎子。老羊倌以为虎子是来捣乱的，劝告虎子说现在正是老百姓最看重的节日春节，希望虎子不要这个时候来添乱。虎子道明来意，他也是想接青青去闹社火的。虎子还忆起当年的往事。十年前，青青娘一家在米脂县居住，没想到家庭突生变故，丈夫意外溺亡，房屋也被冲毁，只好来到绥德县投奔姐姐。青青当年才八岁，来到绥德与邻居虎子青梅竹马，一起玩耍长大，做游戏时还拜过天地，赠过他一个粗布手帕，相约长大再成亲。

今天虎子赶来找青青，期望将当年孩童的游戏变成现实。石娃与车伙计一听，心里不忿，纷纷上场与虎子比试秧歌。眼看气氛愈来愈紧张，忽然黄河上传来一首动人的信天游，众人一看，原来青青娘一行已经到了码头，这信天游就是青青唱的。虎子、石娃和车伙计纷纷与青青对唱。青青在对唱中赞扬了虎子的勇敢、车伙计的实诚，但自己却独独中意石娃的歌声，流露出了对石娃的情意。车伙计一怒之下，说出了石娃早已定过亲的事情，青青与众人都大吃一惊。石娃一时羞恼，抱住车伙计头对头顶起来。此时虎子掏出粗布手帕，向青青示意，青青与众人顿感惊诧，不知如何是好。

第二幕

村口的窑洞下面，老羊倌率众乡亲排演场面宏大的九曲阵。

石娃挑着石匠家什从村口的大槐树下经过，边走边唱起了情歌。青青躲在树后听得真切，从树后走出迎上去，质问石娃既然已经定下亲事，为何那天仍去码头接她。石娃这才解释原委，原来当年家中贫寒，父母怕高攀不上青青家，才匆忙与二翠翠家定下了亲。青青苦笑，她家从米脂来到绥德投靠亲戚，寄人篱下，哪儿说得上什么高攀不高攀的。石娃进而说出了心中的顾虑，父母亡故后家中潦倒，没钱与二翠翠家商议退婚，更没钱去青青家提亲，他要等凿好一批石狮子挣下钱再去青青家提亲。青青一听释然，把一条绣花巾送给了石娃，石娃送她一个小石狮子。

这时，虎子一行带着彩礼来到青青家提亲。青青娘予以拒绝，坚称不想把女儿嫁给一个土匪首领。虎子解释自己当年上山落草也是被逼无奈，希望青青娘看在自己当年已与青青“拜堂成亲”的分儿上答应求婚。青青闻言走过来，说根本不记得有过这回事。虎子掏出手帕为证，青青看到虎子带的人马粗犷便转而提出，谁要能率先从九曲阵里钻出来就嫁给谁。因为青青知道，九曲阵变幻无穷，而且阵旗又在老羊倌手里，所以绝不会让虎子先出来的。只要自己与石娃一起闯阵，应该可以让石娃首先冲出来。于是青青拉着石娃冲进九曲阵，左冲右突想快点儿冲出来，但没想到虎子在山上学了些阵法，破了老羊倌的旗语，率先从九曲阵里冲出来了。青青与众人大惊，虎子声称将选一个黄道吉日迎娶青青过门。

晚上，青青与石娃相聚在老槐树下，青青提议二人私奔走西口。石娃却想等挣下钱，退掉先前定下的二翠翠再明媒正娶青青，气得青青扭头就跑，不料却被虎子及其弟兄们迎头碰上，弟兄们想当晚就把青青抢上山去。车伙

青青（雷佳扮演）唱出心声

计看见此事，急忙回村报信，老羊倌聚集村民准备抢回青青，半路上却遇见虎子把青青送回来了，但他放话七月七河灯节将娶青青过山门。

第三幕

村外车马店旁，众石匠正在往车上装石雕，准备走西口贩运，众乡亲都围在石雕前焦急地议论着。

青青与石娃也在队伍里。青青叮嘱石娃，她母亲硬是没有收虎子的彩礼，石娃一定要在河灯节前带着彩礼来提亲。石娃允诺，自己雕的这些石狮，就是要走西口挣下钱去退二翠翠的婚，然后带彩礼去青青家提亲。青青称就算石娃的礼再轻，自己也愿意嫁给他。车伙计见二人情意绵绵，这才告诉石娃，虎子已包了车队，让他带领卖石雕的队伍跑西口，但有个条件，决不能收石娃的石雕。石娃一听急了，却不知如何是好。

虎子此时带领弟兄们过来，看见石娃恼怒的样子就明白石娃已经知道事情的真相了。可他突然又大度地同意石娃的石雕可以随队走西口了，但开出条件：如果石娃不能在七月七河灯节前回来，自己就将娶青青过门。石娃听了只好答应自己随队跑西口卖石雕，但声明如果按时赶回来，虎子就要断了娶青青的念头。两人同意这个条件，并让老羊倌做个中间人。原来虎子心想，如果石娃在西口卖掉石雕后，再把西口的玉米运回来，河灯节前肯定是赶不回来的。

第二天，人们在村口欢送走西口的车队。石娃朝青青扬了扬那块绣花巾走了，青青目送着车队离去，难过地唱起了信天游。石娃也边走边对唱，发誓自己会尽快赶回来。二人的对唱凄婉深情，众人听得直落泪。青青娘见状上前劝解虎子，如果他看上谁家的姑娘，她可以亲自去提亲。虎子解释自己虽然上了山，但从来没有害过穷苦人，再次表明今生今世非青青不娶。

第四幕

七月七河灯节晚上，黄河岸边的村民们祭河神放河灯。

虎子站在黄河边观看夜景，忽然有弟兄来报，石娃卖掉石雕后竟然没等买下玉米就带上钱款先返回了，随行的兄弟拦阻却只抢下一条绣花巾，只好报了官府。虎子知道这石娃是想早点儿赶回来迎娶青青，在他正心烦之际，梁媒婆跑来说她能办好此事。

梁媒婆马上找到青青，骗称石娃卖掉石雕后见财起意，欲携款潜逃，现在已经被官府收押打进死牢。青青一听，万念俱灰悲声怆天。梁婆子劝青青还是嫁与虎子，并趁青青不备，偷走了青青身上的绣花巾。

此时虎子带着彩礼过来，正式向青青娘提亲。青青断然拒绝了虎子的提亲，声称自己非石娃不嫁，就算石娃被打入监牢，自己也会等他。虎子称当初与青青许下的是“娃娃亲”，后来又约定谁先从九曲阵里钻出来就嫁与谁的诺言，现在石娃走西口前也约定，河灯节前如果赶不回来，就不再与他争青青，所以他俩是天作之合，就不要胡想了。青青娘见状只好告诫虎子，现在河灯节还未过完，第二天再来商量婚事，虎子只好带领弟兄们走了。

青青娘当晚让车伙计悄悄把青青带出村，两人一同逃到外地去，车伙计却犹豫不敢答应。这时黄河里突然漂下一条小船，随之飞来一首信天游，原来石娃赶回来了。虎子赶忙安排梁婆子等人到村口堵住石娃。

梁婆子在村外见到石娃，谎称青青已经与虎子结婚，并拿出从青青那里偷来的绣花巾退还给石娃，表示青青退约。石娃信以为真，万念俱灰，于是将卖石雕的钱托老羊倌交与石匠们。这时车伙计也赶到这里，看到这些心生感动，告诉了石娃真相，石娃一听让车伙计帮忙带青青远走他乡。

车伙计很快把青青带到大槐树下，并塞给青青盘缠，让青青放心与石娃一起走，他将照顾好青青娘。但是，虎子突然带领弟兄们赶过来，围住了车伙计和青青，要将青青架回村中看管起来。

石娃这时正顺着陕北特有的风俗“溜灯”长绳滑向村口，看到这般情形，一惊之下竟从高处滚落下来。

第五幕

第二天，虎子率领队伍来到村里迎娶青青过门。

青青娘劝青青认命吧，并说起当年老羊倌与一个米脂妹私奔跑到关外，还是被人扭了回来。青青猜出那个米脂妹就是娘自己，但她还是不想嫁给虎子，说起虎子不负责任，当年约她一起看社火却后来丢下她不见了。如果不是石娃，自己可能就遭遇不测了。这时虎子在窗外听见，赶紧解释当初有一个赖皮跟在青青身后图谋不轨，自己丢了块石头却不料把人打死了，这才被逼上山的。但青青还是坚称自己非石娃不嫁，虎子气得一声令下，兄弟们硬把青青塞进了花轿。

虎子带着娶亲的队伍来到崖口，发现三岔路口有人按风俗设了酒席欢迎娶亲队伍，而石娃就站在队伍里，许多人手里还拿着棍棒。虎子看出这迎婚席有问题，摆明是来抢亲了。这时石娃想率人冲上去救青青，被虎子手下人给按住了，虎子反让石娃去劝青青好好和自己过日子。石娃冷笑着走上前去，青青也从轿中走出来。石娃反而说已经给二翠翠家退了彩礼，现在手上只有一个小石狮做彩礼了。青青接住小石狮子，准备一起跳崖殉情。虎子见状，急忙让人冲上去把二人绑了，大喊“一起带上山寨”。

山寨大厅里，新娘被绑着手臂，头上盖着绣花红巾被推到堂前，新郎也被绑着推到堂前，头上也盖着一条绣花红巾。拜堂仪式结束后，有人揭开了新郎的盖头，原来新郎竟是石娃。石娃紧上前揭开新娘的盖头，竟然是青青，二人相拥大泣，再抬头去寻找虎子，已不见了。

这时，虎子朝山下走去，一边走着一边饮酒一边唱歌，歌声凄凉动人。车伙计本来是赶马车来准备给石娃收尸的，看到虎子独自一人下山便恍然大悟。二人坐在车上，边喝酒边诉说着各自与青青的往事，抒发着自己对青青的爱恋，还准备喝下大烟永不醒来。这时虎子的弟兄们围过来抢走了酒壶。

虎子就地宣布解散山寨，弟兄们种庄稼走西口去，堂堂正正做个汉子。车伙计甩起鞭子朝西走去，虎子及大部分弟兄也跟着向西走了。石娃与青青赶了过来，向远去的虎子他们鞠躬致意，期盼着他们早日归来。

青青娘、老羊倌和众女子阻止虎子（韩军扮演）娶亲

附二

《米脂婆姨绥德汉》作者答记者问

《米脂婆姨绥德汉》三次进京演出，场场爆满，引起轰动，好评如潮。该剧先后荣获陕西省第五届艺术节优秀编剧奖、陕西省文艺“五个一工程”奖，并一举斩获文化部文华大奖特别奖、文华优秀编剧奖等大奖。在载誉归来时，《陕西日报》记者李向红慕名专程采访了该剧编剧阿莹先生。以下是采访实录。

记者：您是怎么想起创作《米脂婆姨绥德汉》(以下简称《米》剧)的？

阿莹：首先缘于导演陈薪伊的“激将”。2006年，我在陕西省委宣传部担任常务副部长，分管文艺工作，当时，我们周边省份陆续推出了《风中少林》《大梦敦煌》《一把酸枣》等精品剧目，而陕西省当时还没有好的剧目出现，压力很大。我们就挑了20多个剧本，请来许多知名导演开会研讨，可他们对剧本都不是很满意。在欢送导演陈薪伊的晚宴上，陈薪伊开玩笑说，如果白部长能写个剧本出来，我就来担任导演，当时参加晚宴的有宣传部、文化厅的有关领导和赵季平、王向荣、高建群等人。当天晚上，我睡到凌晨3点，突然醒了，想到4点多钟，有了写东西的冲动，就迅速提笔开始写，一直写到早晨8点，搞出了一个剧本大纲。早上9点吃早餐时，陈薪伊听了大纲梗概当场拍板，说，就是它了。季平，我们三个合作一把？此后虽然剧本做了多次修改，但剧情始终没有脱离这个大纲。随后四年间，几次深入陕北采风、学习，本子不断地被推倒、重来，重来、推倒。四年间，十易其稿，其艰难可想而知，也曾有过放弃的念头，但很幸运的是在创作过程中得到了艺术家的鼎力支持和帮助。陈薪伊的执着和追求、赵季平对歌词创新的严格，对我鼓舞很大，才使我坚持四年初衷不改。

记者： 为什么会选择陕北民歌做载体？

阿莹： 我一直对陕北民歌有一种热爱，从最早的《东方红》开始，到《兰花花》《赶牲灵》等。信天游里有句“面对面站着我还想你”，诗人贺敬之曾说自己怎么也写不出这样生动的句子。的确，陕北民歌中那大胆直白、精妙传神的比喻，极具穿透力和感染力的曲调，最能表达人们强烈的感情，能让人最直观地了解米脂婆姨的善良美丽、绥德汉子的率真和倔强，这是其他民歌无法比拟的。于是，开始动笔的时候，就选定了陕北秧歌剧这种形式。这里还有一个插曲：有一年，在西安挂职副书记的一个北京朋友要去陕北，我推荐他听听陕北民歌，朋友到了陕北后被博大精深的陕北民歌深深打动，说陕北民歌是他听到的最精彩、最鼓舞人心的民歌。的确，陕北民歌表达人物的情绪和思想非常准确、传神和生动，有其独到之处。正是有陕北民歌这样的宝库，才能使我创作出剧中60多首新歌词。当然，少量的歌词借鉴了广为流传的经典的陕北民歌，但我都根据剧情进行了二度编创。

记者： 《米》剧有哪些创新与突破？

阿莹： 导演陈薪伊要求戏里必须没有以前人们熟悉的《兰花花》《三十里铺》等人物和情节的痕迹，要有全新的故事、全新的舞台形象，展现一种全新的戏剧样式。我觉得《米》剧的突破首先是塑造了虎子这样一个典型形象，“土匪”虎子是人物形象塑造上的一次拓展，具有很强的典型性。中国剧协顾问刘厚生在作品研讨会上说，我国几十年来的剧作大多在情节上有相似的地方，但《米》剧没有以往任何戏的“影子”，是一组全新的典型形象。其次是戏剧形式的创新，《米》剧在全方位学习和吸收民间艺术营养的基础上，创造了一种新的艺术样式——大型秧歌剧，以大型歌舞剧的形式展现陕北的风土人情和文化习俗，表现农民的爱情，提升了陕北文化的魅力，是一次民间艺术走向经典化和精英化的成功突破。

记者：首次创作剧本便大获成功，有什么“秘诀”？

阿莹：短时间内创作戏剧剧本，是一件很困难的事，况且我以前没有写过剧本。关于戏剧理论知识，在学校略有涉猎，但没有系统学习。我要感谢陈导，她提供了一本英国戏剧理论家威廉·阿契尔的《剧作法》，我仔细研读，并认真阅读了大量经典的戏剧剧本，如曹禺的话剧《雷雨》、眉户戏《迟开的玫瑰》等，通过精读这些书籍，才掌握了戏剧的基本知识。

另外很重要的一点是深入生活。要在很短的时间内创作出60多首陕北民歌歌词，这对我来说也是个极大的挑战。我不是陕北人，也没有在陕北生活的经历，怎样才能灵活地运用陕北方言，写出信天游式的民歌来，唯一的办法就是不断学习，付出更多的劳动。在动笔前，我翻了五本砖头厚的陕北民歌集，又找来榆林等地的方言书悉心研究，还拜托当地朋友找了大量陕北酸曲。最后，从原始陕北民歌的丰富库存中，提炼出几十首经典信天游段子，编创出几十首新的歌词。还好，我的努力得到了回报，剧中开头的四句唱词“天上有个神神，地上有个人人。神神照着人人，人人想着亲亲”如今已经在观众中传唱开了。

我还多次深入榆林实地搜集资料，阅读了大量县志，翻阅大量陕北民俗文化书籍，了解陕北（尤其是米脂、绥德）的历史和风土人情。剧中主人公的名字也下了很大功夫，到处打听收集了上百个名字，甚至到陕北饭馆吃饭，都要询问服务员的名字，最后挑出石娃、虎子、牛娃、青青等主要人物的名字。在民俗方面，力求通过秧歌、剪纸、高跷、七月七、送河灯、娶亲、雕石、划拳、腰鼓以及陕北信天游等民俗文化和地域文化符号的呈现，贴近实实在在的生活，展现陕北丰厚的民间文化底蕴和独有的地域特色。庆幸的是，作品问世后，这些陕北文化名片受到了国内非物质文化遗产保护专家的关注。

记者：《米》剧剧本是如何“出炉”的？

阿莹：精打细磨，不厌其烦。剧本完稿后，在听取各方面意见的基础上，经过七次大的修改，无数次小的修改，最终形成现在的稿子。比如，青青的大三段唱词，就是在完稿后，陆续补充完善的。其中最为出彩的一段“大雨洗蓝了陕北的天，大风染黄了陕北的山。天上飘下个米脂妹，地上走来个绥德汉。妹是那黄土坡上红山丹，哥是那黄河浪里摆渡船。高坡上爱来黄河里喊，米脂的婆姨哟绥德的汉”是在一次开会过程中忽然想到的，马上记录下来。此时，音乐已进入录音棚，正在排练，加上此段唱词后，大家都不断称赞。听说，这段唱词已在很多陕北朋友的手机短信里流传开来，好多陕北老乡都拿着手机到处发，他们都说这段唱词一下子写透了米脂婆姨绥德汉的魂。一段唱词引来这么多人的共鸣，这是我始料未及的。

记者：《米》剧最想告诉观众什么？

阿莹：我始终追求人的真善美，追求大美大爱，创作力求从整体上发掘地域文化精神，提炼出陕北文化的精要，既表现一种绵绵的爱情和人间浓浓的真情，也展示一种人性的光辉大义，让剧中人物充分展示大美大爱，用大爱来表现人文关怀，最终达到和谐。“米脂的婆姨绥德的汉”是一群笑对人生、凸显大爱的人，蕴藏着深厚的黄土精神和黄河精神，当今社会的和谐与民族的进步需要这种伟大精神来支撑和托举。

记者：最后，请您谈谈创作《米》剧的主要体会有哪些。

阿莹：其实一些东西上面已经提及了，如不断学习、体验生活等。在这里我总结了四句话：越是民族的越是世界的；好的作品需要深入生活；经典作品需要艺术提炼和加工；剧本还不是很完美，很多方面还需要打磨。

（记者：李向红）

《米脂婆姨绥德汉》

评　论

《米脂婆姨绥德汉》这个戏很好！我很欣赏。这是我近年来看到的最好的一部歌剧。也是《白毛女》以来音乐剧创作方面一个重要的收获！

《米》剧的歌词很美，音乐好听，故事很吸引人，富有浓厚的乡土气息，导演也有新意，相信会受到大家的喜欢。我向作者阿莹及主创人员表示祝贺！

王昆

二〇一一年六月八日

陈忠实
中国作家协会副主席

意料不及，又回嚼不尽的魅力

——《米脂婆姨绥德汉》观后

陕西是一块盛产又盛行民歌的天地，感时愤世的和咏叹生活的民歌，生动准确到令人一遍成记，尤其是表白男女情爱的民歌，不仅一遍成记，而且经久不忘。陕北民歌走出陕北走出陕西走向全国，本来属于交流障碍的方言却不构成局限，并为中国南北审美情趣差异很大的各方人群所乐于欣赏，确凿是一个奇迹，足以见出陕北民歌独禀的气质。随着陕北民歌的广泛传播，米脂出美女绥德出俊汉的佳话也流传到各地。榆林地区要搞一部民歌舞剧，把遍地流传的几成经典的爱情故事升华为一部代表性作品，无疑是适时而又适宜的富于创造性的思路。当年弄出来几部剧本，邀集西安多位评论家讨论，我也参加了，意见纷纭却都中肯，涉及这些剧本的基础性意见，要修改提高，几乎是脱胎换骨的难题。提罢意见和看法后各人回各家了，不知剧作者该费多大劲才能整出新的剧本来。然而确实

2009年7月13日，《米脂婆姨绥德汉》在国家大剧院举办演前新闻发布会

意料不及的是，有年夏天遇见阿莹，说让我看看一个剧本。原来，那次讨论会后，他竟动了写这个剧本的念头，而且一挥而成了。

舞剧塑造了一个米脂的貂蝉青青，长得漂亮自不必说，却不是弄得吕布昏头晕脑的那个貂蝉，而是爽快泼辣透亮开朗的乡间民女。在她周围，紧盯着她的三个性格各异却有一架俊骨的年轻汉子，展开了痴情的追逐，戏剧冲突和冲突中的情趣十分抓人。同样在这冲突中，把三个迥然不同的青年的个性演绎得十分生动鲜明。当这场爱的追求激烈到不可开交时，我真不知如何归属，如何收场，达不到爱的追求目的的虎子会发生什么暴烈行为，因为按他的性情和当时的生活位置，很容易让人做出这种猜断。我的这种猜断无疑是最愚笨的庸常的思路，剧作家总是以超凡脱俗的构想出奇制胜，制造惊心动魄的戏剧效果，给观众以始料不及的心灵冲击。阿莹在这里完成堪称绝妙的一笔，虎子把青青和石娃送进了拜婚结亲的福地，不仅观者的我料想不到，乡间参与婚礼的乡亲也惊诧不已，尤其是拜婚双方也如同梦里相逢。我读到这里，不由“噢呀”一声慨叹，一个顶天立地仗义不羁的虎子的形象挺拔起来，透出熠熠的心灵之光。没有说教也没有表白，惊心动魄的一幕就发生在人物最合理的性格行为之必然，让作为读者的我在这一刻充分回嚼人物的魅力。阿莹完成了一种美的心灵的揭示，也完成了一个陕北汉子的形象塑造。

这部歌舞剧的唱词也是几近完美的。阿莹在剧中穿插了大量的陕北民歌歌词，这些歌词有些是经历了不知多少年的传唱和不断的锤炼而完成了经典化的过程，又经过了不知多少年和多少人的传唱，完成了一个扬弃和筛选的过程，留下来被当代人有滋有味歌唱着的，无疑都是最具生命活力和艺术魅力的唱段。这些经典歌词被剧作家改编后穿插在唱段里，不仅具备原生态的魅力，而且进入具体的人物对象的心理，也进入具体的情节推进过程中人物的情感波浪之中，把一种泛化的情感变成活生生的单指的人物情感，不仅如鲜活的血液注入人物，而且因人物的具体化使这些歌词顿添活力，这也是我始料不及的艺术效果。剧中绝大部分的歌词是阿莹自己精心创作的，紧紧把握着人物的个性，紧紧切脉着人物在不同情景下的心灵情感，准确而又鲜活；依着陕北民歌的格律和语言习惯，多是生活化的民间表述方式，生动自然，或豪迈，或诙谐，或柔情，或细腻，几乎让我分辨不出自创和借用，浑然天成，功夫匪浅。我印象里的阿莹的创作，以小说散文为主，这部歌舞剧的成功创作，真是让我刮目相看，也切实体会到阿莹创作的多样性活力。

认识阿莹有许多年头了。20世纪90年代中期，初识阿莹时，他是一家国防工业大厂的领导，指挥着军品生产，业余时间却写着抒情散文，我那时就颇感费解，被那种冷冰冰的钢铁家伙充塞着的脑子，如何转换出诗样的优柔情怀来。我为他的散文集《绿地》作序时，就在心头悬着这个问号。几年后，阿莹调到陕西省委宣传部做领导，分管文艺，应该说与他的特长和爱好接上弦了，确凿也显示出内行的效应，陕西文学创作和艺术创作呈现勃勃生机。过了几年，阿莹又调到陕西国有企业管理部门当领导去了，作为外行我都可以想象事务的繁杂和压力之沉重。这人的出众之处在于，不仅把担子挑得悠然，事项有条不紊，创造性思路显示着活力，业余时间仍能进入形象思维，弄出一部陕北特色的歌舞剧来，在我就不仅是刮目相看了。

愿阿莹的事业兴旺发达，也愿他的创作活力持久鲜活，过无疑是最充实的人生。

贾平凹
陕西省作家协会主席

走向经典

——《米脂婆姨绥德汉》观感

2008年陕西舞台上出现一部轰动的歌舞剧，这就是《米脂婆姨绥德汉》。该剧的成功，当然是导演、音乐、演员、舞美诸多方面努力的结果，但剧本的杰出，不仅为整个演出提供了可能经典的基础，而其独特又普适的视角，也为陕西的文学创作带来许多新的启示。

陕北民歌是精彩的，但陕北民歌普及得差不多的中国人都唱过或听过，要以陕北民歌为题材创作一台戏，要产生一种新奇感，那是非常困难的。文化发达的地区流行戏剧，偏僻落后的地方产生民歌，了解了民歌的生存背景，明白了民歌其实是穷人的艺术，那么才能把握住在今日将民歌豪华演绎的意义和处理的道道。

陕北民歌区别于别的民歌，不在于欢快跳跃而在于苍凉

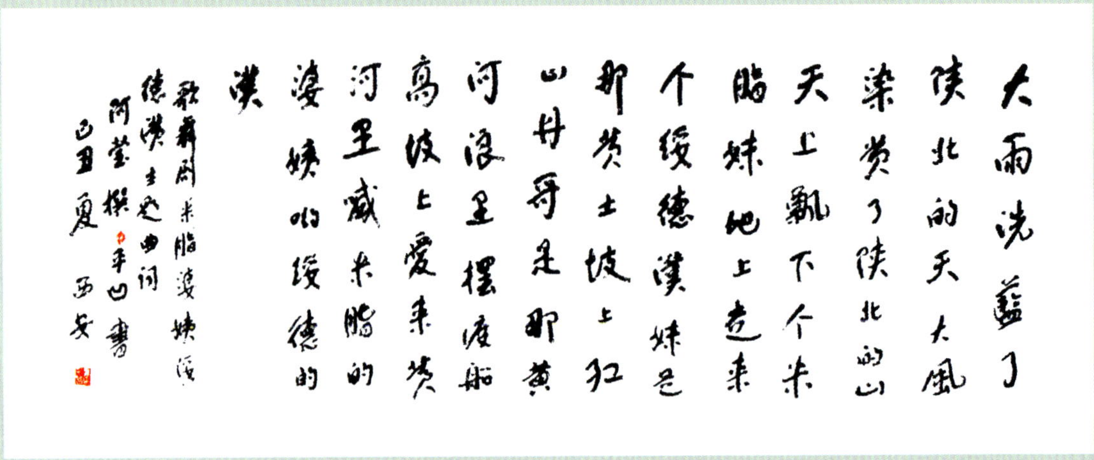

大雨洗蓝了陕北的天大风染黄了陕北的山天上飘下个米脂妹地上走来个绥德汉妹是那黄土坡上红山丹哥是那黄河浪里摆渡船高坡上爱来黄河里喊米脂的婆姨绥德的汉
歌舞剧米脂婆姨绥德汉主题曲词
阿莹撰 平凹书
己丑夏 西安

贾平凹为《米脂婆姨绥德汉》书主题曲词

的浑厚，这是黄土高原的贫瘠、干旱、少林木多风沙的自然环境和在这块农耕与游牧过渡区的人的生存状态决定的。但是，人总要活下去，宗教和爱情成了活下去的理由。从某种意义上讲，爱情就是身体的宗教。世界是阴阳双构，爱欲是人性的基本，生命的勃动而生活的无奈，一种得不到的苦闷和呐喊，人想人，人爱人，就成为陕北民歌里最能感动最可震撼的主题。当然，陕北民歌中的爱情随着时代，它也在不断地附加着外在的东西，比如走西口时期、闹红时期、土地改革时期，可以推想，在走西口之前，肯定还有别的，如西夏、匈奴、李自成时期的内容。时代变迁必然有时代的痕迹，而陕北民歌最基本的元素仍是人想人，人爱人。所以，《米脂婆姨绥德汉》突破了已经很长时间形成的思维束缚，没有走《兰花花》的套式，也没有走《走西口》的套式。

新中国成立初期，有过一阵风，就是修改民歌，结果修改得面目全非，什么都不是了。时代的观念会随着时代变化而过时，它是靠不住的，靠得住的仍是人性中生命中的东西。《米脂婆姨绥德汉》正是着力绽放了陕北民歌中人性和生命中最基本的花朵，这就把特有的地域特征提纯和扩大到人类普适的层面上。社会推衍有社会推衍的内核，如家庭；人活下去有活下去的动力，如爱情。基本的东西因地域不同、族群不同、文化不同有了不同的特性，而以普适的视角进入，越是能写出特性，《米脂婆姨绥德汉》的经典品质就成立了。所以，此剧演出后，为什么一般民众喜欢，专业人员喜欢，外国人也喜欢，甚至剧词会在手机上以短信段子流播，道理也在这里。

抓住了陕北民歌的本源和内核，选择了独特又普适的视角而结构剧情，作为编剧，接下来最难的就是写歌词了。如果将原有的民歌段子进行连缀，那绝对毫无意义，这就需要重新创作，而陕北民歌已形成它特有的旋律和语感，弄得不好，神韵全无。老寺院里的神像有老寺院神像的味道，现在美术学院的学生人体结构学得再好，往往塑出来的神像就是没神味儿。《米脂婆姨绥德汉》百分之九十的歌词是创作和对一些旧民歌的取舍改造，令我们兴奋而佩服的是这些新词编得特别到位，几乎达到了分不

清哪些是老民歌哪些是新民歌。艺术创作就是虚构第二自然，使之成为一个完整的独立的艺术世界，在这个艺术世界里，人和事都那么圆满，它只是展示着自己的故事，什么都似乎没有说，如社会背景呀、批判意识呀等等，却什么也都有了。

《米脂婆姨绥德汉》剧本的创作显现了阿莹的文学功力，是值得称道的，又有大导演、大音乐家和名角表演，整个演出产生那么大的轰动是必然的，如果继续打磨，精益求精，它会成为一个典型而被长久地演下去。

白　描

中国鲁迅文学院常务副院长

乡土资源与经典意识

——评音乐歌舞剧《米脂婆姨绥德汉》

一

在浩如烟海的中国民歌宝库中，陕北民歌具有独特地位。悠久的历史，多元文化交融构成的鲜明地域特色，口语入歌与古代诗歌比兴手法的应用，信天游式的自由发挥与旋律歌词的规范性、严整性，民间创造与文人整理、加工、创作相结合，使陕北民歌成为中华土地上历久不衰、影响巨大、传唱广泛、深为人们喜爱的民歌种类，成为中国民间艺术百花园中一枝奇葩。据专家统计，仅现存民间的陕北民歌，数目即高达8000多首，而这中间，许多曲目为人们耳熟能详，经久歌唱，成为黄土地特定生活情态、特定情感样类、特定心绪表征、特定时代标志的音乐化符号，创造了中国音乐史话中一道奇丽的景观。

陕北音乐歌舞剧，是在陕北民歌基础上发展创造的一个新品种。其雏形诞生于20世纪40年代。1942年延安文艺座谈会以后，延安解放区的广大文艺工作者，积极响应毛泽东同志和党中央的号召，投身到工农兵群众之中去，认真研究民间艺术，热情向群众学习流行于陕北农村的一种歌舞形式——秧歌，在群众性秧歌的基础上，熔歌、舞、剧于一炉，创作出“秧歌剧”这一艺术形式。其情节单纯，人物少，道具简单，化妆简便，载歌载舞，随时随地均可表演。著名作品有《兄妹开荒》《夫妻识字》《动员起来》《宝山参军》等。秧歌剧角色仅有两三个，属于“小场子戏”。因为秧歌剧是实践毛泽东延安文艺座谈会讲话精神的文艺新成果，与革命斗争实际紧密相连，与根据地人民生活息息相关，既有传承又有创新，故而产生了很大影响，这种影响一直持续到新中国成立以后很长时间。1976年粉碎“江青反革命集团”后，为清除“三突出”文艺遗毒，陕西省歌舞剧院应邀携“陕北民歌五首”和《兄妹开荒》《夫妻识字》等节目在首都连续演出，产生很大轰动，许多观众第一次欣赏秧歌剧，深深被那极具生活气息、极富鲜活情调、极有泥土色彩的表演所打动，感觉耳目一新，喜爱有加。

但《兄妹开荒》《夫妻识字》等秧歌剧的重新上演，只是历史的一种回声，不得不承认，自此以后，陕北秧歌剧和音乐歌舞剧，再无大的突破、大的发展。在此期间，陕北民歌的辉煌一直在持续，除在大江南北广泛传唱，在各种音乐会、大型演出场合频频登台外，也唱红了许多专业和民间歌手，2010年新年过后还进入维也纳金色大厅，首次在海外举办陕北民歌专场演唱会，陕北民歌在真正意义上走进了西方音乐殿堂。而作为陕北民歌的华彩版本、升华形式，陕北秧歌剧或音乐歌舞剧，却沉寂下来，少有好的创作，鲜见好的剧目，实在令人惋惜。

在人们的审美记忆开始淡化、欣赏心理准备很不充分的情况下，《米脂婆姨绥德汉》犹如一道电光划过长空，照亮了陕北的舞台、西安的舞台、首都的舞台，照亮了新世纪现代观众既复杂多样又挑剔苛刻的眼光。自2008年10月在陕西榆林首演以来，截至2010年底，在两年多一点儿时间内，《米脂婆姨绥德汉》先后在西安、北京连续演出，进京演出即达四次，在国家大剧院、中国剧院、全国政协礼堂、保利剧院场场观众爆满，掌声热烈，好评如潮。中国剧协、《剧本》杂志、中国艺术研究院和陕西省委宣传部，分别三次就《米》剧召开专家研讨会，《文艺报》《中国艺术报》等报纸发表整版评论文章，《剧本》杂志在《重点关注》栏目推出《米》剧剧本和研讨会摘录。《米》剧也先后荣获陕西省第五届艺术节优秀编剧奖、优秀导演奖等七项大奖，陕西省第十一届精神文明建设“五个一工程”奖，文化部文华新剧目奖等殊荣。这部历时四年创作完成的大型原创剧目，以其荡气回肠的西部气度和风姿卓绝的艺术品貌，实现了陕北音乐歌舞剧在新世纪的一次耀眼爆发。

二

《米脂婆姨绥德汉》以陕北民歌为素材元素，以男女爱情为剧情主线，以乡土风情为背景色调，以文化人类学视角和当代意识为统领，用推陈出新的编创风格，演绎了米脂女子青青和绥德后生虎子、石娃、牛娃几人之间动人的爱情故事。幼年的虎子和青青不谙世事，童言无忌，私定了“长大以后我要娶你”的誓约。当他们长大以后，虎子被迫离家成了“山寨王”，石娃成了远近有名的好石匠，牛娃成了青青家的好帮手，三个后生都深深地爱着青青，但成熟起来的青青情有独钟，只爱着穷石匠石娃。爱情的冲突就这样在三名男子和一名女子之间产生了。

男女情爱，向来是陕北民歌表现的主题之一，而且是一个大主题，产生了许多流传广泛、影响深远、带有经典意味的曲目，如《兰花花》《走西口》《赶牲灵》《羊肚肚手巾三道道蓝》《叫声哥哥你快回来》等。陕北民歌对于爱情的歌唱，融进了陕北独特的历史、地理、人文特色，其感情形态、表达方式、词句调式，有直白，有委婉，有热辣，有凄凉，有深沉，有活泼，有庄重，有谐谑，可谓五彩斑斓，丰富多样。这是一方热土，按学者张小兵的说法，是“中原与边疆的过渡地带，汉族与胡人的过渡地带，农业与牧业的过渡地带，山西与蒙地的过渡地带，战争与和平的过渡地带，定居与游牧的过渡地带，安静与躁动的过渡地带，现实与浪漫的过渡地带，谦和恭顺与不安现状的过渡地带，儒家循规蹈矩与多神崇拜随遇而安的过渡地带”。这里的男人刚烈质朴、直率坦荡，这里的女子美丽善良、热烈多情，“清涧的石板瓦窑堡的炭，米脂的婆姨绥德的汉”，这米脂婆姨绥德汉即是这种男人和女人的代表。他们是现实中的男女，又是一种文化符号，要用一台音乐歌舞剧写他们的爱情，而且是三名男子与一名女子之间的情感纠葛，既值得人们期待，又有很大难度。

值得期待的是它一定不一般。导演陈薪伊、作曲赵季平、编剧阿莹“三驾马车”组成豪华的主创阵容，让人振奋，重要的还在于，陕北民歌是一座富矿，可资创作者利用的素材很多，独特的地域文化和丰富的民歌资源本身已经具备撩拨人心的魅力，在此基础上建构音乐歌舞剧作品，根基雄厚，底气十足，具有难得的先天性优势；难度在于，很难找到一条清新而明朗的故事线索，把那些珍珠般散落在黄土高原的素材串成一体，成为脉络清晰、筋肉丰满、意蕴丰沛的艺术架构，而且要有人物，要有性格，要有诗情，要有画意，要有感动人心的力量；难在写出魂，写出性灵，写出神韵；难在不需要太过复杂的情节，却要完成故事的讲述，张示情感的激荡，立起人物的造像，实现意蕴的表达，托举出闪闪发亮的戏剧内核——人情人性的内核，一方土地一方人特有的精神内核、气质内核、文化基因的内核；难还难在没有同类题材、同类形式可资借鉴的成功范例。从昔日的秧歌小剧到面对的音乐歌舞大戏，不只是场景变得宏阔，人物变得众多，而是一次全新的创造，从形式到内容，都必须有一个全面提升。

首先考验的是编剧。编剧阿莹正是面对这样的期待、这样的难题，走进了《米》剧的创作。在阿莹之前，表现米脂婆姨绥德汉这一题材的已先后拿出几个本子，抓此项选题并组织创作、负责实施的正是时任陕西省委宣传部常务副部长的阿莹。几个本子与人们的期望还有距离。著名舞台剧导演陈薪伊以激将法鼓动阿莹：如果你写本子，我就导。阿莹一咬牙：我来。一夜之间，他就拿出《米》剧提纲，陈薪伊一看：就是它了！

不是阿莹有过人的天分，也不是他具备深厚的舞台剧造诣，他写小说，写散文，写报告文学，写电视剧，他的另外一个身份是陕西作协副主席，著述颇丰，但音乐歌舞剧从未涉猎，写舞台剧本于他尚属第一次。他的优势是：站得高，看得远，钻得深，吃得透。站得高，既是指他的社会身份，又是指他的文学势场，具有高起点、高学养、高境界、高追求；看得远是因为他视野宏阔，统揽全局，独有自己的眼光和发现；钻得深是说他对陕北文化有着深入的研究；吃得透指他熟悉黄土地上的生活，懂得那里的男人和女人，了解那里的风土与人情。具备了这些条件，《米》剧出自他之手，既有偶然的成分，也有必然性蕴含其中。

音乐歌舞剧的形式决定了《米脂婆姨绥德汉》剧情应该相对单纯和集中，但剧情展开，便是三名男子和一名女子的冲突，剑拔弩张的人物关系并峙对立，充满悬念，也让人为如何收场生出担心。虎子、石娃和牛娃都想娶青青为妻。最终牛娃做了青青的“亲哥哥”，虎子和石娃约定七月七日太阳落山前为娶青青的婚限。七月七日，“山寨王”下山娶亲，而“走西口”的石娃也赶回家迎娶青青，二人为此展开抢亲争斗，“山寨王”虎子劫持了青青和石娃，矛盾冲突达到最高潮时，峰回路转，石破天惊，虎子出于对青青的真情至爱，以暴烈的方式完成了一件最温情的义举，绑架着青青石娃，为他们操持婚礼，让他们拜天地，送他们入洞房，使有情人终成眷属。这番举动惊世骇俗，既成全了别人，也完成了自身思想和精神的蜕变，把一腔火烈私情升华为一种超然大爱。虎子的转变可谓神来之笔，出人意料，又入情理，把最质朴也最高尚的爱情诠释到极致。

《米》剧歌词，编剧创作占了很大比重，但却不着痕迹，与原生态民歌浑然一体，以至于让人误以为编剧仅是做了些民歌串联工作。这里显示的正是编剧的才华和功力。当大幕开启，《黄河神曲》幽远而热烈传来的时候，一群光屁股男娃身上只裹着兜肚，从黄土黄河中一耸一耸摇摇摆摆地钻出，口里念唱：天上有个神神，地上有个人人。神神照着人人，人人想着亲亲。氛围的渲染，意境的营造，被点题的歌谣一下子晕染了，这首歌谣的句式、风格、味道，很容易让人以为源自民谣，其实完全出自编剧阿莹的手笔，是他全新的创作。再看概括主题的尾声合唱：大雨洗蓝了陕北的天，大风染黄了陕北的山。天上飘下个米脂妹，地上走来个绥德汉。妹是那黄土坡上红山丹，哥是那黄河浪里摆渡船。高坡上爱来黄河里喊，米脂的婆姨哟绥德的汉。借用和创作，编织与改造巧妙结合，针脚绵密，天衣无缝，令人不由击节称绝。类似的唱词还有：天上的鸽子地下的鹅，一对对毛眼眼照哥哥。哥哥你笑来妹子照，照着哟照着哟贴个近近了。上两句从民歌中拿来，下两句根据剧情需要新创。白格生生脸蛋苗格条条腰，走过了崖畔畔山也摇。红格樱樱小口歌声飘，树林林的山雀雀也跟着笑。这样的歌声似乎耳熟，但查遍陕北民歌却不得，由此得知这又是阿莹的编创。这种创作，不是对原民歌素材简单组合，不是生硬捏弄，而是对其选择撷取消化，通过再发酵、再创造，从而有机地酿制成一坛甘洌清纯的新酒。新酒却窖香醇厚，劲道十足，回味绵长。

青青妈与老羊倌的情感故事，是剧中顺带扯出的一条旁支，但丰润了浪漫温馨的情爱底色，垫厚了全剧爱情主线的文化土壤和发育根基，凸显了人物的至情真性。

通观全剧，编创者以大文化的眼光，着力凸显黄土地上男女赤诚质朴的天性，赞美他们高尚博大的情怀，讴歌了真善美的生活与人生，润物无声地发挥了教化作用，而单纯与丰盈，明快与激荡，浪漫与厚重，绵柔与峻峭，清婉与沉雄，谐谑与庄严，土风与诗意，舒曼与急促，记事与象征，再现与表现，写实与写意，构成供人玩味、耐人咀嚼、启人遐想的美学意蕴和艺术风格。

三

《米脂婆姨绥德汉》与经典还有距离，但可以看出创作者走向经典的自觉意识和做出的努力。谁都知道黄土地文化和陕北民歌是当代音乐创作的一个资源宝库，前些年中国乐坛也曾刮起过一阵“西北风”，有人尝试赋予陕北民歌以通俗流行音乐的形式，这种尝试是有益的，但现在看来那只是一阵风而已。为什么？因为创作者根底不深，缺乏对陕北、对陕北人、对陕北文化深刻的体悟，缺乏对其精魄神韵的领会、发掘和捕捉，题材写“黄土高坡”，结果却貌合神离，虽然也曾一度传唱，但生搬硬套的痕迹太过明显，最终流于不伦不类。对此，陕北民歌研究专家朱继德批评说：歌词完全摆脱了信天游的格式，唱什么“白云悠悠”，给世人一个错觉：陕北民歌原来是这样的形式。作者大概想推陈出新，但脱离了陕北民歌的原汁原味，让听惯了陕北民歌的人们，很不是滋味，同时也误导了不少青年人。

陕北文化没有中原文化所特有的排他性，陕北民歌是一个开放的体系，汉族的主色调中融合了匈奴、鲜卑、羌、蒙古等少数民族文化色彩，同时吸收了关中、山西戏曲和民歌元素，加入甘肃花儿和内蒙古民歌的旋律，成为这些优秀民间艺术杂交繁育的产儿。对陕北民歌的继承、发展、创新，自然是时代的需要，也有着广阔的前景，但必须考虑其自身艺术特征，遵循其艺术规律，既要顺应人民群众在新时代、新文化背景下新的审美需求，又要保护传统，保护地域文化的特色。只有这样，才能使陕北音乐文化应和着时代主旋律，与先进文化的方向保持一致，同人民群众生活息息相关，创造新时代的经典。

音乐界向来有重作曲而轻写词的风气，一部音乐剧作品成功与否，常常将砝码押在作曲上，作词的重要性往往被置于次要地位，作品获得成功，聚光灯下出现的也常常是作曲家。其实无数获得巨大成功的音乐作品都是词曲双耀，相互辉映，两相结合，才构成金声玉振的艺术魅力。而且，词是作曲家灵感的母菌，是走向创造所倚恃的基石，特别是歌剧、音乐剧等台本剧目，剧本的重要性更为突出。世界上许多成功范例，都在证明这一点，即以具有世界影响的音乐歌舞剧为例，或取材于文学名著，或改编于巨匠剧作，或脱胎于大家诗文，或诞生于作词名家，剧本和歌词无不彰显着先决性作用。著名音乐歌舞剧《窈窕淑女》，是根据英国剧作家萧伯纳的剧作《皮革马利翁》改编的，一经在百老汇演出，即大获成功，被乐评界称为“20世纪最优秀之音乐歌舞剧”，荣获托尼奖。还有红遍全

石娃（王宏伟扮演）向青青（雷佳扮演）深情表白

球的《猫》，是根据 T.S.艾略特的诗集谱曲的音乐歌舞剧。艾略特被认为是第二次世界大战前用英语写作的最有影响的诗人，对英美现代派文学及新批评派评论起了开拓作用，1948年荣获诺贝尔文学奖。《猫》曾获得七项托尼奖，20世纪初开始风靡世界，使用十几种语言在数十个国家无数次演出，仅仅在伦敦的演出即达9000多场次。可以说，没有诗人艾略特，就没有音乐歌舞剧《猫》。最有意思、最引人遐想的是《西区故事》。《西区故事》是美国音乐歌舞剧的经典之作，词作者是斯蒂芬·桑德海姆。桑德海姆本来一心要成为一名作曲家，当他四处闯荡寻求发展机会的时候，遇到了著名指挥家伦纳德·伯恩斯坦。伯恩斯坦十分欣赏这个年轻人的天赋，安排他协助自己写《西区故事》的歌词，说是协助，实际上《西区故事》作词基本是由桑德海姆一个人独立完成的，重作曲而轻写词的风气那时就存在，伯恩斯坦把作词看作是件“杂活”，让年轻人先锻炼锻炼。桑德海姆一开始本想推辞，但在词作名家哈默斯坦的劝说下终于改变了主意，踏踏实实地在剧组中做起这份不起眼的工作。1957年，《西区故事》正式上演，好评如潮，27岁的桑德海姆一夜成名，他的名字与伯恩斯坦（作曲）、哈罗德·普林斯（制作）、杰罗姆·罗宾斯（导演、编舞）这些业界巨擘放在了一起。此后又为《玫瑰舞后》写词，上演后大受欢迎，凭借这两部佳作，桑德海姆一举成为人们眼中的“著名词作家”，直到后来美国剧作家协会主席的重担也落在了他的肩上。

《米脂婆姨绥德汉》最初归类为秧歌剧，但看来归入音乐歌舞剧更准确，更符合作品实际面貌。音乐歌舞剧是将音乐（声乐与器乐）、戏剧（剧本与表演）、文学（歌词台词）、舞蹈、舞台美术等融为一体的综合性艺术，《米》剧完全具备这些因素，呈现出多门类艺术交融的复合大套形式，表现手段多样，规模容量大，这些都不是秧歌剧所能包容涵盖的。应该说，《米》剧是新时期第一部取得巨大成功的陕北音乐歌舞剧。

音乐歌舞剧创作是我国当代艺术的一个薄弱环节，近年来，不少有志于发展音乐歌舞剧的艺术家，多方向、多途径努力，力图为中国观众展现音乐歌舞剧的精品佳作，这种尝试也催生出不少新作问世，但我们看到，在这些努力中，有些倾向值得商榷，这就是在形式上的雕琢远大于在实质内容上下的功夫。有些是把西洋东西拿来，热热闹闹地进行“中国化”“民族化”改造；有些寄希望于高科技，树起“多媒体”歌舞剧的大旗，对声光电的兴趣比对剧作艺术本身的兴趣更为浓厚；有些不惜投入巨额成本，以“大手笔”推行“大制作”，依靠恢宏的舞美场景和绚烂的舞台装点，把观众吆喝到体育场看音乐剧。作为尝试或者说实验，这些努力亦无不可，但不应该把最本质的东西丢在一边，这就是剧本创作。回顾我国舞台剧发展历程，包括话剧、歌剧、音乐歌舞剧，大凡获得成功、产生影响、深入人心的作品，无一例外都是先有一个好剧本。《白毛女》《洪湖赤卫队》《小二黑结婚》《刘三姐》《江姐》《红珊瑚》《红霞》……当我们怀念早先那些脍炙人口的优秀作品，感慨当下难得一见昔日辉煌情景的时候，就会发现，问题出在剧本上，没有优秀剧本，发展舞台剧，无论话剧、歌剧、音乐歌舞剧，便是无米之炊，更遑论经典的诞生。

由此看来，《米脂婆姨绥德汉》带给我们诸多启迪。它让我们思考什么是乡土资源，什么是本土文化，什么是中国风格，什么是大众情怀，什么是贴近实际、贴近生活、贴近群众。它还提供了一种富有借鉴意义的实践经验，即从剧本入手，发掘中华传统文化宝库，立足人民大众鲜活生活，开掘丰富的乡土资源，据此进行艺术创新，从而使艺术家的劳动具备了这样一种可能性——走向经典，逼近经典，创造经典。

陈建功

中国作家协会副主席

读《米脂婆姨绥德汉》

陕北民谚“米脂的婆姨绥德的汉”是久已闻名的。曾遇到一个老太太，无意中问起籍贯，说是米脂人，顿时一愣，因为那俗语已然闪入脑海，也就开玩笑一般脱口而出了。那老人家也自豪得很，说：“当然，现在是老了，年轻时也还真的蛮漂亮哩！”细看其眉眼，想见其妙龄风采，始信民谚所言不虚。后来又听陕西的朋友告诉我，这民谚是从米脂的貂蝉和绥德的吕布而来，由此赞美陕北女子多情漂亮、男子英武阳刚。千百年来，“米脂的婆姨绥德的汉，清涧的石板瓦窑堡的炭”家喻户晓，经历史沉淀，已成极具代表性的人文符号。

近闻陕西作家阿莹有秧歌剧《米脂婆姨绥德汉》面世，进京演出后引起巨大反响，遗憾的是，知道消息时，剧组已经离京。只好从友人处借来剧本拜读。年轻时曾听话剧界一位权威人士教诲，说“读剧本”是要在剧院演出现场把剧本“立起来”读的。意思是说，读剧本比起看演出，往往失色不少。话

2009年7月20日，中国剧协在北京召开《米脂婆姨绥德汉》座谈会

剧尚且如此，欣赏声情并茂、且歌且舞的秧歌剧，靠“读剧本”所能感受到的，大概更是九牛一毛了。

秧歌是中华民间文化发展史上的一朵奇葩，以前曾望文生义，以为它来源于“插秧”时节的娱乐，后来才知道，此说在南方或许是适宜的，对于东北、华北、西北等秧歌的流行地区来说，却未免牵强。读民间文艺著述，知道有另一种说法是，“秧歌”以及曾经叫过的“姎哥”“央哥”“羊高”“鸯哥”等等名称，均为维吾尔语对女性称谓“鸯哥”的一声之转，所以，北方秧歌应是“上古乡人傩即沿门逐疫与西域娱乐形式相结合的产物”。而“秧歌剧”的产生则不到70年，它是抗战时期解放区的文艺工作者在毛泽东《讲话》精神指引下，认真研究民间艺术，向群众学习，在继承借鉴秧歌艺术的基础上，创作出的熔歌、舞、剧于一炉的崭新艺术形式。我们所熟悉的《兄妹开荒》《夫妻识字》等，那素朴的民间艺术形式和崭新的生活气息，都曾给我们带来感动和欣喜。随着市场经济大潮席卷全国，外来文化特别是各种大众娱乐的冲击，应该说使中国剧坛既在冲击中晕头转向，也在冲击中反思和寻觅。我以为，阿莹抓住了秧歌剧这种既具文化渊源又有时代特色的艺术形式，发挥陕北民歌的丰富多彩与地方故事的戏剧性，以乐观、健康、诙谐的编创风格，展示了米脂女子青青和绥德后生虎子、牛娃、石娃动人的爱情故事，展示了秧歌、剪纸、高跷等民俗文化事项和独具特色的地域文化风情。这一剧本创作以及演出的成功，其意义远不止在于一个剧本本身，它体现了作家阿莹在民间文化传统和革命文化传统基础上创新开拓的努力，这一努力的成功，对大众文化冲击下的中国戏剧乃至中国文学，都有着巨大的启示。

民间文化资源的挖掘与创新，也是秧歌剧《米脂婆姨绥德汉》取得成功的关键。“信天游”那朴素平实的旋律和形象生动的语言表述，在剧中得到了充分的展示，正因为这一展示，使得那蓝天旷野、那红日冷月、那沟壑荒坡，都获得了属于黄土地、属于陕北高原的魂魄。“天上有个神神，地上有个人人。神神照着人人，人人想着亲亲。”这简洁而朴素的意境由清丽的童音唱出，在西北高原上萦绕，难道不是超越了时间与空间的天籁吗？“叫声妹妹你莫要哭，……等我挣上十斗八斗就折回头”，这是一个绥德汉子的价值观，为了生存与温饱，又依恋着爱情与亲情，挣扎于其间的悲苦与思恋，对于生活奢侈而情感荒芜的当代人来说，难道没有值得羡慕之处吗？“麻雀雀叫来九十月个天，背巷巷里成亲呀真可怜。墙头上那个跑马还嫌低，面对面抱住我还想你。”闭上眼，陕北民歌的旋律仿佛就在耳畔响起，这旋律不光好听，更因其直白而直抵心灵。“直白”历来被归为艺术之大忌，然而这里的“直白”却令人回味。不只是回味歌词本身，而且还回味艺术的辩证法——艺术永远没有一统天下的规范与信条，真正的艺术永远有着化腐朽为神奇的能力。正因为深厚的民间文化滋养和大胆的艺术开拓，才促成了这部秧歌剧对陕北地域文化的提升和突破。

中国特色的社会主义文艺，需要观照它所面对的时代，也需要观照它自己。观照它自己的时候，需要观照它对人类文明的责任，也需要观照它自身形式上的魅力。社会环境的变化、时代的发展，都对文艺的继承与创新提出了更高的目标和要求，秧歌剧《米脂婆姨绥德汉》可以说是一个成功的范例。它在观众中产生热烈的反响，既表明陕北民歌的魅力经久不衰，也表明加以创新后的艺术有了崭新的生命。

王道诚
中国音乐剧研究会副会长兼秘书长

从《米脂婆姨绥德汉》谈中国民族音乐剧的创作

看了由阿莹编剧、赵季平作曲、陈薪伊导演、陕西省榆林市民间艺术团演出的音乐剧《米脂婆姨绥德汉》，我们的眼前为之一亮，灵魂受到了深深的震撼。这种震撼不仅在于男女主角的那种坚韧和大爱，更在于当我们为如何在我国发展民族音乐剧而苦苦思索的时候，《米脂婆姨绥德汉》带给了我们许多的兴奋和思考。

音乐剧从20世纪70年代末传入我国至今，已经有30多年的历史，对于如何发展我们的原创音乐剧，如何追求中国音乐剧的民族性，我们仍然是步履维艰，没有多少现成的经验可循。然而《米脂婆姨绥德汉》的成功演出，却让我们在中国音乐剧的民族化的道路上看到了光亮，也获取了可以借鉴的成功经验。以下仅从该剧的故事内容、音乐表现与舞台呈现来谈谈努力发展繁荣中国民族音乐剧的愿望。

故事内容的民族性

故事内容的民族性是我国音乐剧民族化的最主要体现。我国的传统文化中有着广泛的题材来源。舞台剧《米脂婆姨绥德汉》就是从我国古老民间文化中挖掘的题材，讲述了一个动人的爱情故事。这个故事之所以动人，在于它反映了陕北民间最朴实的“人想人，人爱人”的真实情感，这种情感沟通了人类远古时期就一直存在，如今仍一直隐藏于我们内心深处的最纯真、最简单的原始情感。回想我国古代的四大爱情神话故事，从嫦娥奔月的嫦娥，到鹊桥相会的织女，从女扮男装的祝英台到雷峰塔下的白娘子，反映的几乎都是人间“此事古难全”的凄美爱情。在神话故事中，我们的祖先可以创造出各种离奇的结局，以弥补人们内心深处的心灵缺憾，而在现实生活当中，如何来反映和刻画这种触动人内心深处的爱情故事呢？剧作家阿莹用了一个几乎是“神来之笔”的“虎子让亲”，让这一陕北民间的故事叙述得如此动人而壮美。在看完这部戏后，内心不免为“被逼上山、落草为寇”的虎子深感惋惜，但如果没有这种惋惜，也许这个故事就不会这么生动和感人了。回想嫦娥奔月的故事，之所以能流传千古，也许在于美好的愿望总是与残酷的现实形成巨大的反差，从而无形中沟通了古代人与我们当代人最原始也最朴实的情感元素，因而不能不使人动情，不能不令人泪眼婆娑。回想鹊桥相会的故事，有多少纯真少女在七夕之夜，遥望银河默默祈祷，企求能如织女般心灵手巧，可以碰到属于自己的，那个痴情的、憨厚的，然而又有点儿坏的帅气牛郎哥。又有多少痴心少男憧憬能遇到一个属于自己的，那个不计金钱地位，心灵手巧的、心地善良的又有点儿藐视世俗的美丽女孩。但是任何一对恋人之间似乎都有一条河，是否每对恋人都能渡过这条河？很可贵的是，作为首次创作舞台剧的陕西剧作家阿莹，却能很好地把握和参透这种古老的神韵，创作出了 “一个米脂婆姨”与“三个绥德汉”的动人故事，让身处当今经济飞速发展、文化迅速多元化时代的我们感受到了这种爱情的美丽。

剧作家既照顾到了“此事古难全”的爱情法则，又照顾到了广大观众期盼大团圆结局的喜好，于是，让敢爱敢恨的虎子在经历了一环扣一环缠绵而激烈的求爱过程之后，毅然决然地选择了退出婚礼，成全了自己的心上人青青与石娃的爱情，这种大爱与深爱折射出了生活在黄土地深处的淳朴百姓大爱永恒的感情世界与和谐共生的生存理念。这就是虽然这部戏故事情节不是很复杂，但却能深深打动观众的主要原因。

《米脂婆姨绥德汉》的成功演出，为我们如何创作具有我国民族特点的音乐剧带来一些有益的启示与思考：我国的原创音乐剧，是否也应当走一条民族化道路呢？综观美国音乐剧的发展史，我们不难发现它的成功有两大法宝：不断的创新与坚持民族化、本土化的创作。在《演艺船》中，“把美国乡土的剧本故事和当地的音乐、舞蹈有机结合起来”。此后，《波及与贝斯》《俄克拉荷马》《长发》等剧目都特别重视民族化和本土化。我们知道，任何一种外来的艺术文化都必须与本民族的优秀传统文化相结合才能根深叶茂。音乐剧作为外来的艺术形式，也应当与我国悠久的民间传统文化相结合，从我国博大精深的民间故事宝库中寻找创作的灵感与素材，才能创作出观众所喜闻乐见的作品。我们以前在音乐剧的创作中，也曾经有过不少这种汲取民间故事作为题材的典型范例，如《花木兰》就是根据《木兰辞》以及家喻户晓的相关民间传说改编而成，《中国蝴蝶》也是选用了“梁山伯与祝英台”这一家喻户晓的古典传奇故事为蓝本，《甘嫫阿妞》则是根据同名的民间叙事长诗改编而成，《英雄后羿》也是根据我国的传统神话故事改编而成。这些剧目都在不同程度上受到了观众的好评，但在故事的改编上还需要像《米脂婆姨绥德汉》一样，能够大胆地创新，能够深入人物的内心世界，挖掘人物内心火热的激情与动人的感情，从而创作出更多、更好地反映我国民间传统文化的优秀作品来。通过对这些传统素材进行改编与创新，不仅能够弘扬我国优秀的民间传统文化，而且也能够重新赋予这些传统的民间故事以崭新的生命力，从而形成沟通古代与现代、连接传统与当下的桥梁与纽带。

青青（雷佳扮演）述说对石娃的情意

音乐表现的民族性

音乐剧之所以能被全世界人民广泛接受和普遍喜爱，除了动人的故事内容，更重要的是它还能给观众带来一种视听感官的刺激和心情感受的愉悦。该剧的音乐总监、作曲家赵季平曾这样说："中国民族民间音乐是作曲家的创作源泉，当代音乐文化也是在这样的传统中延伸和创新的。"一语道破了舞台剧《米脂婆姨绥德汉》在音乐创作上取得成功的玄机。《米脂婆姨绥德汉》是一部在几十首具有独特风韵的信天游的基础上创作的雄浑大气的史诗般的舞台艺术精品。这部舞台剧之所以能够演出成功，就在于创作者对我国的民间文化资源进行了充分的挖掘与创新。《米脂婆姨绥德汉》的音乐是由11首原生态民歌和33个唱段（乐曲）结构而成的。这种独特的音乐结构与朴素的音乐风格能够让我们准确地捕捉到作曲家以原生态陕北民歌（乐曲）或民歌元素进行音乐呈示、创作、编曲的经脉。全剧音乐根据剧情和人物性格的需要，对信天游、山曲、打坐腔小曲、二人台等原生态民歌或进行修葺、润饰，或扩展、变奏，或进行全新创作，从而形成精彩、优美的唱段、乐段。这种完全以原生态民歌元素浇铸而成的音乐建构，使它成为同类剧目中海纳陕北民歌歌种最全、曲目最多、风格最纯的一部剧作。看罢《米脂婆姨绥德汉》，耳旁回荡的仍是"天上有个神神，地上有个人人。神神照着人人，人人想着亲亲"这首具有民间歌谣风格的《黄河神曲》。这种质朴而平实的表达，仿佛是对信天游"什么人留下人想人"这种千年提问的朴素回答和对陕北人民生活的常情与常理最直白的阐述。此外，为使全剧气韵贯通、一气呵成，作曲家还利用这11首原生态的陕北民歌有效地把全剧的剧情串联起来，不仅突出了舞台剧的叙述性，而且还增强和渲染了剧情的抒情性，让我们通过观剧，不仅感受到了陕北民间质朴清新的乡土气息，还感受到了陕北人泼辣直率、勇敢乐观、积极向上的人文品格与人物性格。

近期在国内将要演出的英国音乐剧《妈妈咪呀！》，以相似的创作手法运用20世纪70年代风靡欧美的“阿巴”音乐把整个剧情串联起来。两剧都以本民族民间的音乐在演绎一个女人和三个男人的故事，但两剧所表现的伦理道德、人文精神是全然不同的。《米脂婆姨绥德汉》的音乐为实现全剧的大美大德、大情大爱提供了强大的动力。基于中华民族有着深厚的民间传统文化，中国民族音乐剧的音乐创作不应弃本求远，完全可以从本土优秀的传统文化中汲取滋养。我们不仅可以从我国丰富的戏剧音乐中汲取资源，还可以对我国富有地域色彩的民间音乐进行时尚化的改造。如安徽省泗州剧团于1992年创作演出的无场次轻音乐剧《希尔顿烟雾》，就是大胆地把“拉魂腔”的旋律与当下的流行音乐节奏巧妙地结合在一起，从而在演出后一举囊括了安徽省第三届艺术节所有的九个大奖，成为20世纪90年代初中国音乐剧探索道路上一道亮丽的风景。而音乐剧《小河淌水》的音乐风格也来自于古老云南的花灯戏，并以有着“东方小夜曲”美誉的歌曲《小河淌水》以及在全国广泛流传的“赶马调”作为全剧的音乐主题，在演出后也取得了很好的效果。还有音乐剧《五姑娘》把“田歌”这种有着近3000年历史的江南嘉善等地独有的地方民歌进行改变创造，让观众在音乐中感受到了强烈的地方气息和民族风格。

舞台呈现的民族性

音乐剧的舞台呈现与表现风格多种多样，而极具个性化的舞蹈表演是其中最重要的因素。一部成功的音乐剧，其舞蹈不但为舞台带来了流动的质感，而且还可以通过肢体语言表达剧本和音乐所无法承载的情感和思想。《米脂婆姨绥德汉》的舞蹈表演就充分体现了这种特色，该剧在舞蹈语汇与风格上，将最原始的与最现实的巧妙结合，创新出彩，不仅继承发展了传统的陕北秧歌舞蹈，还把踢踏舞、国标舞与陕北秧歌舞蹈有机地结合在一起，既体现了舞蹈的民间性与地域性，又具有当下性与通俗性。我国是个能歌善舞的多民族国家，在民间蕴藏着许多大众所喜闻乐见的舞蹈因子，如傣族的孔雀舞、藏族的旋子舞、汉族的东北秧歌舞等，而要使我国的原创音乐剧具有民族特色，就需要发挥我们民族能歌善舞的优势，在民族民间歌舞的基础上发展我国的音乐剧，坚持走一条民族化的道路。在音乐剧的民族化道路上，我们也进行过许多尝试，比如《甘嫉阿妞》中就有表现异域风情的民族舞蹈，《黄果树传奇》中插入了粗犷豪放的安顺秧歌，《香格里拉》中加入了热情奔放的踢踏舞，这些尝试都是对民间舞蹈加以吸收和创新的结果，也往往能带给观众耳目一新的感觉。

此外，在舞台呈现上，《米脂婆姨绥德汉》体现出了一种古朴与原始，豪华与壮丽相互交融的舞台风格。那舞台上的“一片天、一捧黄土、一轮明月、一棵大树”，虽简单却意蕴深刻，给整部戏增添了一种陕北民间独特的神韵美与意境美。演员的服装不仅打破了我们传统印象中陕北服饰固有的样式“羊肚子手巾三道道蓝”，还进行了大胆的创新，既融会了传统的剪纸艺术，还采用了大红大绿的艳丽造型，给观众一种强烈的视觉冲击力和全新的舞台视觉美。舞台灯光与舞台布景、演员服装交相辉映，从而构成了浸润着陕北高原泥土气息的、多层次的豪华而壮丽的舞台景观。

65年前，从陕北延安走出了中国民族歌剧《白毛女》，并走向全国，走向世界，走出了中国民族歌剧的辉煌。继《白毛女》后，从陕北榆林走出的中国民族音乐剧《米脂婆姨绥德汉》，正在告诉我们，不必刻意向西方音乐剧认祖续家谱，只要努力传承创新、学习借鉴、扎根本土，弘扬中华文化和民族精神，定能创作出广大人民群众喜爱的中国民族音乐剧。

廖向红

中央戏剧学院副院长，中国音乐剧研究会副会长、教授

扎根于陕北民间艺术沃土的绚丽之花

——观陕北秧歌剧《米脂婆姨绥德汉》有感

荣获国家文华大奖特别奖的陕北秧歌剧《米脂婆姨绥德汉》，12月10日在保利剧院演出，如果笔者没记错，这已是该剧三度进京演出了！一个地市级的榆林市民间艺术团，何以有这样的“能量”与“魅力”？不仅得国家级大奖，而且三次在首都舞台上亮相？带着这样的问题，笔者在看过剧本和演出录像的基础上，走进保利剧院观看了该剧。

尽管我对该剧的剧情内涵和演出特色早已知晓，但当演出开始具有浓厚陕北泥土气息的音乐响起，舞台上一弯月亮缓缓升起带出一轮硕大通红的太阳，转出陕北沟壑纵横的黄土高坡，一群男娃娃胸前只裹一兜肚儿，如同从黄土中钻出来，摇摇摆摆以充满童稚的声音唱响主题歌：“天上有个神神，地上有个人人。神神照着人人，人人想着亲亲。”我还是深深地被吸引、被打动了……在静心观赏、细腻品味该剧独特艺术风貌的同时，也在思索、探寻该剧的“能量”与“魅力”何在。

该剧编剧阿莹先生独具慧眼，非常有创意地选择了陕北民歌作为创作的核心素材，通过编织一条古老、淳朴而简洁的戏剧情节线索——米脂女子青青与绥德汉子石娃、虎子和牛娃三人之间的爱情故事，将数十首“土得掉渣儿”的民歌串联起来，不仅打造出了一部具有鲜明陕北地域特色的戏剧作品，更重要的是通过该作品将陕北民歌这一非物质文化遗产集中保留下来，不因岁月流逝和生活变迁而失散，并能随演出使这些散发陕北高原泥土芳香的民歌传唱开来，其文化意义将非常深远。而且阿莹先生为该剧写的歌词也非常好，遣词造句朴素至极，却句句形象生动、色彩鲜明，富于画面感，具有很强的行动性和节奏感，而且在鲜活地展现陕北风土人情的同时，也道出了非常质朴的情爱哲理。

在剧本情节与歌词具有黄土高原乡土风情的基础上，该剧的音乐创作进一步强化并渲染了陕北民歌的音律，在音乐总监赵季平的率领下，该剧的作曲团队原汁原味地保留了陕北民歌的旋律与风格，将一首首单曲连缀成为完整的歌舞剧音乐，赋予其戏剧性和现代节奏，并通过演员原汁原味的（同时又是高难度的）精湛演唱，使原生态的民歌在通俗的基础上，具有鲜明的形象性和较高的艺术品位，使观众在欣赏演出的同时就能够哼唱剧中的很多旋律，乃至走出剧场数天后，该剧的核心唱段旋律也仍然在耳畔回响，深深地嵌印在脑海里、记忆中……

服装处理也给人深刻印象，设计非常大胆，不仅敢于大红大绿地用色，在式样和图案的处理上也非常大胆，将陕西民间手绣、剪纸等工艺中花鸟鱼虫、牛羊虎豹的图案做了放大夸张的处理，剪贴在人物的服装上，成为人物性格的标志，使一套服装就像一幅人物风俗画、一件手工制作的工艺品，艺术特色非常鲜明，视觉效果强烈。舞蹈创作也很有特点，以陕北秧歌为主要创作元素，糅进高跷、卡通和现代街舞、爵士等因素，使舞蹈语汇和形式更加丰富、鲜明并具有现代意味，在展现陕北民间舞蹈特色的基础上，用一幅幅流动的画面把音乐视觉形象化，抒发人物情感，深化演出意境。演员的表演、化妆和灯光处理等都可圈可点，具有鲜明的艺术特色，二度创作中，各部门在剧本创作成功的基础上，共同打造出了《米脂婆姨绥德汉》独特、新颖、鲜明的演出风格。

观看演出，就如同在赶一场陕北高原的庙会，耳畔萦绕着高亢、婉转、优美、抒情的民歌旋律，两眼目不暇接的是一幅幅大红大绿、图案夸张、形象风趣的年画和剪纸，还有一组组热闹非凡、喜气洋洋的秧歌、高跷、皮影、木偶等表演扑面而来……在充满浓厚陕北地域特色的听觉形象和视觉形象的裹挟和冲击下，获得一种印象深刻、回味无穷的审美愉悦。

当我和观众一起在剧场看完全剧，获得了该剧的直接审美体验后，自认对本文开篇提出的问题有了答案，那就是：陕北黄土高原丰厚、粗粝、质朴的乡土生活，赋予了该剧一种巨大的内在能量！原汁原味的陕北民间歌舞使该剧呈现出一种新颖独特的艺术魅力！使其如同深深扎根于陕北民间艺术沃土中而绽放的一朵绚丽之花，以其浓厚的泥土芳香和粗犷质朴的美，给观众一种独特的审美愉悦和满足！

《米脂婆姨绥德汉》的创作演出成功，得益于该剧拥有一流水平的二度主创团队，且其中的主创人员多数是“米脂的婆姨绥德的汉”，如编剧阿莹、作曲赵季平、导演陈薪伊等，对家乡山水的热爱和故土文化底蕴的深谙，使他们更能触发创作激情，游刃有余地驾驭创作，尽情施展创作才能，又一次向我们证明了“生活是艺术创作源泉”的真理。

在充分肯定《米脂婆姨绥德汉》创作上取得成功的同时，也看到该剧存有一些可以进一步完善之处。例如：在剧本、歌词、音乐和布景创造的质朴与厚重的风格基调上，服装、化妆、舞蹈和演员的表演如何能与之统一？现在服装的色彩显得有些过于艳丽，质地太轻、太新（特别是女舞蹈演员的服装），图案过于卡通，与全剧总的处理原则不够统一，缺乏陕北高原厚重、质朴的泥土气息和生活的实感。人物性格刻画也不够准确。如：虎娃服装的图案太大太多，像个大娃娃，有些卡通而不像绿林好汉。另外，全剧的场面衔接还需加强，现存在一些一首歌唱完就暗转的处理，使演出节奏不够流畅、紧凑等。不过，我相信《米脂婆姨绥德汉》在接受观众的检验、听取各方意见后，通过进一步的修改和完善，一定能够使之

青青（雷佳扮演）在崖边思念着石娃

成为艺术精品，让陕北民歌唱响全国，并走向世界。

在中国戏剧面临图像化、信息化、大众化、全球化和泛文化的冲击与挑战面前，戏剧如何在坚守艺术本体的同时，战胜危机、迎接挑战，不仅能够在竞争中生存，而且能够发展并繁荣？这是每个戏剧人和演出团体都要思考和面对的课题，陕北秧歌剧《米脂婆姨绥德汉》以独辟蹊径探索、创造的艺术风貌，形象并有说服力地回答了这一课题，给我们以很多的启示。

何西来

著名文艺评论家

一道明丽的朝霞

——大型秧歌剧《米脂婆姨绥德汉》观后

年前，在保利剧院看了榆林市民间艺术团进京演出的大型陕北秧歌剧《米脂婆姨绥德汉》，至今耳畔仿佛仍回响着那狂野嘹亮的歌声，闭上眼睛，也好像能看到那一幕幕在舞台上扮演的乡土味十足的情爱故事。看这个戏，曾使我非常感动，沉迷于那既熟悉又陌生的曲调曲词之中，心醉神驰，获得了极大的审美满足，同时也慰藉了我作为远方游子的乡情和乡思。

《米脂婆姨绥德汉》由阿莹编剧，陈薪伊为总导演。阿莹的散文和报告文学都写得不错，属于写实和纪事一类，用情、议论，画龙点睛，也都恰到好处。薪伊的戏，我看过不少，是当今饮誉华夏、名满海内的大导演，是活跃在剧坛上的健者、强者。她的许多戏，大气，慷慨苍凉，有须眉之相，而少儿女之态。主要由他们二人合作的这台《米脂婆姨绥德汉》，在阿莹，虽是牛刀初试，但在薪伊，却是久经沙场之后，向故园、向乡土的一次回归。依然大气，但淳朴、厚实、单纯、明亮却是主色调、主风格。整出戏，就像无定河边一道明丽的朝霞，辉映于东天之上。

米脂、绥德是无定河边两个相邻的县份，古属上郡，地貌环境、气候条件、风俗方言，都相差不大。秦皇北筑长城，却匈奴700余里，命蒙恬发大军30万，以公子扶苏为监军，司令部就驻扎在这一带。因为已经是塞上，自古多兵气战云，金戈铁马，故自来民风雄强浑朴，哪怕是情歌，也颇见苍凉的韵调，其高亢处如角、如号、如笳，与江南的《茉莉花》的调韵，形成鲜明对照。因此，地域文化色彩浓郁的《米脂婆姨绥德汉》在艺术上表现出的大气、淳朴、厚实，就是渊源有自了。

在我看来，《米》剧的编导，显然在相当自觉地追求一种单纯明亮的审美效应。故事很单纯，主要是写女主人公米脂姑娘青青和三位男青年之间的纯真的爱情纠葛。石娃、虎子、牛娃，都是好男人，真正的绥德汉。他们之间的冲突，是一出爱情面前人人平等的竞争关系。这竞争，剔除了情爱之外的政治等附加因素，成了看谁爱得最深沉、最真挚的比拼。牛娃是青青妈中意的女婿人选，勤劳、淳厚，给青青家出过许多力，帮过许多忙，青青也把他当哥哥看。他最后老老实实做了青青的哥哥和保护者，退出了三人婚恋的竞争。青青最属意的是石娃，不仅因为他从野狼和泼皮们的手里救了自己一命，而且人生得壮实、剽悍、帅气，有石头一样坚贞的强毅性格。他是无定河边有名的石匠，像他刀凿下的石狮一样，言必信，行必果，践行诺言，赶在“七月七日”日落前筹足婚款，从西口回来娶青青。青青与虎子是青梅竹马的小伙伴，儿时玩耍，两小无猜时曾戏赠小手绢给虎子，一个说要嫁给你，一个说等你长大了就娶你。这个“赠帕”的“人之初”的过家家细节，还有作为信物一直被虎子珍藏的那方小手绢，曾在剧情的推进中一再提及或闪回，从而产生了一种回环咏叹的效应。

《米》剧不仅故事单纯，人物性格也单纯。连啸聚山林，做了山大王的虎子，也没有被刻意塑造得内心复杂、人格分裂，或者凶残狠毒。他虽然深爱着青青，而且把她抢上了山，但他知道青青爱的是石娃，不是他，因而克制了自己，成全了石娃和青青，一手导演了一个如云里雾里，梦中幻中入洞房的喜剧式大团圆结局。

与青青圆房的是石娃，石娃是青青心目中的中国式、陕北式的“白马王子”，但他的戏并不比虎子多多少。因为有了虎子这个绥德汉，而更增加了这个戏的单纯明亮的特色，却又不失其戏剧故事的跌宕之致。

孩子们的戏，跳唱着“天上有个神神，地上有个人人。神神照着人人，人人想着亲亲”掀开大幕，像是序曲，又断续闪回，一直唱到第四幕，穿插于结尾前的酒令猜拳的咏唱之间，平添了全剧的童声与童趣，使整出戏就像演绎一个童话，奏响一曲童谣或儿歌。

儿童的眼睛，是诗性的眼睛，儿童眼里的世界，充满了单纯和奇幻，又都洋溢着热情。《米》剧的单纯，不是单调，而是从纷繁世情中提纯升华出的一种童心和诗情，也可以说是一种人们向自己原始精神家园的回归。

当然，玉成这回归的舞台呈现的，不只是编导，还有一个庞大的超豪华的创作团队。乐曲是歌剧的灵魂。《米》剧的作曲编曲是当代乐坛上著名的音乐大师赵季平，他又是陕西人，对陕北民歌音乐元素的运用与掌控，可以说达到了出神入化的程度，酣畅淋漓，流转自如，毫无凝滞，令人心醉神迷。几位主要演员——饰演青青的雷佳，饰演石娃的王宏伟，饰演虎子的吕宏伟，饰演牛娃的武合瑾等，不仅扮相好，而且声腔、用情，一个比一个好。既唱出了陕北黄土高原的地域文化特色，也唱出了高亢的、崛起中的中华民族的时代精神，自然也烙上了他们各自的演唱个性与特色。另外，舞台美术、灯光、服装、化妆等，也都共同烘托着单纯、明亮、浑朴、诗意的主体追求与表达。

总之，这是一篇现代中国版的《水晶鞋与玫瑰花》，现代中国版的《渔夫和金鱼的故事》，成人爱看，孩子们也爱看。

行笔至此，我仿佛又看到了无定河畔那道辉映东方的明丽朝霞。

周　明

中国现代文学馆原常务副馆长，著名作家

黄土高原上的大美大爱

一望无际的旷野，淡出黄土地的沟沟壑壑，伴随着一轮冉冉上升的旭日，大型陕北音乐剧《米脂婆姨绥德汉》拉开了序幕……该剧的音乐是以陕北原生态民歌为主调，结合乡土风情、民俗、民风，演绎了米脂女子青青和绥德后生虎子、石娃、牛娃三人之间动人的爱情故事：在很小的时候，虎子和青青定下"长大以后我要娶你"的婚誓。长大后的虎子被逼无奈离家当了土匪，心地善良实诚的牛娃常常帮衬着青青家，后生石娃也喜欢着青青，但青青心里想的爱的只有石娃。虎子和石娃都想娶青青为妻，并约定七月七太阳落山前为娶青青的婚限，二人为此展开了一场抢亲争斗，唱响了荡气回肠的爱情赞歌。三个男人围绕一个女人碰撞出了激烈的火花，最终，虎子忍痛放弃了青青，让她和石娃有情人终成眷属。

陕北民歌作为中国民歌百花丛中的一朵奇葩，是陕西非物质文化遗产中最具特色的民间艺术之一，《米脂婆姨绥德汉》更是其中极致，它将大俗和大雅融为一体，实现了真正意义上的文明与跨越。这部以歌、舞、剧为主要表现形式的音乐剧在音乐的展现上可以说是大放异彩，在著名作曲家赵季平的笔下，一曲曲动人的陕北信天游时而雄浑壮阔，时而凄美委婉，剧中三位小伙子同姑娘青青之间割舍不断的亲情与爱情，纠结着观众的心，让人百转回肠，感慨万千。作家阿莹深厚的文化底蕴和作曲家赵季平、导演陈薪伊的强强联手，使一部平常的地方剧成为又一部中国文化史上的经典之作。

用交响乐演绎陕北民歌音乐剧，这不仅是一个大胆创新，更是一种突破。《米脂婆姨绥德汉》最大的特点就在于它不是简单的陕西民间音乐的堆砌，而是经过精心调和的60余首陕北民歌。不仅保留住了该剧生动朴实的原生态风情，整个音乐的基调还围绕着歌词里的情感表达，对故事发展进行了戏剧化的处理，尤其是作曲家把大量的原生态民族音乐恰如其分地点缀其中，熟悉的锣鼓、唢呐在交响化的爱情诗篇里就像珍珠一样尽显光芒。孕育着黄土地的泥土芳香、流淌着黄河儿女血脉激情的陕北民歌，犹如一部镌刻在陕北高原上的传世巨著，在岁月的冲刷中烙下了深深的印迹。

该剧的舞美设计也可说是别出心裁，红日西下，皓月东升，巨大的太阳、月亮和星星显得格外夸张，尽显浓郁的浪漫主义色彩。美丽的姑娘身着鲜艳的衣裳，憨厚的小伙戴着洁白的羊肚子手巾，连绵的黄土高坡气势磅礴，加之高亢有力的陕北信天游，带给观众超强的视觉冲击力，宛若身临其境，与剧中人携手放歌在黄土高原上。

值得一提的是，《米脂婆姨绥德汉》是阿莹同志创作的第一部戏剧作品。之前，他先后出版过短篇小说集《惶惑》，散文集《俄罗斯日记》《绿地》《重访绿地》，报告文学集《中国9910行动》等作品，其中《俄罗斯日记》曾获第三届冰心散文奖，《中国9910行动》荣获第三届徐迟报告文学优秀奖。《米》剧一经推出，好评如潮，并荣获国家文华奖优秀编剧奖等六项大奖，真是可喜可贺。

通过一个简单而浓烈的爱情故事，表现了陕北人淳朴奔放的性格特点，以及对爱情对美好生活的执着追求。阿莹朴实无华的叙述手法，彰显了西北汉子热爱故土的豪迈情怀，他用大爱来表现人文关怀，可谓匠心独运、别具一格，令该剧的戏剧冲突和情节安排如同行云流水舒展自然，感人肺腑。爱情是永恒的主题，包容、成全才是大爱。就像阿莹笔下的虎子，舍弃自己的情爱，成全对方使爱升华为大爱，这是何等的魄力，何等的胸怀！为了自己心爱的女人的幸福，痛苦地舍弃，表达了虎子对青青的爱，将痛苦留给自己，将爱人送达幸福的彼岸，这才是人世间最无私最伟大的真爱啊。

《米脂婆姨绥德汉》让我们看到了陕北民歌经久不衰的魅力，也让我们感知到这一方地域人民的生命活动和人性光芒。

阎　纲

著名文艺评论家

《米脂婆姨绥德汉》的演出大放异彩

——兼谈对“淡化情节”的再认识

《米脂婆姨绥德汉》是陕西省2008年精品文化工程之一，去年进京，在国家大剧院等剧场连续演出四场，高水平的演职人员达157人之多，阵容超强。

我国歌舞剧的舞台自《兄妹开荒》《夫妻识字》《十二把镰刀》，甚至《白毛女》以来，没有上演过偌大规模、偌大制作的秧歌剧。据媒体报道，演出震撼了中外观众，“京城刮起西北风”，有人评价是“奇迹”，有人赞誉是“史诗”，“开创了中国原生态音乐剧新样式”，这很了不起。不论这样的评价是否爱之切从而誉之过，但演出是成功的，而且荣获舞台艺术政府最高奖文华大奖特别奖。《米》剧在北京演出，而且在中国大剧院一鸣惊人，它像是专门为世界一流的大剧院设定似的，美轮美奂，国家水平，很般配！

光荣属于导演陈薪伊、音乐总监赵季平、编剧阿莹、歌唱家王宏伟和“民歌小天后”雷佳等全体编导演职人员，光荣属于陕西榆林！

光荣来之不易。推荐的20多个剧本被否定了，作家阿莹知难而进，在繁忙的公务中深入陕北各地采风，夙夜匪懈，四年辛苦，十易其稿，为《米》剧在音乐、舞美、导演综合艺术上的成功奠定了一剧之本的文学基础。

序幕一拉开，就是天、地、人的大空间：天上有个神神，地上有个人人。神神照着人人，人人想着亲亲。这是全剧的魂儿，艺术的形而上。音乐全是创新的民歌味（谱曲有功！），反复吟诵，成为该剧象征性的核心主旨。作家阿莹像《红楼梦》“却向荒唐演大荒”那样，“演”的却是《太史公自序》里所讲的“天人之际”与“古今之变”。《米》剧的“天”，就是邈邈旷世的“爱”；《米》剧的“人”，就是滚滚红尘的芸芸“众生”。剧本取材于地上，遨游于天际，天造地设，天作之合，正像冰心说的：“一切为了爱！”爱是幸福的泉源，大爱无边，能够战胜一切，天人共同祈福的爱，也就是人类共同的理想。“究天人之际”“演大荒”，从天上到地下，再从地下到天上，上下翻覆，成败在于一个“演”字。

到了“大雨洗蓝了陕北的天，大风染黄了陕北的山。天上飘下个米脂妹，地上走来个绥德汉。妹是那黄土坡上红山丹，哥是那黄河浪里摆渡船。高坡上爱来黄河里喊，米脂的婆姨哟绥德的汉”，剧情进入最高潮，这段唱词也就成为本剧的主题歌，美丽动人，响遏行云，不胫而走，一下子唱响陕北。它是主题歌，也是全剧点睛之笔，把背景主旨的神人之怨、天人之乐落实到地上人间，成为本剧唱词中的精彩咏叹，是脱胎于陕北民歌，超越民歌，又非常民歌化的绝妙好词。我十分欣赏这段唱词，就中可见白氏的才情。

这个剧成功了，还有没有进一步加工修改，使其真正成为“奇迹”和“史诗”的可行性空间？

不论叫作“秧歌剧”还是“音乐剧”，都是以戏剧为本，以具有吸引力的情节为支撑，以音乐为神韵，以舞蹈为重要表现手段，即以音乐唱腔和形体表演来“演”绎故事、刻画人物。所谓“秧歌剧”就是“秧歌戏”，是由“戏”“舞”“歌”三元素组成的综合艺术，其中，“戏”是统帅，由“戏”而“歌”、而“舞”。“戏”成功了，“歌”和“舞”

不一定成功；“戏”有缺憾或不大出彩，“歌”和“舞”不一定都不出彩，精彩唱段可以传唱，但不能弥补全剧的缺失。《米》剧的成功，在于其“歌”、其“舞”悲欢交集、哀怨动人，可圈可点者甚多（尽管我对主题歌一半多的旋律挪用《三十里铺》和大咏叹的缺失觉得不大过瘾，对舞蹈语言过多地借用秧歌舞融入现代舞元素觉得还不大胆，以及对精彩的双人舞或独舞少感到遗憾），但剧本在选材上以及对于戏剧冲突的细化方面还欠点儿火候，也就是“戏不够”。这是个情人间互争互抢的四角恋爱故事，四个人都爱得死去活来：“陕北的山来榆林的水，米脂的婆姨实在美”；“三月的桃花漫山山红，世上的男人就是爱女人”；“毛格闪闪的眼睛粉格丹丹的脸，米脂的婆姨赛天仙”；“毛眼眼瞭得哥心里乱”；“世上的人儿就数哥哥好”；“酒盅盅量米也不嫌哥哥穷”；“咱们俩死活哟在一搭”……信天游的旧唱词借用过繁，一切的想啊、爱啊、争啊、娶啊，都是概念和抽象、回忆和憧憬，最后得落实到“戏”上，要给戏、给足戏！青青为什么得人爱？青青爱石娃的什么（爱是主情的，包括性情、气质、修养、情趣和风度，不仅仅是像刘巧儿唱的“我爱他劳动好、学习好”）？虎子为什么爱青青（不仅仅是因为送手绢定了娃娃亲），又如何突然间从洞房里让出青青？这些地方都是该剧的“戏眼”，要使出最大的笔力，要浓墨重彩，要给足戏。有专家说，大写意的手法“淡化情节”在情节上没有一个细致深入的展现，才使作品有了穿越时空的人文光芒……我不完全同意这样的说法。固然，相对于戏剧来说，歌舞剧的剧情要“淡化”一些，但是，“淡化”不是淡化“戏眼”。凡戏，总要有“戏”，要有感人肺腑的戏剧冲突，要有对立面的紧张和冲突，要给人物设置一种极限性的艺术“情境”（“情境”是戏剧艺术的中心命题），在诗情画意中和情感的巨大反差中，将剧情推向人性的深度和思想的高度，总之，要唱，要有动作，要“演”！我知道，难度是相当大的。《米》剧的编剧当然有这种让戏出彩的自觉性，剧里争婚、让婚的几个高潮吸人眼球，但给力不够。固然，音乐剧剧情简单，越是简单越要求高度的精致，就像《白毛女》把人变鬼、把鬼变人以及《梁祝》里十八里相送和哭坟化蝶那样感

人肺腑的精致，这方面，《米》剧有相当大的打磨空间——需要加戏。人说“十年磨一戏”，我们还不到五年吧?

据近日报载，煤城榆林成中国版的科威特，榆林有魄力、有实力。榆林可望再上层楼、再投资，把《米》剧的辉煌进行到底！让《米脂婆姨绥德汉》走向世界！

范咏戈

著名文艺评论家，《文艺报》原总编，中国报纸副刊研究会副会长

金相玉质的创新之作

——陕北秧歌剧《米脂婆姨绥德汉》观感

大幕开启，舞台缓缓旋转，一群身着红兜肚的陕北娃娃从黄土高坡上冲下来，童音高唱出主题曲《黄河神曲》，满目生辉的“西北风”将舞台深深感染，震撼着观众。

四幕新编陕北秧歌剧《米脂婆姨绥德汉》演绎的是米脂姑娘青青与三个绥德后生——虎子、石娃、牛娃之间的爱情故事。青梅竹马的虎子和青青曾定下过“长大后我要娶你”的婚约，但在随后的生活变化中这个婚约遭遇了现实考验，虎子被逼做了“山大王”，石娃和牛娃也都爱上了青青，而青青最爱的是石匠石娃。“戏核”由此凸显。憨厚的牛娃牺牲自己的感情甘做青青的“亲哥哥”，而虎子与石娃则互不相让，并共同约定在七月七太阳落山前为争娶青青的最后期限。剧情由此展开，石娃“走西口”、青青苦等待、虎子不食言，到七月七这天剧情达到了高潮，“山大王”下山娶亲，石娃也回家备好了彩礼，二人为此展开了一场荡气回肠的爱情“决斗”。“决斗”的结果是青青和石娃喜结良缘，虎子也决定浪子回头，走出山寨，与石娃、牛娃一起“走西口”，当众主持了青青和石娃的成婚仪式，使有情人终成眷属。

一切都在创造，结局让人意外，也比想象的要好得多。如果是要构造一幕悲情剧的话，一定是在石娃迟到之时，虎子强抢青青，坚贞的姑娘愤而跳下山崖，喜宴顿时变成生死两界的惨剧；此时回来的石娃与虎子一番拼杀角斗，最后双双同归于尽。但在这个关键时刻，剧情陡转。这是古朴的民风和力量，是决定了人性和善的胜利。结局感人且圆满：石娃获得了本属于他的爱情，虎子完成了自身道德的拯救，憨厚的牛娃从妹妹的幸福那里获得了亲情的慰藉，古老的土地和永恒的民间生活在歌与爱、道义与温情中代代延续。

全剧中最见光彩的人物无疑是虎子，他在情与理、义与欲之间的痛苦抉择，不但使他个人的形象变得丰满感人，而且升华了全剧的主题。而青青的形象则最具颠覆性。来自传统信天游中的女儿形象，曾见于很多作品。如《走西口》《兰花花》《五哥放羊》等。在这些作品中，我们都能看到那个无助而绝望的女子，她们的基本形象和姿态，是望眼欲穿式的“眺望”。青青的形象则从根本上改变了传统信天游对女儿形象的塑造。尽管她也经历了石娃走西口这样的经典体验，但她没有由此感到悲伤，她相信石娃哥一定会回来，他也果真按照约定的时间回来了。这是青青这个形象区别于传统女儿形象最重要的精神特征。她的基本形象和姿态不再是望眼欲穿式的“眺望”，而是两情相悦的幸福和满足，即使是在虎子将她“抢”上山以后，基调也是欢快和热烈的。这样推陈出新正是这部秧歌剧的“玉质”。

作为一种综合艺术的秧歌剧，《米脂婆姨绥德汉》可以称道之处不仅仅在创新的剧情，舞美背景上凸显的黄土高原的沟梁崖坡，服装设计对于黄红两色的刻意渲染，音乐表现上的地域特色与现代技法的巧妙融合，舞蹈编排中尽显陕北民俗的腰鼓、秧歌，等等，都做得美轮美奂。但更见功力的，是剧作者阿莹从原始陕北民歌的丰富库存中，提炼出几十首经典信天游段子，又编创出几十首新的经典性歌词。如“大雨洗蓝了陕北的天，大风染黄了陕北的山。天上飘下个米脂妹，地上走来个绥德汉。妹是那黄土坡上红山丹，哥是那黄河浪里摆渡船。高坡上爱来黄河里喊，米脂的婆姨哟绥德的汉”等。既直白抒情，又精妙比兴，构成了陕北民歌信天游的独特魅力。几乎所有唱词里都融入了新的创作，音乐大多也重新写过，不这样做，青青形象的出新也就无从谈起。在保留传统元素的基础上，《米脂婆姨绥德汉》的创作者更注意吸收、运用新的、时尚的元素，不仅舞台布景、人物造型、服饰设计、色彩处理是夸张的，音乐也是夸张的。

构成《米脂婆姨绥德汉》灵魂的，是它对音乐的改写。这种改写从根本上改变了陕北信天游的原有风貌。它将幽远、深沉、苍凉、沉郁、辽阔、高亢创新为气势恢宏、浓郁热烈、慷慨激昂，将自吟自唱的民歌民谣提升为大合唱与交响乐。这些有如天籁，让观众在接受了音乐熏陶的同时，也接受着民族文化的洗礼。

整台剧的舞蹈和舞美也是非常成功的。这些舞蹈和舞美的设计，都跟陕北民歌和音乐一样，没有游离主题，而是紧紧围绕主题去调动每一抹颜色、每一个舞步。这台戏里的每一个舞蹈语汇，都来自陕北黄土高原，深烙着陕北的符号和印记，是陕北的血脉和根。粗犷豪放不失细腻，欢快明媚不失深厚。既丰富多彩，又简单明了。比如虎子出场时，舞蹈语汇挺直、刚硬，好像是兵马俑出列的方阵，表达了虎子占山为王的英武硬朗形象。舞美也不是简单地罗列舞台道具和布景，而是从文化的角度、艺术的深度去挖掘作品，表现作品，丰富作品。比如青青等待石娃回归的那场戏里，整个舞台的慢慢旋转，就预示着沧海桑田、星移斗转，极好地表达了青青焦虑和急切的心境。音乐、舞蹈、舞美等艺术元素的完美展示和演绎令陕北的人文也因此表达得格外丰富和厚重。陕北厚重的人文积淀尽显了陕北文化的厚重和魅力，点燃了观众对陕北文化的持久仰慕和激情。

因此我说，这是一部金相玉质的作品。形态好，呈现好。

这是一部具有人性深度的作品，陕北人那种敢爱敢恨的人情彰显，“米脂的婆姨绥德的汉”成为文化符号。这部剧是“一盘土菜上了国宴”，它呈现出的核心元素是中国元素，它的创作姿态是创新、创新、再创新。

白 烨
中国社会科学院文学研究所研究员
中国社会科学院研究生院教授

陕北民俗文化的盛宴

对于一个来自陕北地域的文化人来说，信天游等陕北民歌，不仅听来舒心爽耳、荡气回肠，而且是早年的文艺启蒙、长期的文化哺乳，其作用在个人的成长中是无以替代的。

记得还是在上小学前后的幼年与少年时代，村里的老槐树下，常有走乡串村的瞎子艺人弹着三弦说唱《王贵与李香香》等新老信天游。弦音时急时缓，吟唱时高时低，因为觉得好听又好玩，时常听得如醉如痴。因为信天游对我自小的熏染，便喜欢上了写顺口溜、做新诗，由此渐渐地走上了文学的道路。

后来离开陕北去了西安，再后来又离开西安到了北京，一来二去30多年。人离信天游越来越远了，心里却对信天游越来越惦记了。听到电视节目里的陕北民歌，或得到陕北民歌的音乐盒带，都会有说不出的高兴与愉悦。但这零敲碎打的走近与亲近，总让人觉着不解馋、不过瘾。

正是在这种心境之下，日前有幸观看了由榆林民间艺术团排演的陕北秧歌剧《米脂婆姨绥德汉》，那酣畅又淋漓的信天游连唱，那热烈而奔放的陕北秧歌舞，真是让人既饱耳福，又饱眼福。这出载歌又载舞的秧歌剧实在太精彩了，这样推陈出新的艺术创作实在太需要了。

《米脂婆姨绥德汉》在一女（青青）三男（牛娃、石娃、虎子）的普通人的爱情故事之中，讲述了米脂婆姨的敢爱敢恨、绥德汉子的讲情讲义，并由这样的情感主线串联起了一曲曲脍炙人口的信天游名段，镶嵌进了一个个激情飞扬的陕北秧歌舞，构成了一部陕北民间民俗歌舞之集大成。这对于喜爱陕北歌舞的人来说，是一种尽情又尽兴的视听享受，对于分散式流传于民间的陕北地方文艺来说，也是一种发展式的保存与保护。

《米脂婆姨绥德汉》可以称道的地方很多，比如舞美背景上凸显的黄土高原的沟梁崖坡，服装设计对于黄红两色的刻意渲染，音乐表现上的地域特色与现代技法的巧妙融合，舞蹈编排中尽显陕北民俗的腰鼓、秧歌等等。但我更看重的是剧作者阿莹从原始陕北民歌的丰富库存中，提炼出几十首经典信天游段子，又编创出几十首新的经典性歌词，前者如“面对着个面，我都还想你”“荞面皮皮架格墙飞，想哥哥想成黄脸鬼”“三十里明沙二十里水，八百里路上寻妹妹”“羊是要天天拦的，女人是要慢慢缠的”，后者如“大雨洗蓝了陕北的天，大风染黄了陕北的山。天上飘下个米脂妹，地上走来个绥德汉。妹是那黄土坡上红山丹，哥是那黄河浪里摆渡船。高坡上爱来黄河里喊，米脂的婆姨哟绥德的汉”等，既直白抒情，又精妙比兴，构成了陕北民歌信天游的独特魅力，这使它在情感的抒发与表达上具有真切而艺术的不二特色。《米脂婆姨绥德汉》的老词新用与新词妙用，都把陕北民歌这一艺术优长体现得淋漓尽致，这种新老兼备的名段荟萃，不啻是信天游在当代铺锦列秀的一大盛宴。它让人陶醉，引人回味，因而弥足珍贵。

就我的粗浅了解而言，作为陕北民俗文化宝库的信天游，有相当一部分是“闹红”之后产生与传唱的，那种“革命坚决”的义勇与“爱情决绝”的执着，相互交织又高度统一，使信天游从过去的软绵绵走向后来的火辣辣，实在是革命与文艺的双重文化遗产。我以为，这一部分民歌资源，还可以再做一些必要的发掘与充分的利用，而由此产生出新的“红色经典”一类的信天游力作，应是完全可能的。对于这一点，我寄予热切的希望，相信很多人也抱有同样的期待。

黄维钧
《中国戏剧》杂志社原社长，著名戏剧评论家

高原上爱来黄河里喊

——新陕北秧歌剧《米脂婆姨绥德汉》

看陕北秧歌剧《米脂婆姨绥德汉》快一年了，那瑰丽多姿、热烈纵情、尽性而为的自由奔放，依然回旋在心底。这是一出充分运用陕北地方音乐和舞蹈资源，吸收现代艺术元素，加以发展和发挥，既有新时代特点，又有浓郁民族、地域、民间特色的新颖的歌舞剧。戏中基本的文学、音乐、舞蹈如信天游、秧歌调、秧歌舞，原本流行于陕北。新中国成立后，随着红旗漫卷大地而风靡全国，已经有了普世性，现在的晚会还不时能看到、听到它们被走相变形的音貌。但，看了《米脂婆姨绥德汉》我才领略到它们的豪放与壮丽，以及与生命本源融汇一体的力与美。通过《米》剧的反映，我们能感知这一方地域人民的生存状态和人性之美。

无论读剧本还是看演出，我的第一欣赏点在该剧的诗体表述语言，即信天游和秧歌曲词。剧中大量的信天游和秧歌曲词，不仅体现并充分发扬了这种地域民谣向天放歌，直抒胸臆，尽情宣泄的原生态的自由、奔放之美。对于信天游、秧歌调中必需的比、兴手法的运用，没有文人刻意仿求的笔调，其自然天成、熟练纯粹的高超程度，令我叹为观止。

歌舞剧中歌词要诗化，要有想象之灵动、辞章之瑰丽等等；但若限于此，仅得文学性之美。作为剧词，它必须刻画人物，或淋漓酣畅或细腻熨帖地揭示人物的心灵，雕琢人物的性格，描摹人物的生命状态；但又不能很实，若过于直截了当，便失却了空灵和笔意之外想象的驰骋，那就失之于拙了。《米脂婆姨绥德汉》中的曲词，虚实结合得好。就以开篇为例，《黄河神曲》中走出一群光屁股碎娃，碎娃们扯嗓唱了四句："天上有个神神，地上有个人人。神神照着人人，人人想着亲亲。"这四句何等简洁浩渺。主宰天上的是神，地上的主人是人；神关注着芸芸众生，而人人都倾心于自己所爱的人。词意中天人合一，唯爱为大。这正是题旨所在。接着，碎娃中走出一对男娃、女娃，他们还人事未懂，却模仿大人们爱的传达。虽然因无知而可笑，却在天真中有着一份真诚。最后女娃以手帕为信物相赠，男娃以把它视为命根子做回应。这两娃长大以后，就是本剧的男女主人公。这手帕也成了贯穿全剧的重要道具，参与了爱的角逐。开篇的序曲和童戏的开场，好比是整篇剧诗的"兴"，很美，很有意境，韵味十足；似乎与戏干系不大，其实紧扣着全剧的主题：爱，出自人性本源，具有非凡美质的两性之爱。

歌剧、歌舞剧的唱词总其大成划为宣叙、咏叹两类，一为叙事，一为抒情。《米脂婆姨绥德汉》中的唱词叙事不过实，抒情不过虚，都充分诗化，但表述清晰，抒情酣畅，给音乐、歌舞充裕的表现空间。剧中还有第三种类型的曲词，有点儿类似于戏曲的伴唱、帮唱、幕间曲的意味，在戏里起着一定的间离效果和表达作者主观视角的作用，其表叙作用和审美效果都很好。如一幕虎子和石娃为争夺青青，眼看要发生激烈冲突，如果让冲突发生，那就太实，这不是歌舞剧的表达方式。这时作者、导演运用群舞以烘托冲突的氛围，同时响起一组男女领唱、群众合唱的组唱，这组唱欢畅地赞美米脂和绥德两地，群唱则归结到"米脂婆姨绥德汉，姻缘绵绵唱不完”。翠翠更唱得直截了当：无论夏热冬寒，“老祖先留下个人爱人”。这是把冲突转移到精神的归纳，也就是说发生的这一切都出于爱。我以为这样的转移和表述很巧妙很艺术。

再举一例：虎子明白青青非石娃不嫁之后，把他们押上山寨，为他们完成婚礼，送入洞房。但他内心因痛失所爱而非常痛苦，如果按老套子写法，这里必有一大段虎子痛诉欲爱不能的唱，如果这样，就缺乏新意并失之于拙。《米》剧作者在这里安排了一组气势夺人的饮酒划拳歌。众兄弟扯嗓吼唱，情绪由宣泄而发狠，直到醉倒在地。这是虎子内心情感的强烈反射，在情绪上与戏并无隔离，却成为表达人物情感、构成音乐根据的巧思妙想。

最后，虎子把弟兄们拉下山过正经日子，踏上走西口的艰难历程。连作为铺垫的老羊倌、青青娘也有了爱的归宿。到此，故事写尽了，戏该结束了。但从戏韵和音乐构思上最后得要一段唱，这唱词要画龙点睛，太实则滞，太虚则渺，难度不小。作者说一度曾使他走投无路。在出差途中早餐前的一刻来了灵感，使他一挥而就。歌词是：“大雨洗蓝了陕北的天，大风染黄了陕北的山。天上飘下个米脂妹，地上走来个绥德汉。妹是那黄土坡上红山丹，哥是那黄河浪里摆渡船。高坡上爱来黄河里喊，米脂的婆姨哟绥德的汉。”这词使音乐家喜出望外。这词意象开阔，想象浩渺，形神兼备，气韵奔放，而且紧扣主题。

歌剧、音乐剧、舞剧、歌舞剧中故事情节与音乐歌舞的设置与分配，亦即叙事与抒情，是一对既分不开又不容易摆平的矛盾。音乐、舞蹈家看重、着重音乐、舞蹈的构思、布局和创制，戏剧人往往又能从戏剧角度挑出毛病。歌剧、歌舞剧等既称为剧，就要让这个剧发挥应有的、重大的作用。但音乐、歌舞剧中的戏剧性切勿按一般舞台剧去要求，即不能过于强化情节，求真写实，充分展开，细密周全，而是要强调诗化、情绪化、空灵化，让笔意聚拢到人物精神和情感世界的表达中去。我以为《米》剧的情节架构和故事编制就总体而言，是经过精心架构，做得好的。

《米》剧用的是一女三男的格局。这三男一个是不得已而上山落草的绿林好汉，一个是巧手石匠，一个是庄户能手。他们都爱上了同一个米脂姑娘。对他们的性格设定——好汉是有情有义之士，石匠乃心灵手巧、忠贞不渝之人，庄户能手则是个厚道实诚、与人为善的人，这样的设置显然是为了便于所要表达的人性之美，最后化解矛盾趋归和谐的境界。爱是这黄土高坡、黄河之滨芸芸众生的精神宗教，生命的原动力，这样的爱一旦发生于这三男一女之间，将会发生怎样石破天惊的事是不言而喻的。这故事要展开，不要说一部秧歌剧难以承载，就是话剧也难以招架。《米》剧作者很巧妙地做了处理。首先是按人物的本性，弱化了庄户能手牛娃的戏，让他较早退出爱的角逐，而在虎子与石娃即将火拼的时候起到缓冲化解的作用。石娃与虎子，最初看戏时，以谁为主不甚明确。从现在发表的剧本来看，男主角明确为虎子，这是重要而成功的改进。这一改，石娃的戏就单纯了。可以着重去写生活道路比较曲折、个性刚毅，在爱的过程中大起大落的虎子。虎子的转变是全剧的最紧要处。以他的经历和个性，要他放弃做了八年的爱之梦，谈何容易？一般的戏，这个地方不是作者强使人物转变，便是靠难以服人的说教来解决。在《米》剧里，一是忠贞不渝的青青毅然决然地坚守对石娃的爱，二是决不能接受不管什么理由当上土匪的虎子的爱。虎子虽然满腔真心诚意的爱，但是他所爱的对象是这样坚定而决绝的态度，根据他的本性，他应该觉悟，从此改变生活道路。这是合理的，令人信服的。因为作者赋予虎子的爱不是原始的性爱，而是文明的爱。所以，虎子最后的转变自有其必然性。至于如何把虎子转变的内心和情感写得再充分一些，包括虎子为何上山落草交代得更清晰一些，那都属于进一步调整、加工的问题。

我为看到这样一部有较高文学艺术价值、艺术纯度（不从政治和道德意念出发）并且演出精彩的歌舞剧而由衷高兴。

肖云儒

陕西省文联副主席，著名文艺评论家

论《米脂婆姨绥德汉》创新的内在动力

由阿莹编剧、赵季平等作曲、陈薪伊导演的秧歌音乐剧《米脂婆姨绥德汉》上演一年多来，引发观众和评论界一波一波的热议。有的甚至称赞她可以进入经典，说她使“西北人的大爱横空出世”，“是中国文艺舞台的一朵奇葩”；有的称赞她是陕北民歌的根性呈现和灵性演绎，是一台全新样式、全新形态的舞台新剧目；有的称赞她在一个传统的乡土故事中，融入了新的历史意识和生态伦理，极大地超越了题材，深化了主题。这都是知文论戏的精到之见，也说出了我对这个戏的主要感受。也许是因了说不出更多新的见解，看完戏近一年了，一直没有发表评论文字。

在一段时间的沉淀之后，重新回味、咀嚼《米脂婆姨绥德汉》，我给自己出了这么一道思考题：都说这个戏在剧本、音乐、表演、导演上无不令人耳目一新，也都具体分析了她的新颖之处，那么，这个戏为什么能够实现创新呢？她创新的内在动力又在哪里呢？我想通过三个矛盾对子在艺术运动中的碰撞、融合来谈谈自己的看法。我认为正是这三对矛盾的运动，构成了《米脂婆姨绥德汉》创新的内在动力。

第一个对子是大俗与大雅。

这个戏采用了陕北两个大俗的符号："米脂婆姨"和"绥德汉"。这是传达陕北女人的俊美痴情和陕北男人的彪悍刚毅最具标志性的称谓，在民间无人不晓，尽人皆知，早已取得了乡土风情和民间心理的认同。但是此前多年以来，表现这方面题材的民间歌舞和传说，大都局限在爱情的炽热和执守上，对这个传统的题材少有大的突破性的创构，少有新的文化阐释与艺术表现。

在这部新作中，我们看到的依然是蓝天白云下的黄土高坡和黄土高坡上孤零零的树，树下的窑洞和石碾，依然是扎着羊肚手巾的英俊后生和甩着大辫子的毛眼眼女子，也依然是生生死死的爱情故事，但是作者却在这大俗的生活画面和生活故事中植入了自觉的生命意识和生态观念，在现代文化背景中，这些都属于雅文化范畴的理性坐标。

贯穿全剧始终的主题曲《黄河神曲》——

天上有个神神，
地上有个人人。
神神照着人人，
人人想着亲亲。

歌吟了人类生命繁衍周而复始的基本状态，既朴素又神秘。这首主题曲有四个主题词——天、地、神、人，从一个远比具体爱情要博大得多的文化格局和生命格局上，表达了天、地、神、人的感应、循环关系。这里的"神"可以理解为冥冥中的规律——道。作者着意将这首歌定位为童谣，让刚从大自然中脱胎出来的稚童吟唱，更表明了他们从混沌质朴中捕捉微"象"大义，从大俗资源中开掘大雅意蕴的艺术追求。而从另一首几乎是新创作的插曲中，我们更清晰地感觉到了编剧在一个大生态循环和大生命内涵中来表现人生、爱情的追求——

大雨洗蓝了陕北的天，
大风染黄了陕北的山。
天上飘下个米脂妹，
地上走来个绥德汉。
妹是那黄土坡上红山丹，
哥是那黄河浪里摆渡船。
高坡上爱来黄河里喊，
米脂的婆姨哟绥德的汉。

在这首创新民歌中，作者运用了陕北信天游中的各种常见的比兴元素，却营造了一个崭新的大生命境界。米脂婆姨、绥德汉从风雨蓝天、江河山塬、花草树木中走来，最普通的生命，最常见的环境，在这里渗入了天地衍生演化的大道之中，人与大自然共居一体、共享阳光和爱情，是那么和谐又那么神圣。大雅便这样从大俗中升华出来。

第二个对子是传统与现代。

我在这个戏的演出现场，遇见了庞大的陕北观众粉丝团。演出之前，他们呼朋唤友，三五成群地扎堆，兴高采烈有如在家乡参加“转九曲”。开演后，他们掀起一阵又一阵掌声的风暴，尤其是对那几位由当地民歌手扮演的角色和那几首他们所熟悉的传统民歌，在炸雷似的掌声中还响起了陕北高原豪爽欢快的叫好和呼哨。在他们眼里，这出戏从故事到音乐分明就是嫡传的陕北秧歌剧。他们为家乡土得掉渣的民歌终于扬眉吐气登上了北京、西安的大雅之堂而自豪。但是另一方面，在不少专家眼里，这出戏却又分明是一个大幅度走出了传统、大幅度创新的秧歌剧。有的专家甚至将其命名为“时尚秧歌剧”和“音乐剧”，这表明她又有一种现代文化和现代艺术的质地和风貌。

应该说不同欣赏群体的这两种感觉，都反映了这个戏的真实，兼具传统与现代的品格，而且将这似乎处于两极的两种艺术品格圆融无碍地结合在一个完整的艺术品之中，这是这个戏又一个重要的特点和成功。我更倾向于从创新的、现代的角度来给其定位，我想将《米脂婆姨绥德汉》定位为民族音乐剧，或更直接地称之为秧歌音乐剧。音乐剧作为一种舶来的艺术样式，本是以现代都市生活为主要表现对象、以现代都市人群为主要欣赏群体的一个剧种，是和西方古典歌剧相对应的一个概念。和古典歌剧的精美、经典品质不同，它具有青春、流行、都市文化的品质。一旦流行开来，便会波及和扩散到其他音乐舞蹈艺术之中。

整个舞台已经不再是陕北原生秧歌那种纯然的厚朴，而呈现出一种现代舞台大制作的辉煌华丽。这使一个民间故事带上了浪漫的甚至神圣的光彩。尤其要指出的是，领衔作曲赵季平的音乐观，不仅决定了全局的音乐风格，而且在相当程度上形成了这个剧传统与现代结合、继承与创新结合的基本品质。他明确主张："中国民族民间音乐是作曲家的创作源泉，当代音乐文化也是在这样的传统之中延伸和创新的。"《米脂婆姨绥德汉》的音乐由11个原生态民歌和33个创新的唱段结构而成，从中可以准确地捕捉到作曲家在陕北民歌和其音乐元素基础上创造性的音乐呈示。有专家在着重分析了几首创新民歌之后，用"陕北民歌的根性呈现和灵性演绎"来表示他的这一创作理念。

主题歌《黄河神曲》和几位男女主角的音乐主题，在《陕北民歌大全》中虽无迹可循，但陕北民歌的根性元素却有迹可循。既要保持浓郁的原生风格，又要满足角色在规定情境中抒情咏叹的需要，更要飞腾出带有时尚和流行色彩的时代特色，谈何容易？在"叫声妹妹你泪莫流"和"水流的日子归大海""哥爱青青能舍上小命"等主要唱段和大段咏叹中，作曲家大幅度突破了信天游的上下比兴句式和民歌小曲四句式乐段结构，对民歌元素做开放性的延展放大，或通过不同调式的交替，西洋乐调、和声的植入，以及现代交响配器的主题烘托，使传统陕北民歌略显平面、固化的曲式，涅槃为具有现代歌剧品格的新旋律。

第三个对子是本土视角与普适视角。

过去流行的陕北民歌、秧歌小戏和传统故事，常常写的是悲剧命运，带有浓重的悲剧感。作为这种悲剧命运的深度背景，是贯穿其中的社会的、阶级的斗争和道德的、品格的斗争。《三十里铺》《王贵与李香香》《白毛女》《当红军的哥哥回来了》《走西口》等等无不带着这种色彩。这当然是对的，是历史真实的反映，是一个时代在精神构建和社会发展过程中必然的轨迹。

但是如果我们冲破本土视角和特定历史阶段的认识水平，以当代的普适的视角来观察感受那个时代、那一段历史，也并不是绝对没有或不能有另外的思路。《米脂婆姨绥德汉》在某种程度上可以说选取了另一种思路、另一种视角。它没有选取陕北题材作品经常取用的红色文化坐标，而是适度淡化陕北"闹红"的背景，浓墨重彩展开了纯乡土的黄土风情文化图卷，聚焦陕北人在这块土地上的生存状况和命运欲求，聚焦大的社会生活走向对他们命运爱情的影响和对他们道德的考验。戏剧冲突在高潮部分的意外陡转，也不是《白毛女》《三十里铺》那样最后卷入革命洪流，而主要是民间道德观和爱情观的力量左右了人物的命运选择——不论是虎子、牛娃放弃自己钟情的人，还是青青放弃童年游戏中的许诺，都既出自道德的力量，也出自爱情的力量，很形象地体现了恩格斯关于没有爱情的婚姻是不道德的婚姻的观点。

这就必然引发又一点创新——这个戏也没有沿用过去陕北题材惯常取用的"压迫、仇恨、反抗、胜利"的思路，尽管如前所述，这种斗争哲学的思路符合历史真实。《米脂婆姨绥德汉》一定程度上淡化了社会的对立和仇恨这条贯穿线，而强化了理解、退让与爱。作者全力表现虎子以一种大爱来约束小爱，以自己的痛苦来成全所爱的人的幸福，却并没有脱离社会斗争甚至阶级斗争——虎子上山落草为寇，就是恶霸地主的阶级压迫所致。但全剧聚焦的却是一种更恒远的力量，这就是民间道德和草根感情的真善美。于是传统的本土性的视角，便这样转化成为一种现代的普适性视角，而健康明丽的人性人情之美也便在一定程度上冲淡了狞厉的仇恨。这不但在艺术上有了新意，对从另一种角度认识那一段历史，也有了一点儿新颖度和深刻度。

陈 彦

陕西省委宣传部副部长、省文联副主席、

省剧协主席，国家一级编剧

生生死死唱陕北

——秧歌剧《米脂婆姨绥德汉》摭拾

我特别喜欢陕北民歌，无论走到哪里，只要听见这种歌声，立马会沉浸其中，并且情不自禁地哼哼个不停，虽模仿得荒腔走板，但仍怡然自得。这是因为陕北民歌唱起来生命放胆，酣畅淋漓，曲调高亢入云，似乎总在挑战生命极限，而且歌词自然质朴，富含哲理，句句都能搅动人心。

难以想象的是，有人把陕北民歌这样偌大一盘零散的珠子，经过精心挑选，细致打磨，又找到一根故事经线，将其精妙地串联了起来。当这串珠子被凌空舞动，大珠小珠再落玉盘时，那声声入耳，句句入情入理入心的别开生面的“陕北民歌盛宴”，就将人一步步带向了人性美的佳境，推上了生命既博弈而又冰释、融通的高潮。在全剧大幕徐徐落下时，我的心仍久久舞动于黄土高原之上，这就是我看《米脂婆姨绥德汉》的第一感受。

这个剧是作家阿莹创作的，阿莹是肩上压着重要担子的公务员，在官场以外，我们是朋友。我读过他的许多作品，有散文、随笔、游记，也有电视文学剧本。《米脂婆姨绥德汉》他创作了很长时间，我看过其中的一稿，他很谦虚，说是征求意见。能看出，他在歌词上下了很大的功夫，这是因为剧的民歌特性使然。我读舞台剧本有一个习惯，就是唱词太滥的，便胡掀乱翻一通了事。而看阿莹的文学本，始终被优美自然流畅的歌词所牵引，不知不觉就读到了最后一页，有些歌词段落，几乎能过目成诵。比如主题歌，比如一些求爱、思念与感情生活的比兴句，可谓入木三分，既有陕北民歌的原汤感，又有“元典”民歌被重新激活、发散、提升的创造感，总之，新旧糅合自然，创新与守望之间，几乎看不到斧斫的痕迹和焊接点。故事也很洗练，三个男人与一个女人的爱情纠葛，十分纯净，了无杂色，冲突到结果，强者转化为心理上的弱者，弱者转化为精神上的强者，整个人物性格发展史即宣告完成，剧也就戛然而止了。我对他说：挺好。只是又说了一点儿似乎还需要“删繁就简”的话，后来就是看演出了。果然如我所料，演出十分成功，剧情流畅，人物生动，歌唱优美，满台生辉。看完演出，我见他时说了四个字：成了。祝贺！

这个剧的确是成了。除剧本提供了坚实的基础外，作曲家赵季平对西部音乐烂熟于心，以及他对民间歌声的改造整合和在传统基因中催生新生命的创造能力，都是首屈一指的。这个剧，更是将这些优长，推向了极致。能让观众在陕北民歌的氛围中，去欣赏歌剧化了的“陕北民歌”，分明一切都很熟悉，但一切又都已陌生化。我们听到了时代的立体交响，但又被陕北的地气所浓浓裹挟郁结，总体感觉是现代而又深怀传统，典雅而又厚植浑朴，酣畅大气，撼人心魄。

导演陈薪伊，更是将她的创造力发挥到了极致。也许是过去更多排导的是宫廷贵胄、才子佳人、民族英雄，以及现代都市各色人等的悲欢离合故事，突然接触这样一个“土得掉渣”的民间秧歌剧，一种文化的异质感，迅速兴奋了一个敢于革新、善于创造的艺术家的神经，所有人物、故事、音乐、环境，在她的艺术“魔棒”指挥下，全然进入到了一个现代人审视，以至礼赞民族瑰宝的独特视角。无论美妙的歌队、绮丽的舞队，还是沸腾的黄土、运动的高原，都在阐释着这样的主题：美在民间，美在自然，美在人性的向善和心境的壮阔。

这个剧的另一个成功因素，我想就是它的民间表达样态。如果把它放在一个完全都市化了的歌舞院团演出，很可能更精致，更柔美，更艳丽，但那种骨子里透出的剽悍、放大、率真、野性之美，会荡然无存。我非常敬仰榆林民间艺术团在民间歌舞原生态守望上的一以贯之。《米脂婆姨绥德汉》是这种守望的集大成作品。我们不得不由此再三呼吁：对这样有显著民族与地方特色的文艺团体，应给予更大的支持与保护。

这个剧已经演出一年多了，反响很热烈，我想一个舞台艺术作品，能够持续演出，不断激起观众的兴奋，就是一种不可撼动的成功。无论领导、专家、观众，都给予了它很好的评价，我尤其喜欢其中的一句话，说它使“西北人的大爱横空出世”。写爱情的作品很多，也可以说几乎无剧不爱情，但要写出真情、写出个性、写出别样的了断方式不容易。我们的许多爱情故事，都赋予了太多的政治背景、文化背景或历史背景，都自觉不自觉地落入一种窠臼。而这个剧的爱情，有纯粹感、兀立感，它更接近寻常人的爱情演进方式，谈得拢就谈，谈不拢就撤，很男人，很阳光，很义勇。这种大开大合、大起大落、大悲大欢，是民间的、草根的，更是大众的、普世的。它是一种真真正正的自然生态伦理，原初而又朴拙，个性而又常态，从某种程度上讲，它更容易成为不为时世所屈所变的典藏。

剧已经看过很长时间了，但我还会哼那首主题歌：

大雨洗蓝了陕北的天，
大风染黄了陕北的山。
天上飘下个米脂妹，
地上走来个绥德汉。
妹是那黄土坡上红山丹，
哥是那黄河浪里摆渡船。
高坡上爱来黄河里喊，
米脂的婆姨哟绥德的汉。

真的很有味道。陕北会记住这些用生命和感情“生生死死唱陕北”的人。

梁鸿鹰
《文艺报》主编，著名评论家

为盛开在黄土地上的那些灿烂生命画魂

——音乐剧《米脂婆姨绥德汉》观后

黄河如我们的母亲，孕育了敢爱敢恨的人们，哺育出有着旺盛生命力、有着朴实善良情愫的儿女，张扬黄土地上男男女女的欢笑与奇志，描绘出那些在梦里让人牵挂的场景，是艺术的责任，是艺术家的担当，也是一件极具诱惑力的事情。一个好的剧作是智慧和激情的一次迸发，往往孕育于一个不知疲倦的灵魂，当然，更孕育于一个有准备的头脑。在三秦大地、在文化陕军中，阿莹始终是个鼓与呼的人，是个勤奋与热情洋溢的人，在工业领域也好，在宣传战线也罢，阿莹从来未曾放下自己手中的笔，从来没有放弃过自己的思考与探索。他是个理性的汉子，是个钢质的西北爷们，但谁又承想，他胸膛里有着如许儿女情长，表现出一个温暖、细致灵魂的热切，他更是一个对人心、人性有着透彻观察和体悟的艺术家。由他担纲编剧的《米脂婆姨绥德汉》为盛开在黄土地上的那些灿烂生命画魂，为那些千百年来流传在口头、注入人们心灵和精神世界里的民间艺术立传，一经演出就产生了强烈的反响。

音乐剧《米脂婆姨绥德汉》是一部从生活出发的鲜活之作，这里面活跃着世代繁衍、生息于黄土地上的生灵的身影，有一个个普通男男女女的喜怒哀乐，不管在哪个时代，也不管在怎样恶劣的自然条件下，那蓬勃的生命力、那冲破一切束缚的爱的力量，似乎从来都只听命于生命的召唤。来自生活也意味着不忘传统的源头活水，剧作家善于从我国古老民间文化中挖掘艺术架构的题材，以一个动人爱情故事的讲述，形象地演绎千古流传的“米脂的婆姨绥德的汉”的神话。这个神话之所以令人动容，其实也就是细致地体现了陕北民间最朴实的“人想人，人爱人”的真实情感，著名作家陈忠实认为这种情感“沟通了人类远古时期就一直存在，如今却一直隐藏于我们内心深处的最纯真、最简单的原始情感”，因而也就最纯粹、最本真、最感人，不是没有道理的。应该说，《米脂婆姨绥德汉》反映的是人类共有的主题，但更是我们民族的一种心理定式，是古已有之的美好传统，高蹈的想象——“好活不过人爱人，难活不过人想人”，作家把这样的情感、这样的民族“集体无意识”形象地展现在舞台上，传递出年轻的生命对美的执着追求、对爱的不懈向往，平凡而脱俗、浪漫而自然。黄土高原的贫瘠、干旱、少林木多风沙举世闻名，恶劣的自然环境、农耕与游牧过渡地区的浪漫、无拘束，造成了千百年来人们生存状态的独特面貌。在粗粝的环境中、在背负苍天的豪迈中，人们能够艰难地活下去，得益于坚韧地爱着、拼杀着，“人想人，人爱人”作为生活的常态、作为历史的沉淀，逐渐发展成为陕北民歌里最感动最震撼的主题。音乐剧《米脂婆姨绥德汉》在表现这个主题的时候，抓住了秦地文化中随着时代的变迁也在不断地深化、累积的那些元素，进行了自己艺术的诠释，而由于这种诠释植根于黄土地、孕育于西北山川的博大，自然传承着传统的底蕴，反映了对中华文化根基的守护。

音乐剧可谓戏剧艺术里的新宠，是我们精神生活领域里的明珠，具有能够给人以多方面精神冲击的艺术品质。音乐剧在艺术上的综合性，舞台呈现上的观赏性，应该说在许多方面是舞剧、话剧与戏曲等难以匹敌的，它需要有文学的支撑，需要有音乐的辅佐，需要有舞蹈表演的呈现，但总体说它更自由、更通俗，更贴近观众，更易深入人心，相应地，它对创作者的要求也更高。音乐剧在中国还算个新事物，已有的经验并不多、可资借鉴的办法很有限，但可能也正因如此，留出了不少有才华的人们创造、伸展的巨大空间。

《米脂婆姨绥德汉》舞台呈现的成功主要得益于认真研究进而把握了音乐剧的艺术规律，在思想内涵、艺术表现、人物塑造等许多方面进行了可贵探索。我们的国家地域辽阔、历史悠久，有着丰富的民间艺术资源，比方以信天游为代表的陕西民间音乐样式，豪迈、粗犷、激越，历久弥新。《米脂婆姨绥德汉》对民间音乐的吸收不止于信天游，实际上全剧的音乐是根据剧情和人物性格之需要，是对包括信天游、二人台、打坐腔小曲、山曲等在内的北方原生态民歌资源进行修葺、润饰之后的升华。从总体上看，全剧是在几十首信天游的基础上创作的，由11首原生态民歌和33个唱段（乐曲）结构而成，但根据剧情的需要、根据时代的审美需求又进行了扩展、变奏，或全新创作，从而形成精彩、优美的唱段和乐段。正如有的评论家指出的那样，这种“以原生态民歌元素浇铸而成的音乐建构，使它成为同类剧目中海纳陕北民歌歌种最全、曲目最多、风格最纯的一部剧作”。这部舞台剧之所以能够成功，就在于创作者充分挖掘我国民间文化资源，在吸收的基础上进行了大胆创新。在艺术呈现上，独特的音乐结构与朴素的音乐风格，直接承继着陕北民歌（乐曲）或民歌的原生态元素，流畅、高亢、婉丽，全剧音乐发挥了充分调动观众审美情趣的作用。

《米脂婆姨绥德汉》能打动人心，相当大程度上得益于对民歌资源的充分吸收。民歌是百姓的艺术、是民众的心声，成长于民间和乡野，《米脂婆姨绥德汉》对待民歌，走的是原生态、保留基础上化用的路子，但不沿用《兰花花》的套式，也没有跟在《走西口》的样式后面跑，而是把特有的地域特征提纯和扩大到人们生活、生存、生命的一般层面上进行演绎，因而也就抓住了陕北民歌的本源和内核，在剧情安排上，注重冲突、矛盾、化解，

2009年7月13日下午，《米脂婆姨绥德汉》在国家大剧院举办演前新闻发布会，男女主角王宏伟、雷佳在发布会上献歌

选择了能够拨动人心的视角编排剧情。在编剧的环节，歌词的写作没有对原有民歌段子进行简单连缀、改造与敷衍，而是进行了再度创作。重新创作也好，对旧民歌取舍改造也罢，《米脂婆姨绥德汉》的文学脚本亦庄亦谐、亦雅亦俗，走入了“化”的境界，比如：“大雨洗蓝了陕北的天，大风染黄了陕北的山。天上飘下个米脂妹，地上走来个绥德汉。妹是那黄土高坡上红山丹，哥是那黄河浪里摆渡船。高坡上爱来黄河里喊，米脂的婆姨哟绥德的汉。”多么自然、感人、上口，当然，最容易记的还包括主题歌《黄河神曲》：“天上有个神神，地上有个人人。神神照着人人，人人想着亲亲。”这样的词句，几乎达到了分不清哪些是老民歌哪些是新民歌的境界，完全得自作家对生活的感悟，来自长期虚心向民间学习的执着，是令我们兴奋而感佩的。

音乐剧《米脂婆姨绥德汉》能在舞台上出效果，也归功于舞蹈的极为成功。衡量一部音乐剧的舞蹈是否成功，不但要看她是否为舞台带来了流动的质感，关键要看通过肢体语言是否很好地表达出了剧本和音乐所无法承载的情感，是否完美诠释了作品的精神内涵。《米脂婆姨绥德汉》的舞蹈表演在语汇与风格上，走的是继承创新的路子，该剧在舞蹈编排上能够将最原始的与最现实的元素巧妙结合起来，把充满浓郁地域色彩的信天游、秧歌、高跷等民俗、民间艺术，进行全新的化用。数十首新编陕北民歌文化与舞蹈的结合，不仅继承发展了传统的陕北秧歌舞蹈，而且善于把从国外来的踢踏舞、国标舞与陕北秧歌舞蹈有机地结合在一起，既反映了编创者立足传统、锐意创新的志向，又很好地体现了舞蹈的民间性与地域性，体现了对当下群众审美的观照。

贺绍俊

中国当代文学研究会常务理事、副秘书长，沈阳师范大学中国文化与文学研究所副所长、教授

为民间的爱情法则而歌

在国家大剧院富丽堂皇的大厅内观看陕北秧歌剧《米脂婆姨绥德汉》，我不仅获得一次美好的艺术享受，而且有所感慨，感慨这是一桩意义深远的事情。

大剧院内精美典雅而又奢华的装潢，似乎只会与那些用美声唱法演绎的西洋歌剧或是那些必须正襟危坐聆听的交响乐联系起来，但就是在这里，传来了陕北高原上原汁原味的粗犷辽阔的民歌曲调，并且赢得了全场观众的热烈掌声。国家大剧院是展示艺术经典的殿堂，当我们观看《米脂婆姨绥德汉》时，不得不承认，民间艺术同样可以成为艺术经典，它登上国家大剧院的舞台，丝毫不逊色于西洋歌剧《图兰朵》等精英艺术，同样也给国家大剧院增光添彩。另一方面，我在观看这部陕北秧歌剧时，仿佛也在观看历史，一部让民间艺术经典化和精英化的现代历史。60多年前，延安的文艺工作者在新文艺观的指导下，编写了《兄妹开荒》《夫妻识字》等新秧歌剧，这可以看作是专业的文艺家以革命理念改造陕北民间艺术的第一步，由此诞生的新歌剧如《白毛女》等则具有更多的精英艺术的成分。《米脂婆姨绥德汉》正是沿着这一思路发展而来，并在民间艺术经典化和精英化方面又有了更大的突破。《米脂婆姨绥德汉》的成功提醒我们，延安时期的文艺遗产是一笔重要的精神财富，今天如何继承发展是大有文章可做的，但我们对这笔文艺遗产的重新认识还非常不够。延安时期的文艺观强调向民间艺术学习，不仅是一个革命化和政治化的问题，还包括经典化和精英化的问题，其实学习的过程就是一个进行经典化和精英化的过程。陕北秧歌剧《米脂婆姨绥德汉》在国家大剧院的轰动，也让我联想起东北二人转在春晚上的红火。同样是来自民间的艺术，二者处理的方式却完全不同。这些年来，二人转借助电视的功效确实红火了起来，但有关方面只是出于娱乐的需要，以大众文化的方式包装二人转，却根本放弃了对二人转的经典化和精英化的处理，因此其结果只会是媚俗的甚至低俗的。陕北秧歌和二人转都是流行于某个地域的民间戏曲，在表演形式、角色分配等方面都有相似之处。但陕北秧歌自从延安时期的文艺工作者开了学习的头之后，始终是沿着一条不断经典化和精英化的路子走下来，并顺理成章地收获到了《米脂婆姨绥德汉》这一可喜的硕果。准确地说，它已不是原生态的陕北秧歌剧了，甚至在《白毛女》等新歌剧的基础上又更加精英化、更加经典化。陕西的学者肖云儒因此将它称为“秧歌音乐剧”。可以说，《米脂婆姨绥德汉》创造了一种新的艺术样式。

无论如何，《米脂婆姨绥德汉》是在陕北秧歌的基础上发展而来的，是艺术家学习和吸收民间艺术营养的结果。这种学习和吸收是全方位的，但重点是在音乐和民歌这两个方面。音乐无疑是地道的，这得益于作曲家赵季平对陕北音乐出神入化的理解和运用。但光有音乐还不能构成音乐剧，剧的素质同样体现出典型的陕北民间特征，这种民间特征来自剧作家阿莹对陕北民歌的学习。陕北民歌鲜明地体现了陕北人的性格——大胆、直白、率真，情歌在陕北民歌中占有相当大的比重，这些情歌是民间表达爱情，也是民间宣泄情感的一种方式，它凝结着民间关于爱情的想象，也体现了民间的爱情法则。阿莹的构思完全建立在情歌的基础之上，这是一个大胆而又绝妙的艺术选择。于是他在《米脂婆姨绥德汉》中为我们讲述了一个奇特的爱情故事。青青是一位漂亮可爱的陕北姑娘，石娃、虎子、牛娃这三个年轻的陕北汉子都爱她。虎子和青青还在童年的时候就玩过娶亲的游戏，正是这孩童的游戏在虎子的内心生了根，随着他的成长长成了一棵粗壮的爱情树，但因为保护青青他杀死了人，而不得不上山当了土匪，从而中断了与青青的联系。青青长大后爱上了勤劳聪明的石娃，石娃的贫穷却成为他娶青青的现实障碍。牛娃一直是青青家的好帮手，在青青母亲眼里是最合适的女婿人选。三位年轻人都希望能娶到青青，于是就有了矛盾冲突。作者在这种矛盾冲突中诠释了民间的爱情法则。这一爱情法则就是自然、自由和真诚，剧中突出了自然和自由，强调了爱情是人的美好天性。可以说这构成了全剧的主旋律。“天上有个神神，地上有个人人。神神照着人人，人人想着亲亲。”这几句歌词贯穿始终，正是这个爱情故事的主旨，它寓意深邃，耐人寻味。它告诉我们，爱情是天经地义的，是人类的文明之光烛照下的美好情感，也是人类最自然的情感。而剧中人物用民歌的方式将这种情感表达得更为直截了当：“三月的桃花漫山山红，世上的男人就是爱女人。”这看似直白的语言却饱含着深刻的哲理。在这样的唱词中又能体会到民间爱情的真诚：“荞面皮皮架格墙飞，想哥哥想成黄脸鬼”，“三十里明沙二十里水，八百里路上寻妹妹”。爱情是自由的，是在日常生活中自然生成的，所以老羊倌叔开导失恋的虎子：“不是你爱得不应该，而是你与青青长期没接触，爱情不能着急，获取女人爱情的办法是‘慢慢缠’”，这么简单的道理却又把爱情的本质说透了。至于青青为什么面对虎子丰厚的彩礼毫不动心，坚持要爱一贫如洗的石娃，她也说得很明白，“不图你的人，不图你的钱，只图你那好嗓子”，所以“酒盅盅量米也不嫌你穷”。在中外艺术宝库里，美丽的爱情经典数不胜数，而《米脂婆姨绥德汉》以陕北人直率热烈、自由大胆的爱情表白足可以跻身其中。

这个剧在文学方面还有许多值得讨论的话题，比如民歌的比兴给这部剧带来的艺术魅力。民歌的比兴甚至可以说是这部剧的魂，就像“面对面站着都想你”这样的民歌表达方式会让你为之惊叹，如果把这些句子抽

老羊倌（雒胜军扮演）劝阻虎子（韩军扮演）不要执着追求青青

去，这部剧大概就干枯了。又比如虎子这个“好土匪”的形象在中国传统土匪和武侠形象的谱系中处在一个什么样的坐标点上也是非常值得讨论的。也许人们会对虎子最后的抉择存有疑惑，我个人就不主张用“走西口”来表现虎子的归顺，然而，也正是这种疑惑证明了这个剧在人物形象塑造上的拓展。总之，《米脂婆姨绥德汉》留给我们的不仅仅是瞬时的艺术享受，我期待它不断磨砺，成为一部真正的艺术经典。

刘文祥

中国人民解放军总政歌剧团原政委

大爱无疆，西北的《原野》

记得多年前一部《原野》将黑土地的文化，演绎得瑰丽动人，并为许多艺术家赢得了崇高的声誉。然而中国舞台不能只有东北黑土地的高韵，而应有更多的传世经典。西北的苍凉、西北的大爱，而今正以它独特的方式，横空出世。这就是西北的时尚秧歌剧《米脂婆姨绥德汉》。这部秧歌剧以其独特的表现方式，将西北的大爱膜拜到了极致。它是中国文艺舞台的一朵奇葩，它是于无声处的惊雷。

陕北民歌作为中国民歌百花丛中的一朵奇葩，是陕西非物质文化遗产中最具特色的民间艺术之一，《米脂婆姨绥德汉》更是其中极致，它将大俗和大雅融为一体，实现了真正意义的文明与跨越。剧作家阿莹深厚的文化底蕴，和音乐大师赵季平的联袂，使一部本来平常的地方剧成为继《原野》之后又一部中国文化历史上的经典之作。孕育着黄土地的泥土芳香、流淌着黄河儿女血脉激情的陕北民歌犹如一部镌刻在陕北高原上的传世巨著，在岁月的冲刷中烙下了深深的印迹。

任何大师的经典之作都必定有某种力量穿透人类本能的盔甲，使受众震撼才具有长久的生命力。如果《原野》展示的是黑土地的血性，那么《米脂婆姨绥德汉》则展示了一种和谐。血性仍然有着神奇的艺术张力，包容的大爱则更直达人的灵魂。

“米脂的婆姨绥德的汉，清涧的石板瓦窑堡的炭。”这句流传在陕西民间，意思是说陕北女子漂亮、男子阳刚的俗语，在经过历史的沉淀后，已经成为两大极具代表性的人文符号。米脂婆姨到底有多柔美，绥德汉究竟有多豪迈，这一切我们都在《米脂婆姨绥德汉》里找到了答案。

该剧以陕北民间音乐为链条，以乡土风情和当代意识为架构，用乐观、健康、诙谐的编创风格，围绕米脂女子青青和绥德后生虎子、牛娃、石娃讲述了一段动人的爱情故事：虎子小时候就发下了要娶青青做婆姨的誓言，长大后的他当了土匪；实诚的牛娃常常帮衬着青青家；可青青心里爱的却是石娃。三个男人围绕一个女人碰撞出了激烈的火花，最终，虎子忍痛放弃了青青，让她和石娃有情人终成眷属。

虎子、石娃对青青的爱都是那样的赤诚、那样的炽热，西北汉子的情怀与东北汉子的血性一样感天动地。或许，西北的艺术缺少江南细致，或许西北情怀多了些直率，少了些温柔。然而赤裸裸的爱，与细致和温柔比较，不更能体现艺术的张力吗？

剧作家阿莹在创作该剧时，用大爱来表现人文关怀，可谓匠心独运，别具一格。该剧的戏剧冲突和情节安排，如同行云流水，舒展自然，感人肺腑。

爱情是人类永恒的主题。自古以来表现爱情的艺术作品难以胜数，但多以得到为目的，鲜有用舍弃来表达大爱的情怀。任何一个正常的男女无不以获得对方为终极的目标。而阿莹的作品《米脂婆姨绥德汉》以虎子的舍弃，使爱升华为大爱。这是何等的魅力，这是何等的胸怀。深厚的文化底蕴、坚实的创作基础、天才的戏剧编排使虎子这个人物的塑造变得真实可信，变得光彩照人。尤其是虎子在表达自己深情时割腕的那场戏，让观众为之动容。无情未必真豪杰，铁血男儿也是柔情似水。西北不是一无所有，西北的大爱无疆更闪耀人性的光华。

当虎子亲自将自己挚爱的女人送入石娃洞房的一刹那，我想虎子的痛苦一定是撕心裂肺的，可是为了自己心爱的女人的幸福，痛苦的舍弃表达了虎子对青青的真爱。将痛苦留给自己，将爱人送到幸福的彼岸。这是爱的奇迹，也是《米脂婆姨绥德汉》人文关怀的写照。

历史将告诉未来，艺术的经典将成为时代的坐标。我们有理由相信这部由剧作家阿莹创作的西北时尚秧歌剧将成为21世纪的《原野》。

一个国家参与全球竞争，离不开普世价值观的传播。当今席卷全球的美国价值观，就是通过文化输出实现的。一部《拯救大兵瑞恩》的电影将美国精神表现得淋漓尽致。

中国要实现和平发展的宏伟战略目标，注定离不开中国文化的传播。中国的文化不只是内敛和回忆，它将乘上时尚列车，从汉唐古都出发走出西北，走向全国，走向世界，走向辉煌。

一部经典的作品，不能离开集体的智慧！

阿莹的词自不必说。“大雨洗蓝了陕北的天，大风染黄了陕北的山。天上飘下个米脂妹，地上走来个绥德汉。妹是那黄土坡上红山丹，哥是那黄河浪里摆渡船。高坡上爱来黄河里喊，米脂的婆姨哟绥德的汉。”这段由阿莹创作的结尾处的唱词，眼下已在很多陕北民众的手机短信里流传开来，这令阿莹始料未及：“好多陕北老乡都拿着手机到处发，他们都说这段唱词一下子写透了米脂婆姨绥德汉的魂，我没想到会引来这么多人的共鸣。”

音乐大师赵季平用音符对《米脂婆姨绥德汉》的演绎使阿莹的这部作品更添华彩。用交响乐演绎西北的秧歌剧，这不仅是一个大胆创新，更是一种突破。语言的情境受母语的束缚，音乐是世界的语言，让好的作品插上音乐的翅膀，是世界大师经典作品广为传播的不二法门。

作为国家一级导演，陈薪伊从事戏剧工作52年，她的二度创作使《米脂婆姨绥德汉》无论从视觉冲击的角度，还是对人物内心的表现，都更具艺术魅力，更加璀璨。

艺术来源于生活，高于生活。石娃的扮演者王宏伟，素有“西部情歌王子”之称，十数年对西北民歌的演绎，造就了他深厚的艺术功底。他所扮演的石娃，无论从扮相到唱腔都有神奇的力量，让观众为之赞叹、为之倾倒。

青年女高音歌唱家雷佳，嗓音明亮，独具风格，对人物把握恰到好处，将一个敢爱敢恨的西北婆姨塑造成了一个令人迷恋的符号。她的天籁之音成为该剧另一道极为亮丽的风景线。

当然，作为该剧的主创人员和投资方，更应抓住当前文化大繁荣、大发展的历史机遇，以电视传播为主体，以网络传播为突破，真正走出西北，走出汉唐，让该剧成为家喻户晓的经典。

胸怀决定成就，创新成就辉煌。西北的内敛不能成为该剧传播的束缚，而应该成为西北再现辉煌厚积薄发的张力。

完整是一种奢侈，该剧必然存在瑕疵，从戏剧评论的角度而言，戏剧冲突的铺垫仍有完善的空间。音乐的演绎或许再有些西北的元素会更显丰满。

但无论从哪个角度看，《米脂婆姨绥德汉》都已具备了成为经典的基础。它让我们看到了陕北民歌经久不衰的魅力，也为这一民歌奇葩的保存和发展提供了有益的启示。让我们一起期待这朵中国艺术舞台的奇葩成为传世之作，让大爱的人文关怀成为中国文化的主旋律。

钟艺兵

《文艺报》原副主编，著名文艺评论家

黄土地上绽放的一朵红山丹

——看陕北秧歌剧《米脂婆姨绥德汉》

2010年2月，曾参加过中国剧协、《剧本》月刊召开的《米脂婆姨绥德汉》研讨会，我和到会的许多同志都由衷地表示了喜爱这部带着强烈时代精神和浓郁泥土气息的好戏，同时也对进一步修改、完善此戏提出了一些希望和建议。此后不久，6月份，第13届文华奖揭晓：这部戏获得了文华大奖特别奖。时隔一年多了，如今又来参加中国艺术研究院、艺术评论杂志社举办的对这一作品的研讨会，可见艺术界，尤其是戏剧界、音乐界对《米脂婆姨绥德汉》的重视。

首先，对于这次获奖我要向阿莹同志、作曲赵季平同志、导演陈薪伊同志和剧组全体同志表示热烈的祝贺！是他们用心血和智慧创造了《米脂婆姨绥德汉》，使黄土地上绽放出一朵鲜艳的红山丹！

第13届文华奖，评出了文华大奖10个、文华大奖特别奖

20个、文华优秀剧目奖35个，获奖剧目共65个。在全国范围内，《米脂婆姨绥德汉》排在前30名之中，可谓成绩斐然。

《米脂婆姨绥德汉》以陕北民歌信天游为基本音乐素材，从音乐、服饰、布景到人物性格、故事情节、历史氛围，形象地展现了新中国成立前陕北地区底层人民生活的原生态。它不是一堆陕北民歌的简单串联，而是一个完整作品中的富有戏剧张力的一系列人物情感的歌唱。更为可贵的是，创作者用诗化的结构、故事和唱词，使全剧的思想内涵和艺术魅力远远超越于以往的陕北民歌。在剧中人物三男一女的爱情追逐中，通过虎子最终放弃爱情，成全青青与石娃的婚姻，讴歌了绥德汉子虎子胸中的大爱，让这部喜剧的精神境界达到了时代的高度。当然，这部戏的成功，也与“四年磨一戏，决心打造一张陕北新名片”的创作决策大有关系。

《米脂婆姨绥德汉》虽然获了奖，但仍然存在进一步提高、更上一层楼的可能性。2009年开会研讨时，刘厚生同志说这部戏“文学性很强，戏剧性不足”，我觉得这话讲得很准。在我看来，第四幕虎子放弃对青青的追求，这在全剧之中是一个至关紧要的“突转”，是“戏眼”，它关系到全剧的精彩程度和思想深度。然而无论是从剧作还是从导演处理上看，这个“突转”都不够清晰，或者说没有看到虎子超越自我的新的认识。新认识是什么呢？就是爱情的目的不是占有。爱一个人，就要让被爱的人获得幸福，而不是让对方痛苦。虎子原以为他爱青青，娶青青，会使青青幸福；可是青青并不爱虎子，她爱的是石娃，她甚至宁可跳进黄河一死也不嫁给虎子。虎子经过一番痛苦的思考，最终才认识到自己既然爱青青，就应该尊重青青的选择。仅此一点，对当代人就有触动和启示。在我们的现实中，相爱不成便反目成仇，甚至发生血案、命案的故事还少吗？

我觉得，牛娃对虎子说：“强扭的瓜不甜啊！”“黄河的筏子一头沉不行啊！”这些话对于虎子的转变并不是关键的因素。第二幕中老羊倌对虎子说：“这羊要天天拦，女人要慢慢缠。”这话对老羊倌追求青青娘来说是合适的，但在青青已经公开表态“我喜欢的人是石娃哥”之后，老羊倌还这么开导虎子，就没说到点子上。当然还有一个问题在剧本中也没有说清楚，这就是青青为什么不爱虎子？虎子是为了救青青而无奈当了土匪，他带领的弟兄们是劫富济贫的，青青不可能不想到这一切而只轻信她母亲的那一句话：“嫁给虎子（土匪）丢死人了！”总之，我希望第四幕的“突转”更有说服力、震撼力。

王宏伟、雷佳的歌唱极见功力，老羊倌和翠翠的歌唱更有陕北民歌的魅力，更动人。希望男女主角的唱段从作曲上、唱法上能更加显示出原生态陕北民歌的那种质朴的天籁。

今天的会叫“《米脂婆姨绥德汉》与中国原创音乐剧发展研讨会”，这就涉及一个问题：这部戏究竟应归类于哪种艺术形式？去年我见到的这部戏的内部打印剧本，标明该剧是“陕北四幕歌舞剧”；那次研讨会上它叫“陕北秧歌剧”；文华奖获奖名单上它是“秧歌剧”，放在“舞剧、歌舞类”中；现在又改成“音乐剧”。我个人的看法是：就其艺术形态而言，《米脂婆姨绥德汉》应该叫作歌剧，是中国民族新歌剧创作中一次新的难得的尝试与突破。

西方歌剧的正宗——意大利歌剧，起源于16世纪佛罗伦萨的演唱剧，所以我们可以说，西方歌剧的历史至今不过400多年。音乐剧是西方歌剧发展中的一个分支，最早出现于1866年的纽约，后来的发展则五花八门，样式纷纭，至今仅150年的历史。我国在改革开放后，中央戏剧学院曾开设过音乐剧班，专门培养音乐剧演员。我所见到的中国音乐剧的创作，大多还带着模仿欧美音乐剧的痕迹。外来的种子，还没有在中国的土地上生根、开花。我国的戏曲艺术，从广义上说，也是歌唱的戏剧，也具有歌剧的性质，它至少已有800多年的历史。而我们一谈到歌剧，总认为它是来自西方的舶来品，往往忘却了祖先留下的遗产——中国戏曲。有别于中国戏曲的中国民族歌剧的创作，始于“五四”新文化运动之后。1942年产生的歌剧《白毛女》，开辟了中国民族新歌剧的一片新天地。《白毛女》不是终结、定型，而是开始、起航，在它的影响下，中国民族新歌剧曾连续不断地涌现出一系列为人民大众所喜闻乐见的好作品，如《刘胡兰》《赤叶河》《王贵与李香香》《小二黑结婚》《草原之歌》《洪湖赤卫队》

正在放羊的老羊倌（雒胜军扮演）

《红珊瑚》《红霞》《江姐》等。这些歌剧的主要特征是：以中国人的现实生活为题材，以中国民歌、戏曲为音乐素材，以音乐、喜剧、舞蹈三者融合为手段，以符合中国老百姓欣赏习惯为艺术表现力标准，走一条歌剧民族化、大众化的道路。可惜这一创作势头在“文化大革命”之后并没有得到延续，而随着环境的变化，我国的歌剧创作越来越走向西方歌剧的模式。如何评价当前我国歌剧的现状，确实存在着不同认识的分歧和争论，但有一个谁也不能否认的事实是：近30年来创作的中国歌剧数目众多，评价很高，但其中能够被人们传唱的唱段恐怕极少。在我的印象中，只有一个《小草》。

中国歌剧创作的主流，应该是民族新歌剧。否则，中国歌剧便难以重现昔日的辉煌。正是基于以上认识，我认为尽管《米脂婆姨绥德汉》还不够成熟，但它具备了中国民族新歌剧的特征，是中国民族新歌剧创作中的一个新收获。我不大理解曾经催生了《白毛女》的、著名的新秧歌运动的发生地陕西省，好不容易产生了一部《米脂婆姨绥德汉》，却最终不叫“秧歌剧”“民族歌剧”或“歌剧”，偏偏要改名“音乐剧”。这并不表明我对“音乐剧”有成见。我赞成包括“音乐剧”在内的西方歌剧形式也是中国文艺百花园中的一朵花。探讨“音乐剧”怎样才能在中国土地上扎根、成长、繁荣，也是十分必要的。但如果把《米脂婆姨绥德汉》也归类为“音乐剧”，我总觉得有点儿像刚刚捧出的一碗香喷喷的羊肉泡馍到餐桌上，又送来一副吃西餐的刀叉。

最后，我要引用文艺理论家、戏曲家张庚同志生前的一句话来结束我的发言。张庚同志1946年在《关于〈白毛女〉歌剧的创作》一文中说道：“我们确信有两千多年歌舞剧光荣传统的中华民族，将来一定会有种崭新的独特的歌剧在世界剧坛最高峰的地方放出异彩的。”

孟繁华

北京大学文学博士，中国文化与文学研究所所长

地方文化资源的整合与重述

陕北文化曾是现代中国红色文化的重要资源，特别是毛泽东《在延安文艺座谈会上的讲话》发表之后，延安的文艺家经历了一次走向民间的文化洗礼。这场运动之后，“五四”以来形成的知识分子话语方式实现了向民间话语的“转译”过程。李季的长诗《王贵与李香香》，新秧歌剧《兄妹开荒》《夫妻识字》《十二把镰刀》《牛永贵挂彩》《惯匪周子山》等，就是这个时代代表性的成果。因此可以说，陕北民间文化资源，是实践延安时代毛泽东文艺思想的重要文化资源之一。甚至在粉碎“江青反革命集团”之后，最早取代“阴谋文艺”的大众文艺还是陕北民歌。《山丹丹开花红艳艳》《绣金匾》等一时间唱遍了大江南北，使革命的红色文艺从“样板戏”重新回到了它的源头和起点。改革开放以后，音乐界几度刮起“西北风”。可以说，能够传遍全国并受到普遍欢迎的民歌，大概只有陕北民歌。

大型陕北秧歌剧《米脂婆姨绥德汉》在国家大剧院的演出，让我们有机会目睹了陕北风情和民歌的巨大魅力。“米脂的婆姨绥德的汉，清涧的石板瓦窑堡的炭”这句赞美陕北风物风情人杰地灵的民谣，几乎世人皆知。榆林民间艺术团要将“米脂的婆姨绥德的汉”，打造成陕北的文化符号，可以说是得心应手自然天成。“大雨洗蓝了陕北的天，大风染黄了陕北的山。天上飘下个米脂妹，地上走来个绥德汉。妹是那黄土坡上红山丹，哥是那黄河浪里摆渡船。高坡上爱来黄河里喊，米脂的婆姨哟绥德的汉。”该剧主线选取了陕北民歌最重要的元素，即民间爱情故事。有“小貂蝉”美誉的青青，与虎子青梅竹马，小时候虎子就立下“长大我要娶你”的婚誓，长大后虎子被逼成了“山大王”，青青不愿嫁土匪；牛娃生性愚憨，成了青青的“亲哥哥”；石娃是远近闻名的好石匠，于是，争夺青青的情感或婚姻战争就在虎子和石娃之间展开了。这个故事是最普遍的大众文艺模式，简单地概括就是“一个女人和三个男人的故事”。但陕北民歌中健康、泼辣、雄健的特点和米脂婆姨敢爱敢恨、绥德汉子耿直坦荡的性格特征，将一出大众文艺的秧歌剧，演绎得雄浑高亢、有情有义。王宏伟、雷佳等倾情投入的演出，将石娃和青青的爱情演绎得感天撼地，惊心动魄，特别是即将曲终人散时，是虎子将青青和石娃送进了洞房，绥德汉子的高风亮节、大仁大义的风范和气度，以及他所承受的巨大痛苦都感人至深。这与坊间流行的都市情感剧是大异其趣的。

剧中穿插呈现的信天游、秧歌、腰鼓、剪纸、高跷等民俗文化元素，不仅充分展现了陕北地方文化特色，而且使整个舞台色彩斑斓、跌宕有致、美不胜收。应该说，全剧实现了创作者“唱响陕北文化符号，彰显陕北民歌魅力”的期许和诉求。

每个地方都有自己不同的文化传统，这些文化传统不仅滋养了不同地域的风情风物，而且也培育了独特的性格和价值观。陕北民歌苍凉、高亢、雄浑和深情的曲调，方言俚语中的生动形象和比兴铺排手法，是陕北文化的精粹，也是陕北人民对人生、社会、历史、天人关系，包括爱情关系在内的人际关系自然质朴的表达。《东方红》《兰花花》《三十里铺》《赶牲灵》《走西口》

等经典民歌，直至现代通俗流行歌曲《黄土高坡》，将陕北人民无限丰富的内心世界和地域风情表达得鲜活生动、淋漓尽致。作为重要的文化资源，陕北民歌在多种艺术形式中不断再现，从这个意义上可以说，陕北民歌已经成为整个民族文化资源的一部分。与作为艺术元素添加进艺术创作不同的是，《米脂婆姨绥德汉》从整体上发掘了地域的文化精神，在整合和重述中，创造性地提炼出了陕北文化的精要，陕北人的坦荡、豪气、情重如山、一诺千金、信义无价等，得到了形象的诠释。剧中的每一个片段，看似信手拈来，恰是整体构思严谨不露痕迹的佐证。在各地文化产业方兴未艾，纷纷打造自己文化符号和品牌的时候，《米脂婆姨绥德汉》应该说是一个成功的范例。相信经过不断的加工，更精细化地处理情节和场景之后，《米脂婆姨绥德汉》为陕北带来的社会、经济和文化效益，是完全可以想象的。

彭学明
中国作家协会创研部副主任，著名文艺评论家

满目民风醉太平

山塬塬，沟峁峁，圪梁梁，窑洞洞，还有树桩桩……一开场，一股强劲的陕北风就从黄河边上吹了过来，把人们带进了三秦大地上那片最为神奇和诱人的土地。而一阵悦耳的童声合唱和一群穿着红兜肚从圪梁梁上摇出来的娃娃，更是一下子把人们的胃口吊了起来。"天上有个神神，地上有个人人。神神照着人人，人人想着亲亲。"这极为柔软、黏糊，极为甜美、缠人的陕北童谣反复重唱时，就像陕北人揉着面团，扯着面筋。揉啊，揉啊，人们的心就被揉软了。扯啊，扯啊，陕北的情就扯黏糊了。

这的确是一段越扯越黏糊、越揉越柔软的情。

虎子和青青青梅竹马、情深意笃。长大后，虎子上山当了土匪，青青却爱上了石娃。虎子和石娃之间展开了爱情的角逐。虎子虽然相貌堂堂，威风八面，衣食无忧，但因他是占山为王的土匪，再也唤不起青青对他的爱，孩提时的爱情盟约，只能是一场美好而痛苦的梦。石娃尽管与青青真心相爱，却因为家境贫寒，遭到了青青家人的极力反对，石娃只得背井离乡走西口，去为青青打拼爱情的盘缠。最后是虎子成全了石娃和青青，自己也金盆洗手，带领着众弟兄下山走西口去了。

编剧的高明，在于在这么一台简单的剧目中设置了戏剧的情节和小说的元素，他把包袱都背负在虎子和石娃的一攻一守之间。虎子为了得到爱情穷追不舍，誓不罢休；石娃为了守住爱情步步为营，决不放手。一攻一守间，剧情就变得波澜起伏，戏中有戏了。当包袱到最后一一抖开，人们就不单单是欣赏到了一台陕北歌舞，体味到了陕北的民风民情，还看到了爱情的力量和传奇，特别是由虎子因为爱情金盆洗手的最后转变，我们可以看到爱情的力量有多么巨大，爱情的传奇有多么动人。这，应该说是编剧的神来之笔。

在整台剧里，最看好的是对虎子这个人物的拿捏和塑造。与石娃相对的虎子是一个悲情人物。他爱青青爱得铭心刻骨，却最终得不到青青。他上山为匪，却并不祸害乡邻。他既豪放洒脱、桀骜不驯，有舍我其谁的江湖霸气，又翩翩君子、温文尔雅，有怜香惜玉的似水柔情。演员的表演也非常到位，不但入戏，还很入情，把一个悲情男人的形象演绎得淋漓尽致。当青青毅然决然要离他而去时，他一个人在空旷的峁塬上的那段悲吟真是锥心刺骨、杜鹃啼血，唱出了所有人的泪。那种无奈，那种悲凉，那种欲哭无泪、来自灵魂深处的伤痛，让人深深悲悯，久久难忘。跟文学作品一样，塑造的任何人物，如果让观众或读者在看了以后，能够与其同悲共喜，产生感情，那么就是最大的成功。

女主角青青和男配角牛娃也塑造得很成功。青青的柔情而刚烈、温顺而坚强，尽显了米脂婆姨的魅力和风情。对牛娃的描写虽只有寥寥几笔，却交代得异常清晰和成功，一个憨厚和朴实的人物形象呼之欲出。

通过对虎子、石娃、青青、牛娃、老羊倌等人物的细腻刻画，陕北的人性、人情和人心，都得到了完整的表达。这种人性、人情和人心的对接和开掘，把作品引领到了一个高度，变得深刻、雄强，有了直指人心的感人力量和艺术生命。

对于陕北民歌，我是全身心的爱和崇敬的。这部戏里的陕北民歌，我都发自内心地喜爱，很多还会唱。比如“天上的鸽子地上的鹅，一对对毛眼眼照哥哥”“刮了几天南风没下一滴滴雨，拜了回天地没亲一回呀嘴”“上一道坡来下一道梁，想起我的个小妹妹心慌忙”“想起我的小青青心慌忙”“这么长的个辫子哎探呀么探不上个天，这么好的个妹妹哎谋呀么谋不上个面”，都是我最喜欢唱的。陕北民歌那种特有的粗犷中的细腻、刚直中的婉转、高亢中的悠扬，真如高天云鹤，大地飞歌，极具穿透力。作者虽然把这些陕北民歌重新打碎、糅合了，但却依然保留了陕北民歌特有的神韵。这种神韵，就是那种黏糊味、缠绵味、人情味和泥土味，贴心贴肝，巴心巴骨，再硬再冷的人都会在陕北的民歌里变得柔情、软和与温暖。这些民歌借助音乐巧妙地起承转合，借助音乐的气韵流动，有如天籁和仙音，让观众不仅接受了一次音乐的熏陶，也接受了一次民族文化的洗礼。

整台剧的舞蹈和舞美也是非常成功的。这些舞蹈和舞美的设计，都跟陕北民歌和音乐一样，没有游离主题，而是紧紧围绕主题去调动每一抹颜色、每一个舞步。这台戏里的每一个舞蹈语汇，都是来自陕北黄土高原的，深烙着陕西的符号和印记，是陕西的血脉和根。粗犷豪放不失细腻，欢快明媚不失深厚。既丰富多彩，又简单明了。不像有的舞蹈，编得舞不达意，云里雾里。比如虎子出场时，舞蹈语汇挺直、刚硬，好像是兵马俑出列的方阵，表达了虎子占山为王的英武硬朗形象。舞美也不是简单地罗列舞台道具和布景，而是从文化的角度、艺术的深度去开掘作品、表现作品、丰富作品。比如青青等待石娃回归的那场戏里，整个舞台的慢慢旋转，就预示着沧海桑田、星移斗转，极好地表达了青青极为焦虑和急切的心境。

通过音乐、舞蹈、舞美等艺术元素的完美展示和演绎，陕北的人文也因此表达得格外丰富和厚重。陕北厚重的人文积淀尽显了陕北文化的厚重和魅力，点燃了观众对陕北文化的持久仰慕和激情。

2009年8月4日，《米脂婆姨绥德汉》国家大剧院成功演出座谈会在榆林举行

石江山（Jonathan Stalling）
美国俄克拉荷马大学教授

东方的美丽　动人的传奇

欣赏歌剧之前，我曾经问我的中国朋友，为什么叫《米脂婆姨绥德汉》，他们告诉我这是一个“传奇”，米脂县出产美丽的女性，绥德县出产英俊的小伙儿，犹如在巴黎容易有艳遇，在罗马易于有浪漫爱情一样，都属于一种文化的传奇。中国是一个幅员辽阔的国家，各地的民俗有很大差异，因此浪漫传奇之多，它们的地方色彩的差别之大，可以想见。而“米脂”这样一个地名，和那里的美丽女性之间，自然也构成了一种形象和动人的互相比喻的关系。

当然，这部歌剧真正的可贵之处不仅在于情节，而更在于其表现方式。首先是舞蹈。我和妻子平日里就热衷于西方的芭蕾舞表演——我的妻子也曾涉足芭蕾舞表演，因此，当我看到歌剧中的中国式舞蹈语言和表现风格的时候，我深受触动，并且感到惊讶，他们的表现是那么美，那么含蓄和富有魅力。演员们的舞姿体现出发自肺腑的真情实感，男女演员都有着出色的线条和造型，充分表现出米脂婆姨的女性之美和绥德汉子的男性力量。同时，他们的舞蹈还具有很强的幽默感，这也很好地推动了剧情。

还有服装。作为一位外国观众，我对陕西民间服饰并不熟悉，但我觉得演员们的“行头”非常有趣而且令人愉悦，有如观看民俗画。姑娘们衣着颜色柔和淡雅，而汉子们的穿着则很有魄力，这样就强化了故事特有的性别意识。我想，即使是北京的观众，也会觉得这些服饰极富魅力吧。

还有歌唱。作为一个外国观众，我感到一种独特而隐秘的“优越感”，能够享受到其他观众可能感受不到的乐趣。在歌剧中，有的地方连中国观众也需要看字幕才能理解歌词的大意，我在这种时候则选择闭上眼睛，从脑海中排除掉语言的意义，在跌宕起伏的旋律中飘飘欲仙。即使在西方歌剧中，歌唱也能比语言带给人们更多的东西。我的许多美国同胞都喜欢听意大利歌剧，因为他们完全听不懂歌词的意思(我想许多中国人也因为同样的原因喜欢听意大利歌剧)。当语言的目的不再局限于交流，它就从功利主义的牢笼中挣脱出来，此时，语言不仅是意义的工具，而是人类灵魂发出的洪亮声音，让思想在其间自由徜徉。打个比方说，当这部歌剧中的牧羊人在歌唱时，他的声音越飞越高，直到最高处，停留在一根脆弱的枝条上。但这枝条是那么单薄，它随时可以发出一声脆响，然后从天而降，有如一只从云端俯冲而下的鹰隼，来从你的肺腑之中夺取某种东西。当然，我从不闭眼太长时间，免得错过了美丽如画的芭蕾舞姿。

我过去一直对于一种习惯性的讲述抱有怀疑：有着久远历史的中国，她的人民究竟经历了怎样的生活？是像一种叙事说的那样，在“水深火热”的苦难之中吗？我表示怀疑，在那样的苦难中生存，怎么会诞生出那么丰富和灿烂的文化、那么美丽的诗歌和艺术？在许多时代化了的描述中，历史的原貌被修改得过于简单了。我坚信中国人民经历过苦难，也坚信他们曾经拥有欢乐和富有道德感的生活，伟大的传统即从那里诞生。即便是在民间，也一样有着深情的歌唱、纯真的爱情，以及像绥德汉子虎子那样的仁义又痴情的动人传奇。

歌剧中纯洁无瑕的人物、鲜艳的服饰、优雅的芭蕾舞姿，以及悠扬婉转的歌声，让这个夜晚成为我生命中难忘的经历。它让我想去陕西看看，去聆听人们在自己的土地上放声歌唱，因为在没有麦克风的地方，他们优美的歌声会更加悠扬。

石娃（王宏伟扮演）与青青（雷佳扮演）在石雕场互表情意

吴义勤
中国现代文学馆馆长、中国小说学会副会长

醉人的乡土气息

新编陕北秧歌剧《米脂婆姨绥德汉》在国家大剧院上演后，观众络绎不绝，媒体好评如潮，仿佛在炎热的夏天刮来了一股清凉的艺术之风，充分展示了地方戏剧迷人的艺术魅力。该剧的剧情、舞美、歌曲、音乐都是一流的，无论是地域风情的展示、人物形象的塑造，还是民间歌舞的表演、编剧构思的独特，都堪称经典，其给观众带来的美感与震撼也是持久而强烈的。

全剧共分四幕，主要演绎的是米脂姑娘青青与三个绥德青年——虎子、石娃、牛娃之间的爱情故事。在序幕里，青梅竹马的虎子和青青定下了“长大后我要娶你”的婚誓，但随着时光的流转和人生的变化，这个婚誓遭到了现实的考验。因为虎子被逼上梁山做了“山大王”，石娃和牛娃也都爱上了青青，而青青最爱的则是远近闻名的好石匠石娃。戏剧的内在冲突由此展开，憨厚的牛娃牺牲自己的感情做了青青的“亲哥哥”，而虎子与石娃则互不相让，并共同约定七月七太阳落山前为娶青青的婚限。四幕戏就围绕此而展开，石娃“走西口”、青青苦等待、虎子光明正大不玩阴，到七月七这天剧情也达到了高潮：“山大王”下山娶亲，石娃也回家备好了彩礼，二人为此展开了一场荡气回肠的爱情“决斗”。“决斗”的结果是青青和石娃喜结良缘，虎子也决定浪子回头，走出山寨，与石娃、牛娃一起“走西口”，从而谱写了一曲真善美的颂歌。

该剧的感染力既得之于其歌颂美好爱情、美好人性的主题，也得之于其对主人公性格和人格魅力的塑造。虎子的敢作敢当，石娃的聪明能干，牛娃的无私奉献，都从一个侧面丰富着“绥德汉子”的性格，他们既是一个个有生命力的个体，同时又是一个不可分割的整体，他们三位一体地展示了绥德汉子的力量、性格和情感。而青青则是“米脂婆姨”的代表，她美丽、清纯，心地善良，多才多艺，既有着对爱情的执着，又有着大义凛然的正气，从某种意义上，虎子的浪子回头正是她人格力量感召的结果。与此同时，贯穿全剧的迷人的信天游、美轮美奂的各种秧歌表演以及有着浓郁地方特色的文化习俗也为该剧增色不少。

艺术上看，《米脂婆姨绥德汉》构思巧妙，结构紧凑。剧情的发展与人物性格的刻画、音乐舞蹈的表演紧密地结合在一起，独唱、对唱、合唱、独舞、群舞等艺术形式的复合运用，既有着强烈的视听效果，又能对人物心理进行细腻的展现和刻画，尤其是“黄河边童年婚誓”这个情节在剧中的反复出现，不仅使剧情前后呼应，而且也为揭示主人公的内在心理矛盾和复杂情绪提供了背景，使得戏剧的冲突和结局均有了逻辑的力量。

李炳银

著名文学评论家

用个性的歌舞展示真诚的爱情

——看《米脂婆姨绥德汉》

中国是个多民族的国家，在漫长的历史沿革发展过程中，各个民族、各个地方，都会因为地理环境和文化生活习俗的不同，而形成带有自己民族地域分明特点的文化内容与文化表现。正是因为这样众多的有地方个性的民族文化存在，中华文化才表现得丰富多彩，才有一种个性分明、花团锦簇的繁盛局面。

陕北的信天游，就是一种诞生和发育于雄奇沉厚的黄土高原地区的一种民歌文化形式。这种民歌，具有音色高亢悠扬、表达诚挚自由、内容生动感人、表现简单随意等不少特点，很受人们喜欢和欢迎。也许我的见识有限，此前陕北民歌的表演基本是个体单唱，也有集体合唱和少数简单表演的方式，是比较单纯和简单的。因为信天游民歌本身的韵味和魅力，即便是这样缺少精心策划包装的演出，也一直受到人们的喜欢。

最近，观看了由阿莹编剧、赵季平作曲、陈薪伊任总导演的陕北秧歌剧《米脂婆姨绥德汉》之后，我再次感受到了信天游的魅力，感受到了陕北地方文化的独特个性和丰富的魅力。这个剧作最突出的特点是，将过去大多只是独自演唱的内容故事化和戏剧化。我以为，这个剧对于信天游的发展推广及充分的艺术化表演是一个非常好的尝试与实践。而对于现实的继承挖掘和民族传统文化的弘扬，这个剧也会给人们一些积极启示。在我们的文化艺术领域，如今有一种简单的不思进取和轻易跟风习技的现象。每到节庆时日，找几个演员来唱几首歌，表演几个节目，或是以出新的名义模仿几个国外的表演节目，经常是舞台装饰华美，灯火辉煌，技术时髦，可内容几乎熟常肤浅，近乎流于内容和技巧的形式主义，浪费了人民的血汗钱。在这个过度追求形式和雍容华贵舞美效果的时候，《米脂婆姨绥德汉》不肆铺张，质朴认真地开掘和推演民族文化情感艺术内容方面的努力，应该给予充分的肯定。

《米脂婆姨绥德汉》是对一个多年形成的民间传说的艺术再现。在陕北，很久以来，就认为米脂的女子秀美善良，而绥德的小伙英俊勇武，似乎只有米脂的姑娘配了绥德的汉子，方才郎才女貌，婚姻般配。所以，才有广为流传的“米脂的婆姨绥德的汉”一说。其实，在米脂，在绥德，男女青年的情爱生活也一样会经历曲折，会风风雨雨，成就一门美好的婚姻，往往也是需要很多努力的。阿莹在剧中围绕青青与石娃、虎子、牛娃之间的恋爱关系展开情节，在激烈复杂的感情联系中表现和推进故事发展，很好地推演了不同人物的个性情感及与他人关系的改变，有很强的故事情节性，有深入动人的内心情感内容，也有很好的表现空间。是一种围绕人物的真实感情发展而推演的戏剧，是一部目的在于表现人物强烈、丰富和复杂性格情感的作品。它或许简约，或许浅显，但它却具有动人的力量。有戏（故事情节）、有情（真实感情），这些内容是该剧的根本，也是其压台的东西。这和不少只有离奇的情节和形式主义的表现的作品是很不同的。

该剧中的几个主要人物，都很朴实。没有人为追求的非社会生活化成分，所以，能在平凡和真实中走进人心。青青美貌善良，自小时戏剧性地跟虎子哥有个婚姻约定。可虎子却因为生活所迫，上山结草成了“山大王”（实际是躲避矛盾，并不作恶）。身边的牛娃哥虽然老成忠厚、勤劳善良，可青青却不喜欢他这个性格。在虎子出走，对牛娃不满意的时候，青青爱上了同样聪明勤劳和坚韧的好石匠石娃哥。三个小伙子爱上一个小女子，矛盾复杂而紧张激烈。最后牛娃因青青的态度而成了“亲哥哥”，虎子在与石娃激烈争夺之后也只好罢休，青青和石娃终结连理。复杂的矛盾被编剧合乎情理地化解，也满足了人物和观众的心愿。特别显示出编剧才能的是虎子在同石娃争夺青青不成的时候，却将青青抢上山来，亲自主持了青青和石娃的婚礼。这一着出人意料，又在情理之中，很有浓郁的戏剧气氛，也非常突出地表现了虎子的性格，很有大家手笔的特点。

这个戏叫“陕北秧歌剧”，所以，表演的手段基本是借用信天游曲调歌唱的表达和陕北秧歌的舞蹈表演来艺术展示的。很多歌唱出陕北信天游高亢真挚的诉说特点，在声响音乐方面独特分明，在表现人物的内心情感世界方面很见力量，自然很有吸引打动人的地方。秧歌舞蹈的语汇固然稍嫌单一（我看很多是陕北腰鼓的舞蹈动作），但特别的形体在有分明地域特点的色彩服饰和语言的装饰下，依然是有视觉冲击力的。这个剧近似歌剧和舞剧的结合，也近似歌剧和话剧的结合，到底是个什么剧，其实并不重要。重要的是对观众有诱惑打动的力量，有戏剧性地感受地方文化和真实美好情感的帮助与启发。很让我感到满足和高兴！

李 星

中国小说学会副会长，著名文艺评论家

一部雄浑、悠远的爱情神曲

——析大型民族歌舞剧《米脂婆姨绥德汉》的主题意蕴

天幕上呈现出的是湛蓝的青天，青天之下是逶迤不断的土山形高原；近景居舞台中央的是一面倾斜而下的黄土高坡，高坡上矗立着一棵枝叶繁茂的老树——是路遥笔下常出现的杜梨吧！这就是大型陕北秧歌剧《米脂婆姨绥德汉》的主景和故事发生的古老地理空间。匪夷所思的是，在序幕之后这块与群山相连的黄土高坡却来了个360度的缓慢转动，象征了岁月的流逝、时光的永恒。果然，在序幕中玩耍的儿童，这时已成为或精壮俊美，或清秀美丽的青年。当然，成长的不只是身体，还有人生命运的坎坷与曲折、性格心灵的升华。当年在儿童游戏中迎娶过青青的虎娃，为逃避一桩命案，成了占山为王的山匪，但他却珍藏着当年青青赠给他的手帕，要她兑现昔日的诺言；石娃成了能雕出开口唱歌的石狮的石匠，乡间出类拔萃的信天游歌手，并与青青真心相爱；牛娃却真正成了放牛郎，也始终以自己的方式追恋着貂蝉样的美女青青……

这是一个我们在以往的文学和戏剧作品中，经常能看到的发生在黄土高原的美丽而曲折的爱情故事，如《王贵与李香香》《兰花花》等。但是《米脂婆姨绥德汉》却赋予它全新的思想意蕴和鲜明的时代特色，在文学和音乐舞蹈叙事中，融入了一种新的历史意识和生态伦理，在深度和广度两个维度上，使全剧主题得到了可贵的升华。

首先，是赋予《黄河神曲》这首童谣以黄土地人民基本的生命和伦理形态，以歌谣和音乐的形式反复呈现。在序幕里孩童的爱情游戏中，它由混沌未开的赤子们念出，并上升为一种雄浑、悠远、回环不已的主题音乐旋律，不仅揭示了爱情在人类情感和生命延续中永恒的意义，而且表现了黄土地上人们所期待并扼守的自然伦理和社会秩序。“天上有个神神，地上有个人人。神神照着人人，人人想着亲亲。”神神——天上日月星辰的光辉映照着大地，大地上的人人相亲相爱、和睦相处。生生不已，亲亲不已，正是中华民族战胜各种艰难困苦，得以延绵不已、不断繁荣兴旺的秘密。在全剧的爱情冲突（它也可以看作序幕中的爱情游戏的继续）以虎娃、牛娃对青青选择的尊重、帮助、支持以后，它又一次出现。对《黄河神曲》如此浓墨重彩的处理，让人想到了见之于中国古老典籍的《卿云歌》和相传为大禹所作的祝告辞《禹玉牒辞》的深厚意蕴：“卿云烂兮，纠缦缦兮。日月光华，旦复旦兮。”“祝融司方发其英，沐日浴月百宝生。”是日月光华给了大地以生命，而沐浴着日月光华的人，更应该在享受自然的恩泽中创造，并相亲相爱，这就是该剧的基本主题，古老而又年轻。

正是在这种天人合一的世界自然伦理和宽广深厚的历史哲学背景中，民族歌剧《米脂婆姨绥德汉》以高亢、嘹亮、婉转深情的信天游旋律，讴歌了高原儿女的美丽和纯真的爱情，赞美了他们如黄土地般宽阔的心胸：

大雨洗蓝了陕北的天，
大风染黄了陕北的山。

石娃（王宏伟扮演）想从虎子（韩军扮演）手中抢下青青（雷佳扮演）

天上飘下个米脂妹，
地上走来个绥德汉。
妹是那黄土坡上红山丹，
哥是那黄河浪里摆渡船。
高坡上爱来黄河里喊，
米脂的婆姨哟绥德的汉。

在此以前，人们有一个误解，就是以为《米脂婆姨绥德汉》的唱词是原来流传的陕北信天游的连缀，其实，据编剧阿莹先生讲，他确实在创作中借鉴了大量的原生态信天游形式和一些唱词，但更多的却是在原来的基础上的改写和创作，使之更加贴近、符合剧情和人物性格心理。即这首可以命名为“高原人曲”的抒情歌曲，确实运用了信天游的修辞方式，但却是作家的新的创作。它以激情饱满的抒情笔法，赞美了黄土高原的明丽、清新和神奇，也讴歌了这块土地上世代成长的伟大儿女，以“高坡上的红山丹”“黄河浪里的摆渡船”的鲜明色彩和激流勇进的英姿，为全剧点了题。

刘勰在他的《文心雕龙·时序》中指出，“时运交移，质文代变，古今情理，如可言乎”，“故知歌谣文理，与世推移，风动于上，而波震于下者”，对文学艺术与时代和社会生活的关系做了深刻的论述。当今的世界，从全球范围看，二战以后的“冷战”格局已经解体，世界进入了和平发展的竞争时代；从中国的历史看，急风暴雨的阶级斗争、政治斗争时代也已经结束，进入了以经济建设为中心、科学发展、创建和谐社会的新时代。秧歌剧《米脂婆姨绥德汉》张扬的正是为新时代所需要的人与人之间的情与义、理解与爱，人对自然的尊重、敬畏与和谐共生。费尔巴哈说过：“爱就是成为一个人。”只有知道爱的人，才是一个完整而健全的人。所以可以说，《米脂婆姨绥德汉》既是一部雄浑、深沉的高原儿女的爱情神曲，也是一部悠远绵长的民族精神的神曲。

张　陵

《文艺报》副总编，著名文艺评论家

苍凉高远　意味深长

陕北秧歌剧《米脂婆姨绥德汉》像一股来自黄土高原强劲的风，吹进了北京国家大剧院，也吹进了北京观众的心里。一部有着浓郁的高原民间生活风情的作品，在大城市里受到观众的欢迎，是很正常的。在流行时尚的文化中泡得太多太久，看到这样清新的作品，听到这样动人的民歌，自然会眼前一亮，拍手叫好。

这部秧歌剧以陕北民歌为主调，描写了米脂姑娘青青与几个绥德青年之间的爱情故事，展示了高原民俗生活，讴歌了人们生活中最美好的道德情感，把陕北民歌的精神内涵诠释得丰富多彩，从而展现出陕北民歌独有的艺术魅力。我本人就是一个陕北民歌的热爱者，常常为《山丹丹开花红艳艳》《兰花花》《赶牲灵》这样的民歌所感动。有一年，在延安地区听几个当地的民歌手唱原汁原味的陕北民歌，听得我们所有的人都热泪盈眶。事实上，我们国家任何一个地区的民歌我都非常喜欢，只是陕北民歌能特别快地让我投入其中。我常常想，陕北民歌到底是什么在吸引我们，那高亢悲凉的旋律在传递着什么牵动我们情感的东西?

看得出，创作《米脂婆姨绥德汉》的艺术家们也在思考着这个问题。他们试图在男女爱情的交往关系中揭示出民歌本性。这部秧歌剧的主要内容就是爱情。这个思考也许不算特别深刻——因为据我所知，所有的民歌主要内容都和男女情爱性爱有关。抓住这一点，某种程度上也就能揭示出民歌之所以动人的秘密。不过，能正确认识到这一点，却是因了我们这个时代。当我们更深刻地认识艺术“以人为本”的精神实质后，写人的基本情感需要的内容主题也就会应运而生，而民歌正是最理想的承载者。从这个意义上说，《米脂婆姨绥德汉》的思考是抓住了我们时代的精神风貌的。仅这一点，就值得我们刮目相看。

爱情是文学艺术永恒的主题。但不同民族、不同地域文化的爱情又呈现出完全不同的生活情态与风情，与一个国家一个民族的生活息息相关而又动人心弦。这正是爱之所以具有人类永恒性的根本所在。这个特质，显然是被《米脂婆姨绥德汉》抓住了。它在青青、石娃、虎子、牛娃等青年男女之间的情感纠葛中展开矛盾关系，表现了米脂女子的美好心灵和绥德男子的道德力量。透过这种充满生活气息与地域文化风情的男欢女爱，来歌唱生活，歌唱爱情。这里，民歌的本质内涵在民俗生活的描写中充分显现，让观众感受到，同时民歌在生活场景中也表现了生活的美。二者互为关系，相映生辉，融为一体，构成了一部优秀作品的基本框架。

这部作品的音乐受到陕北民歌的深刻影响，深得陕北民歌之魂魄。然而任何民歌又必须经过艺术家的加工再创造才能成为真正的艺术。其实原生态民歌正在期待最优秀的音乐家去再创造，才会有更多的听众，才会突破地域文化限制。《米脂婆姨绥德汉》正是在民歌基础上的一种文人加工创作，形成了有力表现作品主题内容的音乐。

我以为，《米脂婆姨绥德汉》的文学内涵值得一说。尽管秧歌剧可能会更倚重音乐的表现，但剧情本身也具有重要的支撑作用。说实话，要把一句流传下来的俗语变成一个文学剧本，创作难度相当大。这部作品做了

2010年2月6日，剧本杂志社在北京举办《米脂婆姨绥德汉》专家研讨会

相当的努力，也取得了很好的效果。当然，这个努力还可以进行下去——如果当地文化决策部门意识到他们是有可能把这部作品打造成当代经典性作品的话。我个人以为，这部作品的音乐旋律正在显现出经典的气质，经过不断打造以后，我们完全有出大作力作的预期。这样的话文学方面也必须跟进，在文学性方面多下功夫。我个人以为，可以更加深刻地认识开掘男女情爱背后的时代社会内涵，更深地揭示生活的本质。我们肯定注意到，陕北民歌虽然多唱的是男女情感，但深层是一种艰难生活的表现——这种民歌正是在民族生存斗争中产生的。例如《走西口》这支歌背后，有着多少艰难困苦的故事，但最后留下来的、积淀下来的就是一首情歌。正是因为多数走西口的人儿回不来了，才会有这首情歌。如果像现代社会生活那样，都能回到家里，共享天伦之乐，那还会有《走西口》吗?

中国民歌的积淀过程的基本规律需要创作者重视。写一种纯粹的爱情、写人性并没有错，但如果我们有更多更充实的社会内涵灌注，就可能更有意味，爱情故事可能更具经典性，作品可能会更厚重。写到这里，我们终于知道了，那苍凉高远的陕北民歌，为什么会深深打动我们了。

刘　祯
中国艺术研究院戏曲研究所所长、研究员

西北风与西北情

——评陕北秧歌剧《米脂婆姨绥德汉》

榆林市民间艺术团的陕北秧歌剧《米脂婆姨绥德汉》是一曲恢宏的西部恋曲，舞台上辽阔的黄土高原背景下演绎的是西北儿女动人心魄的感情故事。米脂出婆姨，绥德出俊汉，自古就传遍了西北，走向了全国。而这出秧歌剧的故事背景是现代的，并无具体的时间概念，这就表明了“爱情是永恒的”这一亘古未变的文艺准则的跨越时空意义。该歌剧演绎的是，米脂县里出了一个俊丫头——人称“小貂蝉”的青青，多少后生想娶她为婆姨，而青青却爱上了穷困的石匠石娃，而从小与青青玩耍的虎子还遵守着“长大了我要娶你”的誓约，还有一直像哥哥一样呵护着她的牛娃一直陪伴在她左右，青青这个俊俏的米脂姑娘与石娃、虎子、牛娃这三个绥德汉子演绎了一出荡气回肠的爱情故事。

这是一部具有浓郁西北风情的剧作，大幕拉开，呈现在观众面前的是辽阔的黄土高原景致，蓝天下的黄土坡与远处层峦的山峰，而扎着白羊肚毛巾的绥德汉子与穿着花布衣服的米脂婆姨们出场了。高亢的陕北民歌声中，童年的青青、虎子也出场了，当虎子许下了“长大了我一定要娶你”的誓约后，舞台便挪转到长大后的青青身上，剧情集中到青青与石娃的爱情上。当两个年轻人初定终身时，青青的母亲却因为石娃太穷来阻断他们的爱情了，一定要将青青嫁给为她们家做杂务的牛娃，正当青青反抗着母亲时，已经占山为王的虎子下山来定亲了，并强行下了聘礼。而执着的青青坚持着与石娃的爱情，青青的母亲主动退了虎子的聘礼，并许下如果石娃走西口赚了钱就可以来娶青青，而虎子也许下如果石娃在规定的日子回不来他就要娶走青青。接下来是青青的等待，而石娃终于在规定的日子回来了，虎子却将他们二人劫上了山，向青青诉说了衷肠，最后被青青的坚贞感动，在山寨为石娃、青青举办了婚礼，并决定不再占山为王，而是与众弟兄走西口讨生活去。

剧情本身并不复杂，而形成该剧强烈艺术感染力的是由具有浓烈地方色彩的歌舞所营造的浓郁西北风情所带给人的情绪感染。比如，“天上有个神神，地上有个人人。神神照着人人，人人想着亲亲”这样高亢、嘹亮又悠远的谣歌，唱活了陕北人民自在、悠游又相亲相爱的心态，这是一种与大自然的神力融为一体又自在自为的生活样态，是潇洒俊朗的西北汉子与美丽深情的西北女子世世代代的爱情写照，被西北民歌手款款唱出，尤其打动人心。再比如，“半夜里抱着枕头睡，亲嘴嘴亲了一口荞麦皮”“对面山上野鹊喳，你给哥哥捎上一句话”等人们熟悉的陕北民歌，对该剧西北浓情的表现是起到烘托作用的。再比如，“大雨洗蓝了陕北的天，大风染黄了陕北的山。天上飘下个米脂妹，地上走来个绥德汉。妹是那黄土坡上红山丹，哥是那黄河浪里摆渡船。高坡上爱来黄河里喊，米脂的婆姨哟绥德的汉”。这样辽阔的信天游歌声，唱出了西北别样的景致、别样的风情，“妹是那黄土坡上红山丹”“哥是那黄河浪里摆渡船”，这是怎样的壮阔豪情在心中激荡呀，只有这样的男女的爱情才能与黄土高原辽阔的天空、滔滔的黄河相匹配，才能唱出高亢嘹亮的信天游。而该剧独具地方特色的秧歌舞步、艳丽的服饰都是衬托西北风情舞台的艺术要素，

虎子（韩军扮演）准备抢亲

这些要素烘托出人物的情感氛围，将绥德汉子的浓情与米脂婆姨的蜜意表现得轰轰烈烈、风情万种。

不仅该剧营造的艺术氛围具有浓烈的西北风情，就是该剧表现人物情感的方式也充满着西北人的豪爽与激越。比如，青青与石娃及虎子的感情纠葛，该剧就处理得非常有地域特色。当青青对石娃表达爱情之后，面对虎子的争婚、青青母亲的阻挠，石娃并没有退缩，而是果断地去走西口并及时地回来履行对青青的诺言，表现得非常像一个西北汉子的做派。而虎子在争取与青青的爱情中，那种强烈的情感、虽百遇挫折而不悔的劲头，最后及时成全青青的美意，也都是西北汉子的做派，该剧将绥德汉子对爱情的执着追求表现得浓烈而不俗丽，激越而不出轨，唱出了绥德汉子的浓情；而该剧对米脂婆姨的美丽容颜的歌颂、坚贞爱情的表达、善良心灵的揭示也都是以西北特有的歌谣形式来表现的，充满地域色彩，将米脂婆姨的蜜意表达得淋漓尽致。

不管是绥德汉子的浓情还是米脂婆姨的蜜意都是在“大雨洗蓝了陕北的天”“大风染黄了陕北的山”下发生的。该剧对西北人情的表现是别出心裁的。比如，老羊倌这个人物的设置就很有地域特色，他对追求青青不成的虎子说的“羊要天天拦，女人要慢慢缠”的西北俚语就充满人生智慧，他出场不多却颇有性格，是一个很重要的次要人物，对表现绥德汉子的感情世界有很好的映衬补充作用。而青青想念石娃时唱的“荞面皮皮架格墙飞，想哥哥想成黄脸鬼。三十里明沙二十里水，八百里路上寻妹妹”等歌谣都充满西北民间特色、西北人情风貌，对表现人物的感情有很好的起兴作用，这也是西北民歌特有的地方色彩。

这出戏无论是从编剧还是导演还是舞美还是戏剧音乐来看都是成功的、精心打造的，但略有遗憾的是故事还略显简单。主要是靠歌舞与艳丽的舞台制作来烘托剧情才弥补了这一不足。当然，对于一部以歌舞来演故事的舞台剧来说，当下所取得的成绩还是很不简单的，值得肯定。

张清华
北京师范大学文学院博士生导师

比高原更高的

我们约了从美国俄克拉荷马大学来的一位学者乔纳森·斯道林先生一起看戏。之前，还多多少少有点儿幸灾乐祸的想法，心想，总说“洋鬼子看戏——傻眼”，这回倒看看他的反应如何，“傻”到什么程度。他问我们是什么音乐会，我们便如实说是“秧歌剧”，他问秧歌剧到底是什么剧，我也没法给他解释清楚，于是就含糊其词地说是一种“Local Opera”（地方歌剧），他晃晃脑袋说：好啊，我喜欢。

一切都比预想要好得多。原本以为不过是用些牵强简单的故事，把陕北民歌中那些精华的调子汇集起来，或者只是要大场面，再加上宣教式主题，不就是唱嘛，不就是嗓门高嘛。但其实真的完全错了，剧情本身是非常民间的：米脂的美女青青爱上了有手艺、心地又好的石匠石娃，可是她童年时又和伙伴虎子交好，并曾向他许过终身，后来虎子为生活所迫，上山当了大王，可他仍旧一片痴情，深爱着自幼的伙伴，发誓一定要娶她为妻。还有一个是憨厚的牛娃，他更是与女孩青梅竹马，一起长大。一个女孩面对三个青年，实难选择。这样一种关系引出了丰富的戏剧因素：牛娃迫于情分，也所谓“性格即命运”，忍痛答应做“亲哥哥”，退出了竞争；虎子势力浩大，可是上山当土匪名声却不佳；这样青青中意的人自然就是石娃了，他不但品行端正，而且还不畏强势，在土匪虎子面前寸步不让。

按说如果依照通常的处理方式，一定是要把这个冲突尖锐化，使之变成一个悲剧，或者先悲后喜的大团圆剧。一个强势而霸道，一个善良而无助，最终演出一幕抗婚和突转的道德戏、煽情戏。然而剧中并没有落俗套地进行上述的道德化处置，更没有脸谱化地把虎子描写成一个恶魔式的人物，相反，他简直是一个“义匪”，对待爱情不但忠诚，而且到了“痴情”的地步。他本来完全可以靠武力强行把青青拉上山，变成“压寨夫人”，或像属下建议的那样，暗中把对手石娃搞掉。但他自始至终遵守着契约，用百般努力迎合着青青的芳心。甚至他只有在不得已的时候，才把从前保护过青青生命的秘密讲出来。但出于道德上的禁忌，出于对感情分量的权衡，青青只能做出痛苦而坚决的选择。

戏的高潮是在七月七黄昏前的一幕。按照约定，如果太阳落山前，走西口的石娃不能回来，那么青青便是虎子的人了。女孩站在山冈翘首以盼，虎子和喽啰们虎视眈眈，媒婆和青青的姐妹们暗中较劲……时间分分秒秒过去，太阳就要落山，可是石娃仍不见身影，这时虎子已做好了成亲的准备，女孩则打定主意以死抗争，就在悲剧即将发生的时候，石娃终于赶回来了，霎时痛苦的一方变成了痴情的山大王。在僵持对峙中，在他心中的情感天平上，爱最终战胜了欲，义终于战胜了私，他放弃了抢夺计划，当众主持了青青和石娃的成婚仪式，而他自己则反思所走过的道路，宣布解散山寨，让众弟兄下山自食其力，过常人的生活。至此，矛盾终于化解，有情人终成眷属。

这个处理确有不得已之处：如果是要构造一幕悲情剧的话，一定是在石娃迟到之时，虎子强抢青青，坚贞的女孩愤而跳下山崖，成婚的喜宴霎时变成生死两界的惨剧；此时回来的石娃呼天抢地，与悲伤虚怯的虎子一番拼杀角斗，双双同归于尽，剩下扶尸恸哭的牛娃，呆坐在心爱的妹妹和童年的伙伴面前……但那样就不是“秧歌剧”而是一幕真正的“歌剧”了。在这个关键的时刻，剧情的转折虽然陡峭了一点儿，但是也符合逻辑：这是民间的契约和古老的道义，是这些力量最终决定了人性和善的胜利、爱情和亲情的胜利。结局仍然是感人并且令人满足的，石娃获得了本属于他的爱情，虎子则完成了自身道德的拯救，憨厚的牛娃则从妹妹的幸福那里获得了亲情的慰藉，人间有爱，人间有道，古老的土地和永恒的民间生活在歌与爱、道义与温情中代代延续。全剧中最见光彩的人物是虎子，他在情与理、义与欲之间的痛苦抉择，不但使他个人的形象变得丰满感人，而且升华了全剧的主题。

至于音乐的合成就更值得赞赏。主创者把传统的陕北民间的那些悠远绵长的经典旋律演绎到了极致，诗一般的歌词，还有与之和谐一体的现代与西洋音乐元素作为背景，更增加了整体的表现力与厚度。既突出了民间音乐的主题，同时又远比单纯的民歌来得更丰富和综合。整体的感觉是既传统又现代，既有原汁原味的正统的“土”，又有华美瑰丽的现代的“洋”。在抒情和叙事的搭配方面也安排得相得益彰，精练的对话与舒放的歌唱之中把故事交代得清晰感人，场面凸显得紧张齐整、大气繁华。

谢幕之际，观众还流连在一片兴奋与紧张之中，经久不息的掌声，回应着同样神情兴奋的演员，彼此不舍，从这节奏整齐的掌声中可以确认，演出的确是征服了观众。我们也呆坐许久，侧身看看身边的老外，也一脸不舍的表情。晃晃脑袋，连声地说，好啊，真好。

是啊，真好。那时我呆坐在剧场的最高处，有一丝悬空的感觉，仿佛还滞留在那辽远和略带苍凉的歌声里。比大地更高的是黄土高原，比黄土高原更高的是那世代传唱的歌声，比那歌声更高的则是那美丽传奇的爱情……

解玺璋

《北京日报》文艺图刊主编，同心出版社常务副总编辑，

著名文艺评论家

哥哥妹妹的歌与爱

秧歌剧《米脂婆姨绥德汉》歌颂了陕北高原上朴实醇厚的爱情。虎子和青青两小无猜，青梅竹马，他们两个在黄河滩上的那段对话就像一个美丽的童话：“我想娶你做我的婆姨。”“那你甚会儿娶我呀？”“等你长大了我就娶你！”单纯而又美好，道出了人类最质朴的心声。大凡民歌都是这样的，哥哥妹妹，爱着，想着，思着，念着，愁着，恨着，这几乎是从《诗经》就有的传统，直至唱到今天，仍然是这样，没有例外。

爱情是不会一帆风顺的，它总是一波三折才有味道。所以，虎子和青青只能“妹是那黄土坡上红山丹，哥是那黄河浪里摆渡船”，他们的再次相遇不仅需要时间，更需要机缘。果然，世事多变，二人渐行渐远。一个偶然的机会，虎子上山当了土匪，而青青则随着年龄的增长爱上了勤劳、朴实的年轻石匠。如果说青青对虎子的表白还只是一种童言无忌的话，那

2010年2月6日，剧本杂志社在北京举办《米脂婆姨绥德汉》专家研讨会

么，她对石匠的爱却是一个成熟女子的自觉选择，因而也爱得更执着、更深沉。在整个剧作中，青青显然是个亮点。她是个新人形象，是米脂婆姨的新的代表，不仅具有美丽、善良、单纯、坚贞、敢爱敢恨、有情有义这样一些基本的性格特征，而且被想象和描述为一种新的命运、新的人生。我们还记得电影《黄土地》中的那个姑娘，那首著名的《女儿歌》唱出了多少女人的哀怨和伤心：“六月里黄河冰不化，扭着我成亲是我大。五谷里数不过豌豆儿圆，人里头数不过女儿可怜，女儿可怜，女儿哟。”

很显然，秧歌剧《米脂婆姨绥德汉》中青青的形象，恰恰是要颠覆这种来自传统信天游中的女儿形象。这个形象曾经见于很多作品，比如《走西口》，比如《兰花花》，比如《五哥放羊》，甚至比如电影《人生》中的插曲《叫一声哥哥你快回来》，在这些作品中，我们都能看到那个无助而绝望的“女儿”。她们的基本形象和姿态，即是望眼欲穿式的“眺望”。青青的形象则从根本上改变了传统信天游对女儿形象的塑造，尽管她也经历了石娃走西口这样的经典体验，但她并不因此就感到悲伤。她相信石娃哥一定会回来，他也果真按照约定的时间回来了。她甚至没有理由悲伤，虽然也是一波三折，但她清楚地知道，她的命运是攥在自己手里的。父母给她选定了一个老实憨厚的牛娃，虎子也要完成童年的心愿，但这些都不足以改变她对石娃的爱。这是青青这个形象区别于传统女儿形象最重要的精神特征。她通过自身叙事，最终完成了一个新人所要做的身份认证。她是坚强的，也是快乐的，她的基本形象和姿态不再是望眼欲穿式的“眺望”，而是两情欢悦的幸福和满足，即使是在虎子将她“抢”上山以后，基调也是欢快和热烈的。

因此，满脑子传统信天游的叙事形象和音乐形象的人，看这个戏会有一些失望或失落。在这里，几乎所有唱词都是新的创作，音乐大多也重新写过，因为不这样做，青青形象的出新也就无从谈起。这也再次证实了形式与内容合二为一的关系，形式即内容，内容即形式，是不好强行拆散的，棒打鸳鸯不仅残忍，也有违自然规律。这样一想也就释然。仿佛一个摩登的时尚青年，穿了一身看似传统的衣衫，色彩与造型既有浓郁乡土风情，又有鲜明的时代特征，你会觉得与她很般配，也很贴切。如果真是“原汁原味”地端上来，强加给青青这个角色，怕是倒不大对味了。看来，不仅是到什么山上唱什么歌，而且是到什么时候唱什么歌，此一时，彼一时。有所谓时尚者，时者，势也，任何个人都是难以抵挡的。即使是堂吉诃德，也只能是喜剧。由此看来，《米脂婆姨绥德汉》这一剧作，正是走当下时尚作品那一路。在这里，创作者们吸收、运用了很多新的时尚的元素，不仅舞台布景、人物造型、服饰设计、色彩处理是夸张的，音乐也是夸张的。

作为一部秧歌剧，音乐应该是它的灵魂。赵季平对音乐的改写，从根本上改变了陕北信天游的精神面貌，说是创新也无不可，总之是将幽远、深沉、苍凉、沉郁、辽阔、高亢创新为气势恢宏、浓郁热烈、慷慨激昂，将自吟自唱的民歌民谣提升为大合唱与交响乐。这种创新摆脱了传统民歌“韵”与“味”的缠绕，而直接进入了现代国家核心价值的叙事，并与该剧的人物形象、舞台叙事融为一体，也算是煞费苦心。《诗经》有风、雅、颂，三者的音乐形态是否一致，因为没有声音保存下来，已无从判断，但从文字所保存的蛛丝马迹来看，应该有所不同。风和雅，风和颂，能不能打通，合二为一或合三为一，还很难说。这里也有内容即形式、形式即内容的问题，好像并不简单。

刘彦君

中国艺术研究院话剧研究所所长、研究员

大秧歌扭起来

——看陕北秧歌剧《米脂婆姨绥德汉》

由无以数计的陕北大秧歌和60余首信天游连缀、整合而成的陕北秧歌剧《米脂婆姨绥德汉》火了。大姑娘小伙子载歌载舞、生机勃勃地从陕北舞到了北京，舞向了全国。宏强的性格、宏大的场景、宏伟的气势交相辉映，汇聚为洋洋大观。创作者以他们特殊的眼光与视角追求着“恢宏”与“广阔”，以他们的激情点燃着观众的激情。

陕北秧歌剧的产生，据说与革命有关，那已是20世纪40年代初的事情了。当时抗日战争的形势发生了变化。日军为了巩固被他们占领的土地，暂时收缩了战线，抗战进入相持阶段，延安成了政局较为稳定的后方。中共中央调集了2万多名各级党政干部来延安学习、培训，以提高他们的素质。而戏剧演出，就成为他们丰富生活、开阔眼界的重要方式。但由于从事戏剧工作的大多是来自城市的青年，最初上演的只是他们所熟悉的一些中外名剧，如《雷雨》《日出》《钦差大臣》《求婚》《带枪的人》《伪君子》等。这些作品的上演较少考虑时间、地点和观赏对象等特点，演出内容与农民、战士的生活产生一定距离，客观上出现了偏向。后来，延安文艺座谈会及时召开，端正了边区文艺运动的方向，一批反映火热斗争生活的作品和一些为群众喜闻乐见的民族戏剧形式被挖掘、创造出来。秧歌剧就是在这种背景下产生的，当时热演的独幕剧如《夫妻识字》《兄妹开荒》，多幕剧如《白毛女》《周子山》都是秧歌剧中的精品。

《米脂婆姨绥德汉》的演出，不仅让我们想起了这段红色历史，而且让我们感受到了秧歌剧的激情。因为，边唱边扭，正是一种激情状态，所谓“情动于中而形于言，言之不足故嗟叹之，嗟叹之不足故咏歌之，咏歌之不足，不如手之舞之，足之蹈之也”。这种激情，能够引发激烈的阶级之间的斗争，也能把我们带到更为遥远、更为广袤的时空，甚至是从亘古走来，并且还连接着未来的爱情生活。即使是这种人类最柔和的情愫，秧歌剧中的青年男女，也浸染着秧歌剧的激情。“上一道道坡坡下一道道梁，想起我的小妹妹心慌忙”，“荞面皮皮架格墙飞，想哥哥想成黄脸鬼”，“三十里明沙二十里水，八百里路上寻妹妹”，“我心里有谁就是谁”， “我扑进怀里贴上身身”……且不说这些信天游苍凉、高亢、幽远、热烈的曲调，就是歌词本身，也有着自己单纯、狂放的个性，直接、率真得几乎要溢出体外。在强调含蓄、温顺等文明“国民性”的训诫面前，秧歌剧中的生命告白显得是何等强悍。这种青铜雕像般的雄强性格和粗放人性的渲染，显然是由一种自觉要求出发的。创作者要以这样的性格塑造，把蕴藏在陕北农民强健体魄中的、蕴藏在民族肌体中的伟力，尽其所能地表现出来，以寄托他们民族复兴的理想。

与这种理想民族性格的呼唤相对应的，是创作者对于陕北大地的崇拜和礼赞。这是秧歌剧，也是这部作品赖以产生的背景和土壤。这种崇拜和礼赞，作为创作者激情状态的一个重要构成，决定着舞台宏阔性的总体构思、意象选择，以及他们为这场演出确定的浓郁色调。舞台上，时代感被淡化，暗示性被强化。没有环境流转的过程，没有单调、徐缓的日常节奏。创作者力图以宽广的历史视角，使自己的作品具有史诗结构的宏伟性。他们抓住最鲜明的形象，突出了画面，使其显示着强烈的主观性和抒情性。随着舞台的旋转，幽幽的山坡、深深的丘壑、挺挺的老树、高高的窑洞、红红的落日、弯弯的月亮等简洁而明快的意象依次呈现，在红、黑、绿、紫、黄等瑰丽色调的映衬下，显得辽阔、单纯而又神秘。经过了创作者心灵的过滤，这些现代电脑制作出来的影像景观，既具有陕北剪纸的风格，又具有年画的艳丽色泽。略去了具体村落，略去了现实的农家，舞台上那方土地的内涵与主题，被创作者明显地放大延展了。其“个性”与“气质”，与生活于其中的人物浑然一体，构成了作品宏伟的风格特征，从而超越了地理学的意义，成为人物精神的外化。其作用和功能，不仅是剧中人物赖以活动的空间环境，或者说借以依托的物质世界，而且成为一个独立的有意味的艺术形象。与此相呼应，《米脂婆姨绥德汉》在人物造型、服饰设计、色彩处理上的夸张笔法，也是一种诗意的表达。大红大绿的大花袄、大花裤，被放大了棱角的羊肚肚手巾，红盖头，花兜肚，都造成了一种强势的视觉效果，给人以心灵的震撼。

这些充溢着“力”的“巨人”和“大地”形象，为秧歌剧带来的，不仅具有异样品质的本土文化特色，在歌舞的渲染和包裹中，它们还共同绘就了这部作品恢宏大气的风格。歌由信天游、小调、小曲、酒歌等山村野调的旋律组合而成，充满着野性的张力。舞由边唱边扭的陕北大秧歌贯穿。为了制造莽苍、粗犷的情调和美感，我发现，创作者们刻意强化、规模化了群体的舞蹈场面。如果说，豪放洒脱、桀骜不驯的山大王虎子带着随从上山下山，还能够纳入正常叙事逻辑的话，那么，为了守住爱情，步步为营的石娃，则不可能随时随地纠集起一帮人来与虎子对峙。显而易见，两边的旗鼓相当是出自另一角度的考虑和安排。况且，几场大规模的群体舞蹈如“送彩礼舞”“抢亲舞”、婚礼上的“红绸舞”等，不仅以其蓬勃、夸张、大开大合的动作设计推动着剧情发展，牵引着故事的起承转合，而且营造出了热烈、欢快的气氛。正是在这种氛围中，人对于自身的信念，挣扎着溢出了大秧歌的歌舞外壳，由内而外地把作品点亮，让我们看到了这方土地这方人渺小躯体中所蕴藏的那种可以排山倒海的力量。

李建军
人民文学出版社副编审，著名评论家

对高原浪漫爱情的当代诠释

在一篇关于路遥的文章中，我将陕北的文化命名为“高原型精神气质的文化”，认为它具有“雄浑的力量感、沉重的苦难感、淳朴的道德感和浪漫的诗意感”。陕北文化的这些特点，强烈地表现在那些传唱甚广的陕北民歌里，也集中地表现在路遥的小说作品里。

在阿莹编剧、榆林民间艺术团演出的秧歌剧《米脂婆姨绥德汉》里，有浪漫的爱情，有尖锐的冲突，有强烈的痛苦，有高尚的道德情操。它吸纳了包括《兰花花》《走西口》《五哥放羊》《送大哥》和《船夫曲》等信天游里的叙事元素，但不是将这些元素进行简单的组合，而是创造了一个具有时代感的新鲜的艺术世界。在这个新的秧歌剧里，没有了《揽工调》里的悲苦和无奈：“思想不怨财神过，单怨自已命太薄。老来受苦少舍妻，早生落地造就矣。”也没有《兰花花》里的决绝和抗争：“你要死哟你早早死，拉上我做甚，前晌你死来后晌我兰花花走。”也没有《盼五更》的幽怨和

2011年7月9日，中国艺术研究院、中共陕西省委宣传部、陕西省文化厅在京共同主办“《米脂婆姨绥德汉》与中国原创音乐剧发展”研讨会

不满：“你娶奴家正十七，奴家今年二十一；四年的夫妻不相见，误奴青春又少年。”这部秧歌剧的创作者用简约的形式，讲述了一个别样形式的爱情故事——展示了青青与虎子、石娃和牛娃之间的爱的萌发、成长、错位、冲突与和解，在激烈的冲突里诠释着“以和为贵”与“学为好人”的时代精神和民间理念。

浪漫、热烈的抒情性是这部秧歌剧的突出特点。“妹妹哭成个泪人人，泪蛋蛋打得哥哥心尖尖疼”——多么温柔；“等烂石头等烂铁，等不回哥哥我心不歇”——多么痴情；“水流千里归大海，我不信哥哥不回来”——多么执着。充满诗意的歌词，信天游的融高亢与柔婉为一体的旋律，演员的上佳表演，再加上充满高原情调的舞台布置，就将观众带入了一个个充满生活气息和高原风情的生活场景。

尽管秧歌剧这种艺术形式为剧情的阐释和人物的塑造带来了较大的限制，但是，编创人员还是将人物从童年到青年的情感发展以及人物的精神成长，清晰而完整地表现了出来，如果对虎子“最后的放弃”能再做一些铺垫，能设置一些更有说服力的细节，那么，这部秧歌剧就会更加完美。

黎　琦
陕西省歌舞剧院副院长，国家一级编剧，
陕西省音乐文学学会副主席

陕北民歌的根性呈现和灵性演绎

——陕北秧歌剧《米脂婆姨绥德汉》解读

不是陕北人，胜似陕北人。我对陕北民歌和陕北民间文化一直情有独钟。有幸观赏了陕西榆林民间艺术团创作演出的陕北秧歌剧《米脂婆姨绥德汉》，使我眼前骤然一亮，心旌为之一震。我以为最难能可贵的是，这台秧歌剧别开艺术新生面，为我们推出一个全新样式、全新形态的舞台新剧目。

陕北秧歌剧《米脂婆姨绥德汉》，以“米脂婆姨”和“绥德汉”两个极具代表性的人文符号为载体，以当代人的文化视野、审美视角，以传统文化的经纬线，编织出一个女人和三个男人的爱情故事，折射出生活在黄土地深处淳朴百姓大爱永恒的感情世界、和谐共生的生存理念，开掘出既不同于《兰花花》悲剧性爱情模式的戏剧主题，也不同于《三十里铺》红色爱情模式的戏剧主题。全剧看罢久久走不出舞台上的那片萧瑟的沙蒿地，不能不钦敬和感谢总导演陈薪伊、作家阿莹和作曲家赵季平、崔炳元、韩兰魁、李星驰和舞美、舞蹈的设计者，共同演绎出一台洋溢着黄土清香的全新样态、好听好看的“民族音乐剧”，奠基了一座艺术丰碑的新基石。

出于对陕北民歌、陕北歌舞的钟爱，出于与主创作者多年特殊的感情，特别是对作曲大家赵季平，实力派作曲家崔炳元、韩兰魁、李星驰组成的陕西最强势的音乐创作团队，共同来打造陕北秧歌剧《米脂婆姨绥德汉》的音乐尤为关注。毫不夸张地说，这台秧歌剧的音乐“纯似璞玉、美如天籁”，是多年来陕北题材歌舞类剧目中很有文化品位、很有文化价值的一台优秀剧目。作为全剧艺术灵魂的音乐，只有静心地咀嚼、赏心地品味、潜心地解读，才能悟出其中的艺术真谛。

纯似璞玉：陕北民歌的根性呈现

作曲家赵季平曾这样表述自己音乐创作的轨迹：“中国民族民间音乐是作曲家的创作源泉，当代音乐文化也是在这样的传统中延伸和创新。”一语点到《米脂婆姨绥德汉》音乐创作的“生死穴位”，道破了音乐取得成功的奥秘。

如果说20世纪80年代初，赵季平为电影《黄土地》创作的主题歌《女儿歌》《黄土地放歌》，和对陕北原生态民歌点石成金的编配使用，是他对陕北民歌第一次成功的解读和演绎，24年后已经成为作曲大家的赵季平，在陕北秧歌剧《米脂婆姨绥德汉》的音乐创作中，以缜密的音乐思维和他对陕北民歌新的深层认知、解读、诠释、演绎，可以说达到了炉火纯青的艺术境界。

《米脂婆姨绥德汉》的音乐由11个原生态民歌和33个唱段（乐曲）结构而成，从中能够准确地捕捉到作曲家以原生陕北民歌（乐曲）或民歌元素进行音乐呈示、创作、编曲的经脉，可以清晰地感悟到全剧的音乐都是根据剧情需要和人物性格的需要，对信天游、山曲、打坐腔小曲、二人台等原生态民歌或进行修葺、润饰，或扩展、变奏，或全新创作，形成精彩的唱段、乐段。这种完全以原生民歌（乐曲）元素浇铸大型剧目的音乐建构，是同类剧中海纳陕北民歌歌种最全、曲目最多、风格最纯的“根性呈现”，也是秧歌剧《米脂婆姨绥德汉》的灵魂和成功的关键。

为使全剧气韵贯通、一气呵成，作曲家用11首原生态陕北民歌打造了一根特质特色的“音乐链条”。根据剧情需要经过神来之笔润色、改编的原生民歌，看似游移于剧情之外，细品都在情境之中，颗颗珠子都有序地穿在“音乐链条”上熠熠生辉。石娃（王宏伟饰）演唱的《走西口》《上一道坡坡下一道梁》，青青（雷佳饰）演唱的《大红果子》《露水地里穿红鞋》，虎子（吕宏伟饰）演唱的《这么长的辫子》，媒婆（雒翠莲饰）演唱的《亲了一嘴荞麦皮》《米脂出了个小貂蝉》，羊倌（雒胜军饰）演唱的《脚夫调》《世上的男人爱女人》，男声组合演唱的《喝酒就喝高粱酒》，女声组合演唱的《想哥哥想成半憨憨》以及陕北唢呐演奏的《大摆队》……或高亢悠远，或柔曼如水，或泥土生香，或至纯至真，或忧伤凄怨，或粗犷热烈，一首首原生民歌大俗大雅、竞相生辉，天籁、地籁、人籁和谐交融、荡气回肠。在钦服作曲家对陕北民歌返璞归真、达到自然根性呈现的同时，感叹作曲家在我们面前又横起一道一个时期难以跨越的艺术标杆。

美如天籁：延伸传统的灵性演绎

“天上有个神神，地上有个人人。神神照着人人，人人想着亲亲。”这首民间歌谣风格的《黄河神曲》，是领衔的作曲家赵季平用陕北民歌元素为《米脂婆姨绥德汉》全新创作的主题歌。歌曲直白、平实的表达，是对信天游“什么人留下人想人”千年“情问”的朴素回答，浅尝辄止地道破了一个天生大爱人类生活的哲理。简单、生动的旋律简直是一首原生民歌的活体，但在有1427首歌的《陕北民歌大全》中没有与它旋律相同的曲谱。

大幕启开，《黄河神曲》就以浑厚、震撼的气势主题呈示先声夺人，为全剧的粗犷、雄沉的音乐基调定位。三幕里速度放慢、节奏放大的《黄河神曲》再次呈示，转化成一种悲恸、长调式的抒情。尾声里《黄河神曲》节奏浓缩、加快速度的转调呈示，与《三十里铺》的音乐主题对接，形成首尾呼应，起到对《米脂婆姨绥德汉》的隐性点题。

主题音乐基调确认后，全剧最大的难点就是“米脂婆姨”和“绥德汉”人物唱段的音乐表达，塑造出生动、鲜活的音乐形象，要求所有唱段既要保持浓郁的风格特色和原生纯度，又要满足角色在规定情境中咏叹抒情的需要，必须进行开放的音乐演绎，打破“信天游”上下句式和民歌小曲四句式乐段结构的束缚。

“米脂婆姨”和三个“绥德汉”的音乐主题，都是原生母体上下句式的曲式形态。女主角“米脂婆姨”青青的音乐主题出自原生态陕北府谷民歌《朝南上来的花轱辘车》（《中国民间歌曲集成·陕西卷》第147页）的根性元素。男主角“绥德汉”石娃的音乐主题，源于原生态陕北民歌《掐蒜薹》（《中国民间歌曲集成·陕西卷》第303页）的根性元素。然而，单靠两句质朴的民歌旋律的多节重复，肯定无法完成石娃《叫声妹妹你泪莫流》、青青《下一辈子再还你的情》大段的音乐叙事和咏叹，无法完成揭示“米脂婆姨”和“绥德汉”人性精髓的戏剧性表达。

在《叫声妹妹你泪莫流》大段咏叹的音乐设计中，作曲家解构、改变原民歌平和的旋律流向和舒缓的节奏动律，进行开放的延展、放大、生发。起笔就是一个八度大跳切入，紧拉慢唱地让旋律在男高音最闪光的12度音区里高宕低回。用连续四度“模进”推动旋律运动铺垫高潮，突然的大二度转调使旋律调性豁然明亮，把绥德汉石娃对米脂婆姨青青的真情之爱宣泄得淋漓尽致、满场生辉，成为全剧最光彩的主题唱段之一。

在《水流千里归大海》《哥爱青青能舍上小命》等主要戏剧人物唱段的演绎中，作曲家通过商、徵、宫、羽调式的色彩交替、旋律开放性的裂变和延展、远近关系的西洋转调、新民族和声概念的植入、现代交响配器的立体烘托，完全打破了陕北民歌的固化曲式、平面叙事的结构，把一首首“陕北小曲”拓展成一曲曲悠扬大气具有歌剧样式的“咏叹调”。通过歌唱家王宏伟、雷佳、吕宏伟的激情演绎，犹如天籁盈盈于耳、激荡心怀。

歌音盈心：大于思维的文化启迪

看罢《米脂婆姨绥德汉》的演出，好听的原生民歌和好听的唱段，一直在耳边回响、在心中鼓浪、在口上哼唱。回味中完全淡化了对它的微观论道和剧情挑剔，有必要重新审视、重新认识《米脂婆姨绥德汉》的艺术品位和文化价值。我认为：陕北秧歌剧《米脂婆姨绥德汉》呈示的艺术形象，远远大于对它的冷静评价和理性思维，会在圈内引发“探索中国音乐剧艺术样态”新的文化考量，会在全国引爆一次新的陕北民歌文化冲击波。

启迪一：一个新样态剧目的诞生

近些年来，百老汇和欧洲的音乐剧《猫》《歌剧魅影》《巴黎圣母院》《西区故事》登陆中国舞台，推动和刺激了我国原创音乐剧的创作和演出，不同艺术风格的音乐剧比翼灿放，但对集“歌、舞、剧”为一体的“中国音乐剧”样态定位的探索却见仁见智、莫衷一是。我以为《米脂婆姨绥德汉》为我们提供了一个“中国音乐剧新样态的活标本”。

《米脂婆姨绥德汉》艺术样态的定位，从剧目策划伊始到正式演出经过多年的沉淀，最后确定与延安新文艺运动对接，定位“陕北秧歌剧”无疑是一个卓然的艺术创新。尽管有人认为《米脂婆姨绥德汉》与延安时代的秧歌剧的样式不可类比、大相径庭，现在呈现在舞台上的样态定位是不得已而为之的无奈选择。当我在史料中看到当年对秧歌剧的诠释——“广场剧”，“歌舞剧”，“剧情紧凑简明，人物不能太复杂”，“应明快、风趣，歌唱要好，舞蹈要美，吸收民间和外国的音乐和舞蹈”（延安《解放日报》《秧歌的艺术性》1944年3月2日），不能不惊呼延安的文艺家65年前对“中国制式的音乐剧”如此生动的诠释、如此准确的定位。

综观《米脂婆姨绥德汉》全剧，总导演陈薪伊以音乐为主脑、为灵魂，对剧情大刀阔斧、删繁就简、突出主线的艺术处理，以民间音乐、民间舞蹈、民俗生态和中国式戏剧表达独具匠心的运用，蓦然发现这是她继《四毛英雄传》十年后对音乐剧的又一次成功探索。舞台上呈现出的艺术形态，既是对延安秧歌剧样态的根性放大和延伸，又是对传统模式和样态的一次大胆颠覆和创造，向我们宣示一个全新样式中国作风、中国气派的现代民族音乐剧——“陕北秧歌剧”在涅槃中重生。所以，我以为我们有必要重新认识和审视《米脂婆姨绥德汉》的艺术思维定式，重新审视它的文化价值。

启迪二：掀动陕北民歌新的传播热浪

陕北民歌是一条蜿蜒在黄土地深处的金色河流。现存的3000多首陕北民歌中，虽然大多是黄土儿女口传心唱的情歌小调，其中不乏发自呼号和呐喊的劳动号子，更有曾激荡延安岁月的东方“红歌”，在我国非物质文化遗产宝库中，绝对是最有文化色彩的艺术瑰宝和奇葩。

源远流长的陕北民歌，在最近70年里有过三次传播的热潮和鼓浪。第一次是1943年延安鲁艺的文艺家下乡采风、搜集、整理出400多首陕北民歌，第一次编印出陕北民歌的正式歌谱。在延安新文艺运动的热潮中，鲁艺的音乐家以“民歌为根”，创作出民歌合唱《七月里在边区》《生产大合唱》，秧歌剧《兄妹开荒》《夫妻识字》和《翻身道情》《南泥湾》等一大批群众喜闻乐唱的优秀作品，既推动了新秧歌运动的发展，也使陕北民歌在陕甘宁边区广泛传播。第二次是20世纪50年代，由王方亮发起组织的以陕北民歌手为主体的“陕北民歌合唱团”，给《三十里铺》《兰花花》《赶牲灵》《崖畔上开花》《当红军的哥哥回来了》等经典陕北民歌插上飞翔的翅膀，飞向全国、飞向世界，使陕北民歌声名远扬。第三次是1974年由陕西文艺工作者整理、改编的五首《陕甘宁边区革命民歌》，让“山丹丹花”一时红遍中国大地，让陕北民歌深入亿万人心。这三次传播热浪向人们宣示：陕北民歌是中国民歌大系中最具民族代表性、影响最大、传播最广的一支歌脉。我以为，由于陕北秧歌《米脂婆姨绥德汉》的成功和影响，完全可能引发陕北民歌一次新的现代传播热浪，会出现更多以陕北民歌为元素演绎、创作的艺术精品。

启迪三：回归“向民间学习”的重点

毛泽东1938年5月在延安鲁艺的讲话中，就强调指出“要学习民间的东西”。陕北秧歌剧《米脂婆姨绥德汉》的音乐就是传承延安新秧歌运动传统，“大胆广泛吸收民间艺术，拿来加以精致、改造、提高”（延安《解放日报》《可喜的转变》1943年4月11日）的成功创新实践。剧中对原生态民歌的本真呈现，对传统民歌的润色改编，根据民歌元素全新创作的唱段，使110分钟的舞台呈现非常“好听、好看”，达到了视听审美取向的最高境界。由此联想全国每年创作的歌曲有两三万首，亿万大众却觉得没有好听、好唱的歌。央视春节晚会连年竟一首好歌难求，确是中国音乐的一大悲哀。

在“人民要好歌”的呼声中，作曲家赵季平对学习民歌、学习民间有过这样的真情体验：“民歌是一方水土沉淀了几千年的一种文化结晶，是这方水土养育的人们精神和感情凝结的活化石。离开这个根，创作就成了无源之水、无本之木，作曲家无法生造具有浓郁风格的音乐语言和优美旋律的歌曲来。”多年来，他创作的《女儿歌》《黄土地放歌》《妹妹你大胆地往前走》《好汉歌》《远情》等优秀影视歌曲，无一不是得益于民歌和民间音乐的滋养。所以，寻找医治当前文艺创作浮华泡沫的良方，需要“全国认识祖国传统文化”“保持民族性，体现时代性”（胡锦涛《在党的十七大上的报告》），回归到“向民间学习”（毛泽东语）的原点。解读和借鉴陕北秧歌剧《米脂婆姨绥德汉》“在传统中延伸和创新”的寻根理念，舞台上才会有“好听、好看”的音乐、歌舞和戏剧。

陕北秧歌剧《米脂婆姨绥德汉》，是黄土地儿女真情大爱响遏行云的激情宣泄，是陕北民歌一次经典的根性呈现和几近于完美的灵性演绎，是一次“中国音乐剧”创作的成功探索，也是陕西走向全国、走向世界一张烫金的文化名片！

孙豹隐

文化部文学艺术专家委员会成员，

陕西省文艺评论家协会副主席

陕西文化的亮丽名片

——评陕北秧歌剧《米脂婆姨绥德汉》

中国艺术节每三年举办一次，是我们国家舞台艺术展示的最高平台。今年5月在广州举办的第九届中国艺术节，是在历经了新中国成立60周年的广阔深厚艺术积淀，好戏竞出、佳作如潮的大环境下，再从全国上百台优秀剧节目中精选出65台专业舞台大剧参加评奖角逐。其规模之大、水平之高、影响之广、竞争之激烈，均堪称历届艺术节之最。就是在这样恢宏壮观、波澜迭起的鲜活舞台上，经三秦精英打造，由榆林市民间艺术团创作演出的大型陕北秧歌剧《米脂婆姨绥德汉》（以下简称《米》剧）异军突起，骤然间在羊城大舞台刮起了一股强劲的“西北风”。这充满了浓郁地域特色，浸透着文化陕军人文符号，无比亮丽地呈现出一张陕西文化名片的秧歌大剧，火了观众，震了评委，醉了羊城，不仅荣获音乐歌舞类文华大奖特别奖的榜首，而且囊括了编剧、导演、音乐、表演、舞美等各个单项大奖，可以说创下了一个获奖的奇迹。幸运的是，其间我正在九艺节上担任评委。虽然没有分在音乐歌舞那个组，却也有机会第一时间领略了《米》剧的风采和美韵，感受到它扬起的那种独特的震撼力。饭桌上，我问起文化部艺术司音舞处处长翟桂梅对《米》剧的印象，她没有二话地告诉我，“真好，想不到你们陕西能搞出来这般叫响的东西。”散步间，我向乡党、全国著名的歌舞大腕编导左青发问，请他挑挑《米》剧的不足。他坦然回道：“我们做评委的，就是专门爱挑毛病。可是实话实说，对《米》剧，还真挑不出大毛病来。”我专门去拜访中国舞蹈家协会党组书记、名噪全国的舞蹈专家冯双白，这位大权威张口就来了句模仿的陕西话“好得太嘛”，说完还半开玩笑地补充了一句，“我可是投了《米》剧，不信你们可以查票。”在欢乐中，我开始细细琢磨这台戏到底好在哪里，为何能够赢得如此慷慨的好评？思忖再三，我觉得《米》剧好就好在它的整个艺术链条迸放着不息的璀璨之光，涌动出不懈的艺术张力。

首先是剧本好。一般来说，歌舞剧比较注重歌唱和舞蹈，剧本相对要显得弱一些。《米》剧显然是个例外。剧作围绕米脂女子青青和绥德后生虎子、牛娃、石娃，讲述了一段凄婉、跌宕、动人的爱情故事。这种讲述不是一般思维模式下的寻常演绎，剧作家抓住了秧歌剧这种既深深蕴蓄文化渊源又足以体现当代精神风貌的艺术形式，着力张扬出陕北民歌的丰富多彩和优美传说的戏剧性。剧本字里行间流淌着丰赡的民间文化滋养，同时奔突着崭新的艺术开掘。既奏鸣出陕北民歌那经久不衰的天籁之声，又突破了陕北文化的地域局限性，以一种人类普遍适用的视角，在看似大俗的生活画面中植入了自觉的生命意识，在看似大悲的生活故事里注入了新的生态观念，从而在现代文化的参照系下，描摹出了大雅大喜的理性坐标，完成了大俗大雅、大悲大喜、大土大洋、大起大落的艺术创新，呈现出一种乐观向上、健康奔放且又蕴含有几许诙谐意味的编剧风格。作为文化符号的主要人物，其在剧中的定位是十分重要的。《米》剧中的人物定位可以说是达到了精准的程度。“叫声妹妹你泪莫流，挣上十斗八斗我就往回走。”为了生存和温饱，同时又依恋着爱情和亲情，一个绥德汉子挣扎于两者之间那难以诉说的悲苦及思恋，依附着点点滴滴的唱词奔泻而出。那个时期、那个汉子真真切切的价值观，活灵活现地豁透出来了。更进一步，剧作家以他那支曼妙之笔，借助一场吸引人们眼球的抢亲争斗，在那种特定时刻、特定场景里，虎子突然间退出婚典的旋涡中心，毅然成全了自己心爱的女人跟石娃的爱情之果，把青青和石娃送进了拜婚的福地。这需要何等的坚毅，又呼唤出多么宽厚的胸襟呀！也许有人认为这里的戏多少有些突兀，似乎有点铺垫方才合情合理。我却觉得，正是得益于剧作家手中的这把艺术解剖刀，人物的人性深度、敢爱敢恨的性格冲突才得到了最充盈的展示。舞台于惊心动魄之中唱响了一曲荡气回肠的爱情赞歌，浑然大气间托举起了“这一个”人物的人性之美、人格之美。不仅仅是虎子就此完成了自己性格的塑造，而且一个人文符号的绥德汉艺术形象呼之欲出，进而也给全剧带来了具有史诗品格的情愫脉动。

《米》剧剧本另一个显著特色在于语言和环境的绝妙运用和调度。整个歌词语言朴素、节奏分明、色彩绚丽、情感充沛、哲理深邃。绥德汉子对人生的执着追求，米脂婆姨对爱情滚烫炽烈的喷薄，文化意义、中国元素的解析诠释，无不通过唱词传递出来。剧作家抓住了陕北民歌的本源和内核，唱词中穿插了久经锤炼、涌动着陕北婆姨汉子情感波浪的原生态因子。在赋予唱词原汁原味生动活力的同时，完成了一方面是铁定嫡传陕北秧歌质地，另一方面又是突破传统走向现代、包含新的时代元素的有机整合。飞扬在舞台上的唱词，既保留了传统陕北民歌那特有的语式词缀，又彰显出经过取舍改造后新的现代语感和时代旋律，非常适合今天青年观众的审美取向。剧作那种奇崛独到的环境展示，飘逸出一种振人眉宇、爽人胸怀的色彩。剧本开篇的舞台提示和《黄河神曲》的歌唱，是那么的富有创意。“一群光屁股男娃胸前只裹一兜肚儿，从黄土黄河中一耸一耸摇摇摆摆地钻出来。”随即，童声合唱响了起来，“天上有个神神，地上有个人人。神神照着人人，人人想着亲亲。”在那美视美听的天地间，活脱出红日黄土、蓝天旷野、沟壑坡畔的陕北高原的魂魄。那米脂婆姨绥德汉子的故事，黄土地大爱的世界和共生的理念就在这里传唱开来……

《米》剧的音乐之动人心弦、勾魂摄魄，足以另辟一章。音乐是秧歌剧的灵魂，《米》剧流贯舞台的音乐之声，显然是把原生态民歌与现代艺术勾连了起来。60多首信天游贯穿秧歌剧始终，或高亢激越，或旋律幽婉，或大音希声，让观众感觉到了天籁、地籁、人籁的和谐交融，催动人们发出荡气回肠的感受和共鸣。灵性的演绎，盈心之歌音，《米》剧的音乐和文本如同经线和纬线，两者的紧密交融为我们编织出当前重量级的一部中国舞台剧。加之导演大气精到的匠心指挥，驱动《米》剧前行的一条完整的艺术链条始终有序地滚动不息。不仅在多个艺术元素（如表演、舞台美术、灯光、原生态的演唱、陕北大秧歌、社火等等）上，全然出彩精妙，而且张扬出一种既有广场剧的粗犷，又有舞台剧之细腻的崭新风格，渲染出了一幅独具风采的陕北风俗画卷，烘托出一种当代陕西的时代风情。而这般模样的艺术呈现，恰恰是民族歌舞剧追求的创作走向。

《米》剧成功了。它的成功，标志着陕西文化大发展大繁荣有了一次重大突破。光彩照人的《米》剧，堪称是陕北文化、陕西文化走向全国乃至世界的一张闪光的名片。《米》剧的声名远播，为我们今后的艺术创作提供了多方面的借鉴意义。

慕　羽

北京舞蹈学院舞蹈学系副教授

音乐剧的民族化与世界性

——从陕北当代秧歌剧《米脂婆姨绥德汉》谈起

2011年7月9日，一场别开生面的研讨会在中国现代文学馆召开。这原本是一次常规的剧目研讨会，但由于涉及一部陕西地方色彩浓郁的当代舞台剧《米脂婆姨绥德汉》，加之创作者的名望和官方身份，因此参与研讨的人员也涵盖了政府部门、文学、戏剧、音乐、音乐剧、舞蹈、媒体等各个领域的领导和专业人士，研讨的话题也由该剧延展开来。对我而言，《米》剧无疑对我探究基于地方传统文化的当代创作提供了一次思考的契机，加上我刚从美国留学归来，就更想谈谈音乐剧的民族化与世界性这个话题。

无论是翻开林林总总的《米》剧资料，还是与会专家们的各种争鸣，《米》剧被赋予了“秧歌剧”“时尚秧歌剧”“民族音乐剧”“秧歌音乐剧”“歌剧”“音乐歌舞剧”等各种称谓。称谓其实就是一个代号而已，关键在于该剧最初定位与最终形态之间的关系，以及用怎样的“剧场语言”去讲述这个“地方故事”，“剧场语言”本身是否符合特定的“人物身份”等，本剧就是用创新且又形神兼备的陕北秧歌语言讲述了一个具有人文精神的陕北爱情故事，塑造了个性鲜明的人物形象。实际上，创作实践本身远比为它赋予一个具体称谓重要，因此我并不纠结于是否该把这部剧称作“民族音乐剧”或是“民族歌舞剧”，就暂且以创作者之初衷“秧歌剧”来代用一下，鉴于本剧鲜明的时代性追求，就称其为“陕北当代秧歌剧”。据该剧总导演陈薪伊介绍，该剧创作之初就希望以陕北民歌为素材创作出反映时代精神的“秧歌剧”，赵季平希望该剧“既有泥土气息，也有时代特征”，换句话说该剧以陈薪伊为核心，聚集了以赵季平、阿莹等为代表的扎根于陕北的艺术家共同参与。该剧自首演以来，获得了地方观众的认同以及大奖，算是成功之作了。笔者非常敬佩地方官员和部分专家对该剧“民族音乐剧”定位的期许，因为这其中渗透了“来自民间，走向世界”的胸怀。该剧在陕北民歌小调的基础上融入了现代编曲，在传统秧歌动律的基础上融入了现代舞或流行舞的动作元素，还为传统秧歌戏和秧歌剧配上了现代感的舞美（旋转的舞台、写实的布景和夸张的陕北人物造型）等，但融入了某种艺术元素，不一定就成了某种艺术。

虽然欧洲的“古典音乐”（轻歌剧）和“通俗表演”（歌舞杂耍）是音乐剧的亲生父母，而且音乐剧诞生在英国，叙事整合音乐剧美学形成于美国，音乐剧产业的大本营也在纽约百老汇和伦敦西区，但是近二三十年来音乐剧已超越了国别的界限，不再只是西方的舞台剧形式了。在全球化时代，世界强调的是文化的多样性，我们也不能再把人类文化绝对地分为东方和西方，也就是说以语言文字学家周有光先生的“双文化”论代替“东西两分法”很有道理，周先生提出：“在全球化时代，世界各国都进入国际现代文化和地区传统文化的双文化时代。”我想，当代音乐剧的魅力之一就在于它是一种国际性艺术，代表着一种国际现代文化；当然西方音乐剧的艺术和产业两方面成功发展经验的确值得我们好好思考。很多关注中国音乐剧的人都执着于音乐剧在中国的发展前景——用国际性的语言和现代性的理念讲述动人的中国故事，这大概是每位中国音乐剧人的理想。

一、中国音乐剧的民族化与世界性

中国既有古典的歌舞剧传统，更有丰富的民间歌舞剧传统，而音乐剧的追求是在市场经济条件下创作出现代的中国风格歌舞剧。现代性有两种类型，一类是“内源”和“先发”型现代，再一类是“外源”和“后发”型现代。中国作为“后发”型的现代国家，现代性非本土产物，而从西方引进，具有外源性、外迫性。但随着时代不断的发展，而今的“现代性”不再只是“西方的”了，它也有了两个含义，一是“人类共创、共有、共享的现代性”，二是“民族的现代性”。前者表示中国也可以向世人展示中国的现当代文化，后者则是对民族传统文化在当下全球化的格局中如何发展进行的思考。由此说来，多样化的中国音乐剧也可以有两大类型：一类是用“国际性”的现代通用语言讲述当代中国人的故事；另一类是用带有“国际性”特点的民族特有语言讲述中国民族特色的故事。

（一）具有现代人文意义的题材选择

音乐剧虽是一种城市文化，但并不代表音乐剧只能局限于现代都市题材，古代的故事、地方的传奇都可以成为音乐剧创作的素材。那些认为由于音乐剧通常采用流行的音乐舞蹈表现形式，所以当代都市题材更为合适的看法是对音乐剧的误读。其实，音乐剧的现代性主要体现在对题材处理的技巧、方法和手法上，在选材的内容方面主要体现为现代的人文价值追求。笔者认为，当代陕北秧歌剧《米脂婆姨绥德汉》在选材上的勇气和剧本的文学性就非常值得中国民族音乐剧创作借鉴。

在某个时代和某个社会，总有某类情感和情感表达得到推崇。由于革命时期政治文化的需要，陕北民歌、陕北秧歌戏中的情爱成分彻底以革命的语义被改编和排斥了。《东方红》就是由信天游改编而来的，极具代表性。新的历史时期以来，我国的艺术创作逐渐进入了“一体多元化”的新时代，真正迈开了向着“百花齐放”的艺术创作道路挺进的步伐，但也常常陷入新的情节范式和人物模式中。20世纪90年代中期，中国音乐剧研究会曾推出了一部当时称其为“民族音乐剧”的《秧歌浪漫曲》。如今看来无论是艺术创作还是市场运作，该剧与“音乐剧本体”都相距甚远。就题材而言，该剧是一部典型的“农村题材现代戏”，讲述一个发生在“现代北方农村”的故事。有学者指出，该剧代表了当时中国当代戏剧中的新模式化现象，并用一种谐趣的方法做了概括：“可以用一首顺口溜来概括这一剧作模式：过去爱情不幸福，改革年代奔致富，致富受了阻，旧爱现身出，波澜横生惊无险，事业爱情两不误。”

《米》剧淡化了革命时代背景，虽然不是“社会剧”，更没有把农村题材戏仅仅看作一个简单的政治任务，没有陷入“模式化”，而是以“人文标尺”超越了从属于政治或经济之类的短视的功利观！实际上，各地传统的秧歌戏本来就长于表现现实生活，而且情歌在陕西民歌中占有很大比重，如《兰花花》《想亲亲》《走西口》《三十里铺》等。该剧延续了这种民间情爱话语传统，不关乎革命，只关乎爱情。故事围绕米脂女子青青和绥德后生虎子、牛娃、石娃，讲述了一段动人的爱情故事：小时候两小无猜的虎子和青青曾经有过“婚嫁”的誓言，长大后虎子被迫上山当了土匪；憨厚实诚的牛娃常常帮衬着青青家；可青青心里爱的却是朴实勇敢的石匠石娃。三个男人围绕一个女人碰撞出了激烈的火花，最终，耿直鲁莽但心地善良的虎子忍痛放弃了青青，并撮合青青和石娃有情人终成眷属。恰如“米脂的婆姨绥德的汉”，这句赞美陕北人杰地灵的民谣，是对当地男人、女人内在美和外在美的最高评价。可以说，《米》剧在题材处理上为中国当代戏剧、音乐剧创作增添了一抹亮色，正是因为“以情动人”和“人文标尺”的故事架构才塑造了生动且充满个性的人物形象。《米》剧爱情挫折点不是来自于“父母之命，媒妁之言”，而是来自于女性、男性自己的选择。虽然也是三角恋、男追女的故事，但大胆直白的爱情表白，女性的自主意识，男性的自我转变和勇于担当，在当今主流的农村戏剧舞台上的确是不多见的。实际上，分析历史上优秀的音乐剧，千差万别的题材其实都表现了一些人类共同的情感诉求。尽管不同的国家、不同的民族、不同的个体，有不同的做事方式，但却有很多相通的东西，比如说相通的价值观、相通的道德标准。

（二）剧场语言的国际性

音乐剧有许多经典的范本，但在创作上仍然是一个开放体系，也就是说，一方面，音乐剧已经形成了以经典范本音乐剧为核心的整合戏剧美学追求；另一方面，音乐剧也具开放性，尤其体现在叙事结构和表现手法上的创新。以上两个方面实际上都表述了一个问题，即音乐剧剧场语言的现代性、国际性和多样性，比如从戏剧结构、舞台美术、舞台调度、身体语言等多方面去寻找“情感表达（新）的可能性”。怎样运用音乐剧剧场语言把人性的、基本的、共性的东西表达出来或化解开来，让更大范围的观众能接受到、感受到，这就体现出创作者的功力了。

所谓民族性就是差异性，在全球化的背景下，中国艺术家要用中国式的当代语言方式去说话（与极端民族主义和传统主义者不同），才能与西方音乐剧进行平等对话。虽然我们强调中国音乐剧民族性的理想，但音乐剧的责任并不是对地方文化进行“非遗式保护”，它是为观众服务的大众文化创作，更为强调创意和娱乐性。虽然音乐剧是一门国际性艺术形式，但绝不要用“西方化”的标准去统一我们的音乐剧创作，希望艺术家们在进行艺术创作时，要充分考虑全球文化交流中一些应予遵循的基本原则。民族音乐剧如果要真正名副其实——从空间上来讲，它应有中国特点；从时间上来讲，它更强调对当下的表达（不等于当代题材），努力使中国当代舞台作品传达出新的文化或审美信息。这意味着既不能重复过去（与传统的古典歌舞剧或民间歌舞剧不同），也不能对西方简单模仿（不是拼贴西方的舞台元素），而是要创造一种符合国际规则的中国式的当代歌舞剧艺术。基于这个角度，任何片面强调西方化，或者极端民族化的观点都是偏颇的。

与世界成功音乐剧平起平坐的好方法之一，就是思考如何用音乐剧的艺术创作规律和市场运作规律来进行舞台呈现，且将这种呈现方式与传统

2011年7月9日，中国艺术研究院、中共陕西省委宣传部、陕西省文化厅在京共同主办“《米脂婆姨绥德汉》与中国原创音乐剧发展”研讨会

文脉接续。与传统文脉接上关系的途径很多，陕北秧歌剧就是其中之一，《米》剧无疑给了我们以思考的动力。在这里，我把陕北秧歌剧当成一种身份，一种非常重要的文化资源来理解。该剧虽使用了陕北秧歌的素材，但它并不是从传统秧歌剧的概念出发的，它至少涉及了两方面的问题：一是如何使陕北秧歌剧保持鲜活的艺术生命，二是中国当代舞台艺术的呈现方式如何与传统文脉接上关系。是否能成为一部走向世界的民族音乐剧范本倒不是《米》剧的使命，因为当代民族秧歌剧与民族音乐剧是不同的艺术形式，文化形态也不同。

这部作品最具特色之处就是音乐风格的纯粹和剧诗（歌词）的铺陈。音乐风格与人物形象非常贴合，旋律恢宏大气，人物光明磊落，演员的声音高亢嘹亮，有很强的表现力；该剧剧本“文学性”极强，剧诗语言采用了信天游的修辞方式，运用比兴、拟人、夸张、排比，不仅很有传统神韵，而且在情感表现上非常有力量，有一种“诗意写实”的美感。演员的演唱形式以独唱、对唱与合唱为主，舞蹈设计基本上都是场面性的、色彩性的大秧歌，营造出了热闹的“场面戏”以及动人的“情感戏”。若是能用对白、剧诗等单声部口头语言之外的剧场语言和戏剧行动，进一步强化“心理戏”的表达，或许感染力更强。近几十年来，西方成功音乐剧导演艺术出现了新的侧重面，导演创作从“再现美学”向“表现美学”方向拓宽与倾斜，也有所谓“剧本之争”还是“舞台之争”的探索。导演思维方式的活跃以及美学原则与演剧观念的超越，使音乐剧导演艺术迈入新阶段，即“外观派”和“内心派”的互相交织和联系。根据多年来音乐剧的审美规律，音乐剧通常为两幕结构，无论是“分曲体”还是“联曲体”，在节目单上都标明了以“场”为最小单位的结构。除了少数更为另类的非线性结构之外，不少成功音乐剧的线性叙事结构特点体现为“面的跳跃”和“点的深掘”，导演们的手法是多种多样的，比如在一首歌曲中完成时空转换和戏剧情节“面的跳跃”。更为重要的是，执行导演们极为重视对“心理戏”进行戏剧行动的设计，比如音乐剧中常用的多声部重唱的方法和舞蹈内心戏的设计就能直接表现戏剧冲突或人物的情感交融，即所谓

“点的深掘”。具体到《米》剧中，青青与石娃的爱情缘由，虎子与老羊倌各自的爱情挫折，虎子、石娃、牛娃对青青不同的爱的表达等都可以成为进一步深挖的“点”。

音乐剧是一种现代国际艺术，不再只是西方艺术；相对而言，音乐剧是一种雅俗共赏的大众文化，并非政府主导艺术或是高雅艺术、精英艺术。如果称一部剧为“音乐剧”，那就要符合音乐剧的艺术创作和产业运营高度融合的国际规则，换句话说，中国“民族音乐剧”，也要顾及音乐剧的基本创作规律。中国音乐剧创作的国际性的语言并不代表具体的表现手段一定要使用姓“中”或姓“西”的音乐语言或剧场语汇，而是要根据故事、人物的特色来选择最恰当的方式。换句话说，用了爵士的、美声的表现形式不一定就接近了音乐剧；对传统民间歌舞小戏进行了舞台化的升华也不一定就成为音乐剧。真正成熟的，有自己原创精神、艺术品位的本土音乐剧不能简单地西体中用、中体西用，也不是简单的“中国出题材、西方出形式，打造成音乐剧再返销西方”，这是中西文化交流的旧格局。要对中国音乐剧创作进行深入探索，从内容和形式上都要有所创新，考量、探索出一条音乐剧的娱乐精神、艺术整合理念与中国的民族文化精神和国际形象之间互动的道路，以干预和改变中西文化交流的既有模式。

二、“来自民间，走向世界”的音乐剧

20世纪30年代，鲁迅在《且介亭文集》中写道：“只有民族的，才是世界的。”几十年后，鲁迅这句话变成了“民族的，就是世界的”“越是民族的，就越是世界的”等若干版本。如果借用这句话来谈论“来自民间，走向世界”的音乐剧，则再恰当不过了。笔者认为，这句话有几重含义。

其一，广义来看，音乐剧这一来自于西方的大众化的艺术形式已被全世界许多国家观众接受、喜欢，并努力模仿、学习，还将它用以表达自己

国家人民的思想感情。换句话说，音乐剧已经像交响乐、美声唱法、流行音乐、芭蕾舞、现代舞、油画、雕塑一样成为“世界的”艺术，远远超越了时空的概念。我们要突破狭隘的民族主义，共享世界的文明成果，推进音乐剧国际合作，在推介我国古代传统文化的同时，也要向世界展示我们的现代民族特点以及现状。

其二，通过市场运作，某些音乐剧剧目成为一种“世界级”民族时尚，有着“世界级”的大气之美，比如刚在伦敦度过了25周年演出纪念的“歌剧型”英语音乐剧《悲惨世界》。但更多数量的西方音乐剧剧目成不了世界性的。民族的未必都能成为世界的。

其三，从文化交流层面看，由某剧担任中国的文化外交“使者”出国演出时，受到他国观众欢迎。这说明，只要真正具有自己的民族特色，世界就会承认其价值。“民族的”可以成为“世界的”，但没必要一定要成为世界的。但让西方人也来学我们的秧歌剧，这显然不现实，更何况该剧最有魅力的文本价值是很难转译成另一种语言的。重要的是我们应该把延续秧歌剧的生命当作一个追求，像《米》剧这样承载了主导文艺思想和精英文化追求的当代秧歌剧是一条路径，用秧歌作为音乐舞蹈素材、遵循市场规则的民族音乐剧也是一条路径。

与市场经济接轨后的我国音乐剧发展历程还很短，中国音乐剧产业尚处于起步阶段，本土创作和制作、管理人才十分匮乏，严重制约了整个行业的顺利发展。因此民族音乐剧要适应国际规则也不是一件容易的事，笔者认为需要经过几个阶段。第一阶段是适应、了解音乐剧的艺术创作和市场运营国际规则，用一种与传统、当代都有关系的方式去呈现我们的舞台艺术，并符合国际规则；总的原则是政府扶持（推动、倡导）、社会参与、企业承办、市场运作、规范管理、专家指导、媒体支持、观众评判；西方音乐剧“养戏不养人”的活动剧组体制，剧目从“非定本”到“定本”的“试演或预演体制”，音乐剧的演出市场多种多层次的评价体制等都值得借鉴。第二阶段是壮大、提升中国在国际音乐剧创作和演艺市场上的发言权，其关键是创作出真正能赢得观众的国际性的剧目。第三阶段才是创造新规则！

青青（雷佳扮演）对娘述说着对石娃的爱意

赵　忱

《中国文化报》副主编，著名文艺评论家

在中国舞台艺术史上大写真善美

——秧歌剧《米脂婆姨绥德汉》

榆林，在国家大剧院亮出文化"撒手锏"

7月16日晚，红日、白月、信天游把国家大剧院戏剧场变成"黄土高原"，世上最真的感情、最善的男女、最美的色彩让人眼花缭乱。由中共陕西省委宣传部和陕西省榆林市共同打造的大型陕北秧歌剧《米脂婆姨绥德汉》在此上演。北京、陕西及榆林的100多位领导应邀观看首演。

伴随着童音版的主题曲《黄河神曲》，《米脂婆姨绥德汉》拉开了帷幕，舞台转动一周，一群可爱的陕北娃娃从山坡上冲下来，活泼而亮丽的开场让全场响起热烈的掌声。

整部剧以陕北民间音乐为链条，以乡土风情和当代意识为架构，用乐观、健康、诙谐的风格，演绎了陕北高原上米脂女子青青和绥德后生虎子、石娃、牛娃三人之间动人的情感故事。“黑夜里我抱上枕头睡呀，亲嘴嘴亲了一口荞面皮呀，哎哟哟”“三月的桃花漫山山红，世上的男人就是爱女人”这些淳朴而热辣的唱词让北京观众领略了陕北情歌的“开放尺度”。整部剧的舞台设计，综合展现了秧歌、剪纸、高跷、腰鼓、信天游等陕北民俗文化，呈现方式时尚新颖，陕北乡土气息浓郁厚重，令全场观众如饮佳酿。

7月16日至19日，《米脂婆姨绥德汉》连续在国家大剧院上演四场。为《米脂婆姨绥德汉》操碎了心的导演陈薪伊开心地说：“榆林赢了！”陈薪伊、阿莹、赵季平，用心呵护“婆姨”与“汉子”。陕北秧歌剧《米脂婆姨绥德汉》由陕西省委宣传部和榆林市联合打造，榆林市民间艺术团演出。该剧在第五届陕西省艺术节中荣获优秀剧目奖等九项大奖，荣获陕西省“五个一工程”优秀作品奖。

《米脂婆姨绥德汉》历时四年创作完成，国家一级导演陈薪伊担任该剧总导演，著名歌唱家王宏伟、雷佳、吕宏伟与来自榆林市的“十大陕北民歌手”王晓怡、贺斌、韩军分别担任主演。“十大陕北民歌手”雒翠莲、雒胜军及榆林市民间艺术团的150多名演员参演。

“面对面抱着我还想你”，这样的思念是怎样的思念？“羊儿是要天天拦的，女人是要慢慢缠的”，这样的智慧是怎样的智慧？《米脂婆姨绥德汉》就是这样用炽热而大胆的表白，展现着美好和幸福的爱情。60余首信天游被镶嵌在鲜活而生动的人物身上，质朴的原生态和时尚的表现方式扑面而来，犹如“情书百科大全”，每一首信天游都如同从黄土高坡上刮来的风，把观众吹得心旌荡漾。

陕北秧歌剧《米脂婆姨绥德汉》在国家大剧院舞台上赢得满堂彩，这是主创人员四年来辛勤努力的成果。2006年6月，陈薪伊、阿莹、赵季平在西安市丈八沟会合。陈导看过当时提供的剧本后很不满意，就激将作家阿莹说：“我不会排这个戏，除非你亲自写一个剧本，否则我明天就回上海。”阿莹彻夜不眠，于第二天一早拿出了一个剧本提纲，汉子的爽利与才子的真情打动了见多识广的陈薪伊，她接下了这个戏。

2007年9月29日，榆林市文化局预备再次召集主创班子商讨大计，陈薪伊在上海有事走不开，其他主创人员连夜飞到上海与陈薪伊见面讨论剧本，到上海后连房间都来不及进，一见面就在宾馆大厅的沙发上开会，从晚上9点讨论到凌晨2点。回到西安后，阿莹又数易其稿，一直到2007年年底，剧本才基本定稿，进入音乐制作阶段。

2008年4月15日，《米》剧进入排练阶段。榆林市民间艺术团的演员们参加过不少晚会，但从来没有参加过戏剧表演。一位舞蹈演员告诉记者："开始我们团的演员是会跳的不会唱，会唱的不会演。一个动作、一个眼神，都是陈导给演员们一个个手把手教过来的。"

2008年10月12日，《米》剧在榆林首演，让陕北的观众顿时震惊了！接下来《米》剧又参加了第五届陕西省艺术节，一举获得该艺术节九项大奖。

《米脂婆姨绥德汉》背后那些看不见的手

《米》剧成功的背后有一股看不见的强大力量，那就是政府的支持。

榆林市提出"三大目标"，要把榆林建设成中国经济强市、西部文化大市、塞上生态名市。打造西部文化大市，就要有自己的文化精品。早在2005年，榆林市就提出要打造一部精品剧目，让它成为榆林的一张文化名片。2006年，《米》剧开始创作；2008年，《米》剧上演；2009年，《米》剧走进国家大剧院。几年来，领导班子在换，但对《米》剧的支持一直不变。

中共陕西省委宣传部、榆林市多次召开选题策划会和专题研讨会，最终确立了依托陕北丰厚的地域文化资源，组织国内一流团队，以陕北民歌为元素，以爱情为主线，以"米脂婆姨绥德汉"的文化品牌为切入点，打造一台能够体现黄土文化和人性精髓的陕北歌舞剧精品的思路。

榆林市的主要领导反复说："《米脂婆姨绥德汉》要唱响京城，唱响全国，唱响世界。""要打造精品，然后再把精品的成果运用好。""政府要做的就是定位定调，搭平台，做保障，做服务，做宣传，做宏观调度。"

因为确立了"高起点、高层次、出精品"的原则，才能够聘请著名戏剧家、剧作家、导演陈薪伊任总导演，中国音协副主席、陕西省文联主席赵季平任音乐总监，陕西省作家协会副主席阿莹任编剧。这样的创作班底绝对属于国内一流，但如果没有政府的高点定位，这些艺术家也就与榆林无缘了。

在邀请到这样一个高水平的创作班底后，榆林市在保障经费的同时，又给主创人员绝对的创作自由。《米脂婆姨绥德汉》讲述的就是陕北黄土高原上一个纯粹的爱情故事，以文学美、音乐美、舞蹈美、服装美、舞美美、表演美等纯粹的艺术美，为陕西、为陕北民歌、为黄土高原、为榆林，立下了一座文化丰碑。

满怀文化自信，迎接观众的青睐

国家一级编剧黎琦在题为《陕北民歌根性呈现和灵性演绎》的评论文章中谈道：《米脂婆姨绥德汉》会在全国引爆一次新的陕北民歌文化冲击波。其理由是：陕北民歌是一条蜿蜒在黄土地深处的金色河流。最近70年里，陕北民歌的传播有过三次热浪。第一次是1943年延安鲁艺的文艺家下乡采风，搜集、整理400多首陕北民歌，有了文艺家整理编辑的正式歌谱。第二次是1956年王方亮发起组织的陕北民歌合唱团，给《三十里铺》《兰花花》《崖畔上开花》《当红军的哥哥回来了》等经典陕北民歌插上飞翔的翅膀。第三次是1974年由陕西文艺工作者整理、改编的五首《陕甘宁边区革命民歌》，让“山丹丹花”红遍中国大地，让陕北民歌深入亿万人心。这三次传播热浪向人们证明，陕北民歌是中国民歌大系中最具民族性、代表性，影响最大、传播最广的支脉。《米脂婆姨绥德汉》创作出的全新的陕北民歌，完全可能引发陕北民歌的第四次现代传播热浪。

著名作家陈忠实在接受媒体采访时谈道：《米脂婆姨绥德汉》的剧本是去年看到的，当时就觉得很不错。今年看了演出后，我是有一点点骄傲的，因为我在阅读时的感觉，也就是看剧本时心里的那种美好感觉被舞台证明了，这确实是一部成功的秧歌剧。首先，该剧把传说中的人物典型化了，青青就是咱陕北民歌中传说的米脂婆姨，她纯情、坚贞而美好。其次，故事情节写得很巧妙，青青、虎子、牛娃和石娃，一女三男的矛盾，这样的情节安排给人以震撼，而结尾处那种看似突然其实合理的处理更是显示出了真正的戏剧效果。最后，它的唱词也非常感人，主旋律运用的是陕北民歌的经典唱段，而人物的唱词更多的是编剧自己创作的，体现了陕北民歌的特点，生动、形象、生活化，让不少观众分不清是原来就有的还是新创作的。我认为，该剧生动活泼，以人物的心理脉络来决定戏剧结构，很有新意。

陕西省文化厅副厅长刘宽忍评价该剧时不吝溢美之词，他说："《米脂婆姨绥德汉》得到各界的高度认同，一是因为它拥有一支实力强大、体现国内顶级水平的主创阵容；二是在演出时实打实的真唱，体现了这部剧的功力；三是因为剧本抓住了陕北这块土地上最本质的东西，最真的才是最感人的。"是的，最真的最感人！我们有理由相信，饱蘸心血和汗水的陕北秧歌剧《米脂婆姨绥德汉》，会裹挟着独具特色的陕北文化，走遍全国，走向世界！

《米脂婆姨绥德汉》让人产生这样的联想：馍也好，肉也好，馍加肉分外好。《米脂婆姨绥德汉》就是让人垂涎欲滴的"肉夹馍"。

齐雅丽

陕西省作家协会党组副书记、专职副主席，

《米》剧制作人之一。时任陕西省委宣传部文艺处处长

经典永流传

——再看陕北秧歌剧《米脂婆姨绥德汉》的启示

2018年10月15日，是习近平总书记《在文艺工作座谈会上的讲话》发表四周年。重温重要讲话愈发认识到“社会主义文艺，从本质上讲，就是人民的文艺”的深刻。10月18日晚，我陪同80岁高龄的著名导演陈薪伊去绥德县，观看了由绥德县剧团复排的陕北秧歌剧《米脂婆姨绥德汉》，感慨万千，启示良多。

启示之一：初心始于使命

当年在省委宣传部文艺处工作的我,有幸成为该剧的制作人之一，全程见证了该剧从策划、创作、排演到演出的全过程。回想《米》剧从2004年启动创作，2008年首演于陕西省第五届艺术节，2009年进军国家大剧院，2010年在第九届中国艺术节上荣获国家文华大奖特别大奖。中间四次进京，无论在榆林、西安，还是东到上海，南下广州，乃至十多年后再次复排上演，久演不衰的背后，正是紧扣了人民的文艺主题，遵循了经典永流传的艺术规律。

总书记指出：衡量一个时代的文艺成就最终要看作品。推动文艺繁荣发展，最根本的是要创作生产出无愧于我们这个伟大民族、伟大时代的优秀作品。《米脂婆姨绥德汉》的编剧当时即是主管陕西文艺的官员，由于周边省份陆续推出了《风中少林》《大梦敦煌》《一把酸枣》等精品剧目，出于对陕西文艺事业发展的使命责任，他把创作生产优秀作品作为文艺工作的中心任务，邀请了张艺谋、张继钢、陈薪伊等国家一流导演来陕西共同研究创作能传播当代中国价值观念、体现中华文化精神、反映中国人审美追求，思想性、艺术性、观赏性有机统一的优秀作品。许是使命使然，当时挑选的20多个剧本没能打动导演们。在著名音乐大家赵季平的力推下，国家舞台剧领域的一号导演陈薪伊来陕，同样由于剧本的原因陈导也是乘兴而来，失望而去。但就在她准备辞行的前夜，知道阿莹不仅是官员也是作家，陈薪伊开玩笑说：如果你阿莹能写个剧本出来，我就来担任导演。结果半夜来了灵感的白阿莹写出了一个完整的剧本大纲，第二天清晨的早餐成了《米》剧孕育的关键时刻，陈薪伊导演看后激动地当场拍板，说这就是她想要的故事，于是由阿莹担任编剧、赵季平作曲、陈薪伊出任总导演的《米》剧主创团队诞生了。大家初心一致，弘扬中华优秀传统文化和民族精神，打造人民群众喜爱的优秀作品。著名作家柳青曾说过：任何从个人主义出发，从名利思想出发的文艺工作者，很难搞出像样的创作。《米脂婆姨绥德汉》的成功恰恰在于创作者的无私和使命感。

启示之二：倾心打造精品

凡是传世之作、千古名篇，必然是笃定恒心、倾注心血的作品。在该剧长达四年的创作期内，编剧阿莹可谓倾尽心力，精益求精。早在上世纪80年代初阿莹就开始文学创作，始终笔耕不辍，发表了大量具有浓郁地方气息的优秀作品，先后荣获冰心散文奖、徐迟报告文学奖，然而，在《米》剧的创作中，他俨然成了一个虚心向生活学习，踏实向民间致敬的学生，他不断地深入陕北各地采风、学习，熟悉当地的风土人情，找老乡聊天听段子，找民歌手唱歌记唱词，几十本的民歌集成、文库等翻看了一遍又一遍。唱词改了一稿又一稿，本子不断地被推倒重来，反复打磨，十易其稿，形成了导演和作曲都满意的本子。

作曲赵季平当时就提出，要通过这台戏让陕北民歌展现新的魅力，将音乐定位既是陕北民歌的，又是当今时代的。导演陈薪伊更是要求严格，团队中会聚了全国各艺术门类的佼佼者。在舞蹈上，将最原始的和最现代的相结合，创造了全新样态的陕北秧歌。在服饰上，打破常规，将剪纸艺术融入。灯光、舞美、化妆造型等齐心协力，正是由于创作团队有打造精品的集体共识，在四年的时间里，大家心往一处想，劲往一处使，使全剧充满了积极乐观向上向善的正能量，一经上演就广受关注和好评。专家们纷纷发声，评价：《米脂婆姨绥德汉》的创新之处在于它用新的思维、新的追求对陕北民歌、秧歌进行了大胆的发展与提升。

最难忘的莫过于2009年7月在国家大剧院的四场演出，在首都北京引起了不小的轰动，不仅剧票早早售罄，而且惊动了京城的各方名家大士，文化界、音乐界的权威人士纷纷露面。85岁高龄的著名歌唱艺术家王昆居然坐着轮椅来观看演出，演出结束后，她激动得连连称好，编剧阿莹和赵季平一直将她送到大剧院门口，王昆拉住他们的手赞不绝口："这出《米脂婆姨绥德汉》写得太好了，我看了很激动、很高兴，这是《白毛女》以来，几十年了，我看到的最好的一部歌剧，是民族音乐剧创作的新收获，要让更多的人来看看。"之后，戏剧界、音乐界人士纷纷称赞：65年前，从陕北延安走出了中国民族歌剧《白毛女》，并走向全国，走向世界，走出了中国民族歌剧的辉煌。60年后，从陕北走出的民族音乐剧《米脂婆姨绥德汉》，正在告诉我们，只要扎根本土，在传承的基础上努力创新，弘扬中华文化和民族精神，就一定能创作出人民群众喜爱的中国民族音乐剧。

启示之三：核心回归文学

俗话说：剧本剧本，一剧之本。《米脂婆姨绥德汉》被公认为中国新秧歌剧创作中一次难得的尝试与突破。《米》剧的成功，首先应该归功于剧本的突破。一是剧本的文学性和文学价值意义提升了整出剧的思想价值品格。在这部戏里我们看到了文学的回归。全剧主题鲜明，思想深刻，文辞优美，弘扬的是人性中永恒的大爱大美，体现的是以淳朴、勤俭、乐观为核心的“黄土精神”，展现的是陕北民歌新的魅力和时代特征。二是难能可贵的是编剧全新创作出的60多段的陕北民歌。在一部剧中这么密集地既根据人物性格、剧情发展需要，又符合陕北民歌韵律风格的创新式创作，恐怕在陕北民歌史上也是具有里程碑意义的。主题曲“天上有个神神，地上有个人人，神神照着人人，人人想着亲亲”。寓意丰富的歌词已经在观众中传唱开来。结尾曲“大雨洗蓝了陕北的天，大风染黄了陕北的山，天上飘下个米脂妹，地上走来个绥德汉，妹是那黄土坡上红山丹，哥是那黄河浪里摆渡船，高坡上爱来黄河里喊，米脂的婆姨呦绥德的汉”，成为点睛之笔、摄魂之曲。

著名作家陈忠实曾在其文章中写道：“这部剧中的唱词是几近完美的！”熟悉陕北民歌的人都知道，陕北民歌有过辉煌的过去，但是近几十年来，却因为缺乏新的创作而逐渐淡出了人们的生活，而《米》剧的上演，令人耳目一新。一个音乐家兴奋地说：这完全可能引发陕北民歌的第四次现代传播热浪。果然，《米脂婆姨绥德汉》无论是在本土上演，还是在北京、上海、广州等地均是场场爆满，连过道都站满了观众。60多首新改编创作的陕北民歌，深深打动和感染着观众，当演出结束，观众们都是唱着剧中主题曲离开剧场的，榆林的大街小巷，连小商贩也会哼唱《米》剧中的唱段。

现如今，《米》剧俨然已经成了陕西的文化符号。时隔十多年，绥德县将经典剧目《米脂婆姨绥德汉》重新搬上舞台，足见其胆识和远见。重温经典，我和当时担任制作人之一的薛宝忠先生同时感慨：好戏就是好戏，不怕时间的检验，不怕团队的变换。经典永流传，希望这是个起点，希望在有识之士的共同努力下，让《米》剧成为中华文化的使者，走出国门，走向世界。

荷叶飘香弘雅韵　陕北秧歌扬水乡

——第二十届曹禺戏剧文学奖颁奖晚会侧记

荷叶绽绿，芙蓉香溢。2012年9月6日晚，由中国文学艺术界联合会、中国戏剧家协会主办的第二十届曹禺戏剧文学奖暨第四届中国戏剧奖曹禺剧本奖颁奖晚会在湖北省潜江市人民会堂举行，来自中国文联的领导和全国各地的戏剧工作者们汇聚在美丽富饶的江汉平原，在此见证这一戏剧文学重要奖项的产生。

中国曹禺戏剧文学奖每两年评选一次。这次评选活动，全国各省剧协和国家各文化单位向评选委员会共推荐了160多部剧作，经过专家评委们的三轮投票，共有20部作品获得提名奖。

当晚7点半，歌舞《中国有个小地方》拉开了颁奖晚会的序幕，随后由第二届中国戏剧梅花奖演员读书班的学员带来了地方戏曲联唱，演出为颁奖活动做了精彩的铺垫。中国戏剧家协会副主席、本次评委会主任罗怀臻上台宣读了获得提名奖的20部作品。这20位获奖作者依次上台，接受大家的祝贺，同时现场观众和作者们更期待着最终的结果。而最终获奖名单刚刚在两个小时前经过终评会讨论产生，大家都紧张得满含期待。

随后，著名演员郭达、王丽云、邵峰表演了小品《红色的珍宝》，中国剧协副主席、著名豫剧表演艺术家李树建表演了《程婴救孤》选段，中国文联副主席、中国剧协副主席裴艳玲表演了昆曲《林冲夜奔》选段。台上的演出精彩异常，台下的观众看得津津有味，掌声不断在大会堂内响起。但大家在欣赏的同时，心中都在猜测将要宣布的戏剧文学的最高奖项最终花落谁家。

当主持人吴京安宣布由中国戏剧家协会分党组书记季国平宣读最终获奖名单时，全场顿时安静下来，获奖的8部作品终于揭开了神秘的面纱，我省作家阿莹的作品《米脂婆姨绥德汉》赫然在列。中国文联副主席杨承志等领导向获奖作者颁发了奖杯，在潜江参加读书班的梅花奖演员向获奖剧作家们献花，全场掌声热烈。

我省获奖作品陕北秧歌剧《米脂婆姨绥德汉》以爱情为主线，演绎了米脂女子青青和绥德后生虎子、石娃、牛娃之间的感情故事。一首首陕北民歌借助舞台人物的精湛表演，向人们展示了“和谐”“大爱”的主题。这部秧歌剧由著名导演陈薪伊执导，著名音乐家赵季平等作曲，阿莹编剧。该剧自2008年10月上演后，场场爆满，多次进京演出，社会各界观众好评如潮，文学界、戏剧界专家学者均给予高度评价，曾荣获第十三届中国艺术节文华大奖特别奖并囊括七个单项奖。

著名戏剧评论家、中国剧协分党组书记季国平高度评价该剧，说这部剧“既有深厚的文化传统，又有鲜明的时代精神，探索了民族歌剧的发展之路，是对戏剧创作的重要贡献”。著名戏剧评论家、原中国戏曲学院院长周育德是此次评选活动的评委，他认为该剧“充分开发利用了陕北民歌资源，讲述了一个很动人的西部故事，有不可取代的审美价值”。应邀亲赴湖北潜江参加颁奖典礼的陕西剧协党组书记甄亮说，陕北秧歌剧《米脂婆姨绥德汉》是这次获奖作品中唯一一部歌剧类作品，这是我省戏剧创作的又一重大收获。获奖之后，阿莹连连对记者说：我特别要感谢陕西省委省政府领导对我及这部戏的关心和支持，感谢朋友和戏迷们对《米》剧的热爱。

颁奖晚会上，我省梅花奖得主李梅、惠敏莉应邀演唱了秦腔选段，受到了与会观众的热烈欢迎。

2012年9月6日，《米脂婆姨绥德汉》荣获第二十届中国曹禺戏剧文学奖（第四届中国戏剧奖曹禺剧本奖），作者阿莹在领奖会场

聚焦

黄河神曲响遏行云

——第五届陕西省艺术

金秋时节，在第五届陕西省艺术节上，
著名作家白阿莹编剧、著名男高音歌唱家
婆姨绥德汉》，凭借其独特的魅力，在评委
一曲曲民歌，响遏行云；一声声入耳，
届陕西省艺术节的气氛推向了高潮。人们
让人们领略了深厚的黄土精神、黄河精神
的保存和发展提供了有益的启示。

蔡体良（中国舞美学会会长、中国艺术研究院研究员）：陕北秧歌剧《米脂婆姨绥德汉》的舞台大幕渐渐地撩开，一下子让我们闻到了陕北民歌浓郁的风情，一下子又让我们回味起神圣历史的缅怀情愫，也一下子情不自禁地用自己的心灵，去拥抱这块土地，去同声讴歌这里曾经谱下过的光辉的史诗！这台谓之“秧歌剧”，以恢弘、壮观的大写意的笔墨，将“文化符号”式的故事叙述和人物构建，从一个视角，展示了一段黄土地的历史、风情，和一组小人物的命运，推出了一台颇具特色的舞台歌舞剧。

我想，至少有两点更引起了我的关注。

其一，这出秧歌剧，以陕北民歌的“信天游”的曲调串将起来。它的“歌”，既充分地利用民间的“信天游”的资源，古朴、浑厚，家喻户晓的音乐元素，保持它“信天游”主体的特色。同时，又适度掺揉现代因素，适度地变通，适度地摆脱一些原始创造手段，作了适度的包装。从而形成了既没有失去传统韵味，又有现代感的音乐特色。演出的曲曲山歌，高亢、激昂，宛如剧中的人物：石娃、青青、虎子，是他们生命的呐喊、激情的燃烧，也是他们心灵的泣诉，情感的宣泄！因此，“信天游”的“歌”，是全剧的精、气、神，让观众获得强烈的审美享受。

其二，演出舞台所呈现的整体面貌，为全剧舞台的形象创造，提供了视觉的保证，有气势也有气派，进而映衬和深化了戏剧思想。如广袤、贫瘠、却又那么淳朴、纯情的黄土地，如喧嚣、奔腾的黄河激流，黄土地上生生不息的山民民俗风情，等等，也形成了演出进程中的一个又一个的舞台亮点，极具视觉冲击力。这些舞台上的景观营造，无疑提升了艺术的整体形象，也提升了民间化、地方性的秧歌剧的艺术品位。我认为常被视为“下里巴人”的秧歌剧，只要把握舞台的整体性，把握住自己的艺术品格，也是可以走进更高一个层次的艺术殿堂的。

总之，陕北的秧歌剧是有自己的发展空间，是有自己的根基的。我想，一方水土养一方人，也可以养育一方的艺术。从《米脂婆姨绥德汉》的舞台上，我看到了这个希望：只要牢牢扎根在自己的土地上，去拥抱“信天游”，秧歌剧将会焕发出自己的生命力，也将永远被人们所欢迎。

刘　森（总政歌剧团指挥家、作曲家）：看过《米脂婆姨绥德汉》后，我们一直兴奋地谈论着：舞台上演出的队伍很整齐，是一支优秀的演出队伍、有艺术表演水平的队伍。很难说舞台上的演员谁唱得最棒、谁舞得最好，都好！但我认为最为真实动人的演唱和表演是那羊倌与媒婆的扮演者，那演唱的情感真实、动情、动人，把音乐中存立着的生活性格的深刻性展示无遗，它不仅是很好听，那歌声能进入心灵，让你久久不忘！在音乐语言情感旋律中，他们不仅找到了真实，还显露出生活艺术的光泽！

这舞台音乐的源头是多少年、多少代人喜爱传唱的艺术精华，那简单易记的音调中酸、甜、苦、辣都有，并且把音乐风格的美、音乐语言的情感之美，连接成一个戏剧环境展示的整体艺术。

集中优势的表演力量，以成熟的表演去完成作品的创造，大联合、大智慧，去完成艺术的目标是当今的一个时代特色。这个节目合作是成功的，发挥了联合创作的优势。

我们一直在探讨《信天游》唱了多少代人。那是代代相传、以生命情感历程所凝炼的歌呀！又有谁能说出《信天游》有多少种唱法？在那饱含着生命活力的韵味之情里，是不必用语言表达去分析的。这就是《米脂婆姨绥德汉》的成功之本，这就是他们创作的原动力。把生活中民歌的原型人物编成故事，让歌声和人物的命运紧紧地连接在一起，并给它以时代的舞台艺术特色，舞台上焕发着青春的活力，那是朴实动人的生活之歌。令人兴奋陶醉的黄土地之歌，一个生活命运的希望之歌！

郝维亚（中央音乐学院作曲系副教授、博士、作曲家）：在第五届陕西省艺术节上，由榆林演出的秧歌剧《米脂婆姨绥德汉》大获成功，囊括了几乎所有的重要奖项。此剧从剧本立意、生产模式到演出形式，都有一些与众不同之处。在观众和评委中形成广泛的讨论。

剧本的立意令人耳目一新。现在的轻喜剧非常的少，导演陈蓊伊女士能在此时，抓住一个其实非常简单的故事，在舞台上充满情趣的展开，让观众在这个充满竞争压力的时代经常地捧腹大笑，难能可贵。同时喜剧风格的处理对于导演全面技术的要求也非常苛刻。此剧从服装（既夸张又写实）、道具（既真实又具舞台冲击力）、灯光（既服务于戏剧又充分展示人物性格）等舞台手段的调配，还包括原生态演唱这样的神来之笔，导演的控制力显露无遗。

这部剧的生产模式正是全国范围内地方院团通常采用的方式。即：主创人员大量来自北京、上海等大城市，B组演员和基础演员来自当地。但是这部剧非常重要的音乐创作部分却是以著名作曲家赵季平先生领衔，与其他几位中青年知名作曲家联手而成。重要之处在于这些作曲家都是陕西籍。他们对于陕北民歌素材的熟悉程度是毋庸置疑的，更为可贵的是：他们又不满足于建国近60年来以往的处理方式。在民歌主题变形、和声技巧、乐队语言的使用上等等方面，努力地开拓新的语言。尤其，作曲家们努力地让音乐营造出喜剧气氛，做了很多有益的尝试。

《米脂婆姨绥德汉》剧照

演出形式中对于外地演员的聘请使得现场的演唱效果很好。同时，作为商业化运营方式的考量，明星效应在当晚的演出非常的明显。而且明星在演唱上的技巧和舞台表演的完美也几乎是其他演员难以替代的。

以我本人仅仅看过一次的经验而谈，如果现场的音响稍微控制一些，并考虑到民歌手音色总是偏亮，这样可以让音乐强弱的变化再多一些，和人物在舞台上的空间位置有更大的变换。同时对于剧中“大黑”上场时对白-朗诵稍嫌多些，而歌唱性上还可以再加强。并且难得这样一个“粗线条”的、具有“对比性”人物，如果辅助以别样的、充满变化的音乐语言，将会给此剧带来更多的欣赏乐趣。

赵大新（中国唱片总公司副董事长、党委书记）：新编陕北秧歌剧《米脂婆姨绥德汉》使我们得到了一次全新的艺术享受和视听震撼，它颠覆了我们对传统秧歌剧的概念和认识，把陕北民歌的发展推向了一个崭新的境界。

在展示人类爱情这一永恒主题时，《米》剧着重揭示了人们在生活、爱情中的和谐相处，这就赋予古老的爱情主题以新的时代意义。它从一个侧面，从更加人文的角度揭示了中华民族发展延续的原本规律。从《兄妹开荒》到《兰花花》到《米》剧，它是新世纪陕北秧歌剧发展的一个里程碑。

《米》剧以写人为核心，充分展示了米脂婆姨和绥德汉的性
的小貂蝉，她
以石娃、虎子
直、大气、仗义
示了他们这种
次生命与爱情

《米》剧继
吸收信天游、
和表现方式，
创作手法，唱
有感染力。

在音乐创
活深厚扎实的
的认识和把握
表现形式，把
谣，编织成了
陕北民歌音乐
了一个崭新的
唱、齐唱、伴唱
需要将这些表
得整部剧的音
力和震撼力。

《米》剧
流水准，该剧
任主要演员，
格鲜明、形象

《米》剧整
部剧的背景就
月，那一轮红

土地爱情荡气回肠

评《米脂婆姨绥德汉》

伊执导、著名作曲家赵季平任音乐总监、
天后”雷佳主演的大型陕北秧歌剧《米脂
歌舞类“优秀剧目奖”和“优秀编剧奖”。
脂婆姨绥德汉》在西安的轰动演出，将第五
经久不衰的魅力；专家学者的精彩评论，更
的东西——人性精髓，也为陕北民歌奇葩

统民族风格，又有电影场景的现代表现手法。相比起来，这种简练、重复、突出的场景，比起当今追求繁复奢华的所谓大制作，不更有表现力吗？

《米》剧展示了大量的陕北秧歌舞，如红绸舞、腰鼓舞、高跷舞、儿童舞等等，荟萃了陕北秧歌舞的精华。剧中还吸收了传统秧歌中反派丑角角色的元素，创作了几段媒婆舞，不仅生动形象，也体现了整部剧的另一个特点，轻松诙谐，富有喜剧色彩。

如果非要找出这部剧的美中不足的话，我觉得剧中主要人物石娃的形象似应再丰满一点；音乐在叙事和刻画人物内心时，似应多一点如唢呐、板胡等民族乐器的份量。

是米脂城里
执著不懈。
汉子群体，歌
畅淋漓地揭
们接受了一

中的唱词，
民歌的体裁
两句一段的
、大胆而富

他对陕北生
的时代精神
音乐结合的
地方民歌民
的作品，使
秧歌剧达到
唱、合唱、领
根据剧情的
巧妙使用，使
艺术的感染

到了国内一
目宏伟等担
剧中人物性

练、简洁、整
树，那一旁
北剪纸的传

贺　艺（原陕西省文联副主席、原陕西省音协主席、作曲家）：榆林民间艺术团创作演出的陕北秧歌剧《米脂婆姨绥德汉》，是继延安时期新秧歌运动中诞生的《兄妹开荒》《夫妻识字》为代表的秧歌剧目轰动全国、成为历史上的艺术精品，并载入延安时期文艺史册之后，在新的历史时期，用新的视角，对秧歌剧进行的全面、大胆、新的尝试与提升。她以崭新的面貌展现在观众面前，受到了各方人士的赞赏和好评。其重要意义在于继承发展了革命文艺的优良传统和民族民间艺术的珍宝。《米》剧始终把黄土文化、民族艺术这个魂贯穿全剧，充分发挥了秧歌剧灵活多样、独具特色的表现手段，将人物、戏剧、歌和舞有机联系协调、巧妙地结合起来，视觉、听觉融为一体。一幕幕美的情景、歌声反复浮现，主人公既歌又舞的感人场面，激荡着观众的心灵。艺术的感染力使在场的观众听的、看的入了神，是一次美的享受，也是人性的升华和洗礼。

音乐采用了编、创相结合的手法。围绕着剧情的发展变化、人物性格和情感冲突的特征，选用了符合要求的优秀的原生传统民歌，如虎子在黄河边上想青青时，唱起了《这么好的妹子见不上面》；石娃从西口回来爬着山坡，唱起了《上一道道坡坡下一道道梁》；拦羊老汉唱着《艰难不过庄稼汉》，而媒婆却唱着《大红公鸡毛腿腿》和《拉手手亲口口》，给人留下了极深刻的印象。主要的新创作部分，都是在陕北民歌主题音乐的基础上，全范围多侧面进行了改编、新创，整体听起来具有鲜明的民间性、通俗性和时代特色与强烈的感染力，是一次陕北秧歌音乐的大胆创新、成功实践。

在舞蹈的编排上，遵循秧歌剧唱中有舞、舞中有唱、歌舞相伴结合的原则，编导打破了原来单一的秧歌舞步伐。根据剧情变化、人物情感的需要，吸收应用了现代多元素的舞蹈语汇，形成了具有时代感的特色。伴随、陪衬、推动着曲折起伏的剧情，一波三折，使人感到耳目一新，动人心弦。

总之，《米》剧的问世已打开了成功的大门，迈出了成功的步伐，要真正成为思想性艺术性完美的精品，需继续努力，从而走向全国，走出国门。

黎　琦（国家一级编剧、词作家）：陕北秧歌剧《米脂婆姨绥德汉》，是一部全新视觉全新样态的舞台艺术优秀剧目。

《米》剧的艺术创新，首先“新”在打造一部与延安新文艺传统对接、具有当代文化意趣、全新艺术样态“陕北秧歌剧”的艺术定位。在剧情设计和戏剧结构上，丰富、放大、提升延安时期秧歌剧“剧情紧凑简明、人物不能太复杂”、“明快、风趣，歌唱要好、舞蹈要美”（艾克恩《延安新文艺运动纪盛》）的艺术特征，以“米脂婆姨绥德汉”为文化符号、以陕北民歌为艺术载体，融原生民歌、民间舞蹈、民俗生态和戏剧化表演为一炉，进行舞台呈现”的颠覆性创造，形成一部具有中国作风、中国气派、中国样态、“好听好看”的民族民间音乐剧——“新陕北秧歌剧”。

这部仍以“永恒爱情”为主题的舞台剧，以独到的视野、视角和视点独辟蹊径，开掘出一个既不同于《兰花花》悲剧爱情模式、也不同于《三十里铺》革命爱情模式的戏剧主题。

剧作家在作曲家缜密的音乐思维中游刃有余、行云流水般地写出了一部具有陕北信天游浓郁原生风格的现代浪漫音乐诗剧。全剧“音乐链条”上十几首原生态民歌的修葺编改“创新如旧”，主题歌《黄河神曲》“以仿乱真”的全新创作和“羊要天天拦、女人要慢慢盘”等点睛唱词，既吻合剧情贯通的需要，又升华了唯美的文学品格。

安金玉（西安音乐学院院长助理、一级演员）：陕北秧歌剧《米脂婆姨绥德汉》，一经在第五届陕西省艺术节公演，就立刻引起了轰动，以全票通过的成绩摘得优秀剧目和最佳编剧、舞美、作曲等奖项。观众纷纷被剧中人物的感情纠葛、跌宕起伏的剧情和新颖别致的唱词所深深吸引。

作为本次艺术节的评委，我认为这部陕北秧歌剧，是我国歌剧舞台近年来不可多得的一部精品，好好打磨一定会在全国形成影响。我深信，这部集结众人心血的作品，在被人性的光辉和生活的积淀浸濡后，一定会结出更加丰硕的果实。

谢艳春（陕西省艺术创作中心副主任）：《米脂婆姨绥德汉》是能够放在全国平台上对话的剧目。就剧本文本来说，它以民歌为主体，大写意地展示了故事和人物，在原生态民歌的个性呈现和爱的灵性演绎上狠下功夫，使作品具有了真实性、丰富性和深刻性。绥德后生虎子的豪气、石娃的刚硬、牛娃的敦厚，无一不让观众心生爱慕，而他们在对米脂女子青青的真爱情感中表现出的同一个特点——绥德汉子的敢爱敢恨、敢做敢当、不掩不藏的野性风采和柔肠侠骨，更使观众心生敬意。这种淡化情节、着力写人、写人性，写人性的善良、人性的温暖，这使作品具有了穿越历史的人文精神光芒。

当然，《米》剧人物关系还可以再张扬一些，但瑕不掩瑜，仍不失为陕西近几年来舞台剧中的优秀作品。真心希望该剧在演出中不断打磨，使之日臻完善。

《米脂婆姨绥德汉》剧照

本报记者 张 摄

人民日报
RENMIN RIBAO
人民网 网址:http://www.people.com.cn
手机:http://wap.people.com.cn
2011年7月
19
星期二
辛卯年六月十九
人民日报社出版
国内统一连续出版物号
CN 11-0065
第23019期(代号1-1)
今日24版

民族化、本土化与音乐创新

——从《米脂婆姨绥德汉》谈中国民族音乐剧创作

王建斌

看了由白阿莹编剧、赵季平作曲、陈薪伊导演，陕西省榆林市民间艺术团演出的音乐剧《米脂婆姨绥德汉》，我们的灵魂受到了深深的震撼。这种震撼不仅在于男女主角的那种坚韧和大爱，更在于当我们为如何在我国发展民族音乐剧而苦苦思索的时候，《米脂婆姨绥德汉》带给了我们兴奋和思考。

音乐剧从上世纪70年代末传入我国，至今已经有30多年的历史。对于如何发展中国原创音乐剧，如何追求中国音乐剧的民族性，我们仍然步履维艰，没有多少现成的经验可循。《米脂婆姨绥德汉》的成功演出，让我们在中国音乐剧的民族化的道路上看到了光亮，也获取了可以借鉴的成功经验。

故事内容的民族性是我国音乐剧民族化的最主要体现。舞台剧《米脂婆姨绥德汉》就是从我国古老民间文化中挖掘的题材，讲述了一个动人的爱情故事。这个故事之所以动人，在于它反映了陕北民间最朴实的"人想人、人爱人"的真实情感，这种情感沟通了人类远古时期就一直存在，如今却一直隐藏于我们内心深处的最纯真、最朴实的原始情感。

从音乐表现来看，《米脂婆姨绥德汉》是一部在几十首信天游的基础上创作的史诗般的舞台艺术精品。这部舞台剧之所以能够成功，就在于创作者对我国的民间文化资源进行了充分的挖掘与创新。《米脂婆姨绥德汉》的音乐是由11首原生态民歌和33个唱段(乐曲)结构而成。这种独特的音乐结构与朴素的音乐风格，能够让我们准确地捕捉到作曲家以原生态陕北民歌(乐曲)或民歌元素进行音乐显示、创作的轮廓。全剧音乐根据剧情和人物性格的需要，对信天游、山曲、打坐腔小曲、二人台等原生态民歌成[...]扩展、变换，或全新创作，从而形成[...]美的唱段和乐段。这种以原生态民歌[...]谱编成的音乐结构，使它成为同类[...]纳陕北民歌歌种最全、曲目最多、风[...]一部剧作。

从舞台呈现来看，一部成功音乐剧不但为舞台带来了流动的感[...]语言还可以表达剧本和音乐所无法[...]情感和思想。《米脂婆姨绥德汉》的舞[...]就充分体现了这种特色。该剧在舞[...]风格上，将最原始的与最现实的巧[...]创新出彩，不仅继承发展了传统的[...]

光明日报 2009年7月17日 星期五

《米脂婆姨绥德汉》尽显陕北风情

本报北京7月16日电（记者崔强）今晚，来自陕北黄土高原的榆林市民间艺术团，在国家大剧院戏剧场里演出了一台高亢激越的陕北秧歌剧《米脂婆姨绥德汉》，以真挚动人的爱情故事、热情奔放的陕北民歌和质朴强劲的秧歌舞蹈，向首都观众生动展现了陕北黄土高原上深厚的黄土精神、雄浑的人文气质和独特的风土人情，向新中国成立六十周年献上了一份厚礼。

由中共陕西省委宣传部和榆林市委、市政府联合打造的这部大型陕北秧歌剧《米脂婆姨绥德汉》亮相国家大剧院，是陕西省近年来舞台艺术精品创作成果的一次生动展示。该剧聚集了总导演陈薪伊、编剧白阿莹、音乐总监和作曲赵季平等一批才华出众的艺术家。全剧以六十余首信天游串联而成，通过富有特色的陕北民间风土人情和健康诙谐的陕北歌舞，生动讲述了米脂女子青青和绥德后生虎子、牛娃、石娃的一段动人爱情故事。今晚走进国家大剧院观看《米脂婆姨绥德汉》的首都观众欣喜地感受到，这部来自黄土高原的陕北秧歌剧，大气磅礴而又极具地域文化气息，具有浓郁地方特色的信天游、秧歌、剪纸、高跷等多种艺术形式在剧中融为一体，生动彰显了陕北文化的强劲生命力和陕北民歌的动人魅力。

去年10月，该剧在陕西省第五届艺术节上首演成功，一举囊括了艺术节优秀剧目、优秀编剧、优秀作曲、优秀荣誉导演、优秀舞美设计、优秀灯光设计、优秀服装设计等7项大奖。今年6月份，该剧又荣获陕西省第十一届精神文明建设"五个一工程"优秀剧目奖，并将作为全国第十一届精神文明建设"五个一工程"的参评作品向中宣部上报推荐。《米脂婆姨绥德汉》从今晚起，将在国家大剧院连演四场。

庆祝建国六十周年精品演出

京华时报

舞台现场

《米脂婆姨绥德汉》爱情动人

本报讯（记者许青红）秧歌剧《米脂婆姨绥德汉》昨晚结束在国家大剧院连续4场的演出，剧中呈现的信天游、秧歌、腰鼓、剪纸、高跷等民俗文化元素让观众目不暇接，最打动人的是男女主角之间纯粹、唯美的爱情。

《米脂婆姨绥德汉》讲的是石娃、虎子、牛娃与青青的情感故事。青青是米脂城里的小貂蝉，敢爱敢恨，她爱石娃善良勇敢、勤劳手巧、信天游唱得好；她又与虎子青梅竹马，但虎子成了土匪，她不愿做压寨夫人；牛娃也追求她，但她把他当亲哥哥对待。三个男人身上体现了绥德汉子的耿直、大气、仗义、吃苦耐劳，他们用各自的方式表达着对青青的爱慕。四场演出，不管是陕西榆林民间艺术团的演员担纲，还是王宏伟、雷佳领衔，演员们的表演都非常出彩。

昨晚的压轴演出中，王宏伟、雷佳（如图）以石娃、青青的身份亮相，王宏伟宽广的音域，唱起陕北民歌来得心应手，尤其是当石娃、虎子约定七月七前回来争娶青青后，石娃唱着民歌走西口，青青到村口送行的唱段，感人至深。王宏伟激昂、浑厚的高音，以及表演中流露出的对青青的不舍，博得满堂彩。饰演虎子的吕宏伟也可圈可点，将亲自送青青入石娃洞房时撕心裂肺的感觉诠释得非常到位。

陕西日报
Shaanxi Daily
责编：张立 版式：宏丽
校检：芙蓉 任喜 图编：吕文
E-mail:sbbj511@sohu.com

阿莹荣获中国曹禺戏剧文学奖

本报讯（记者 杨小玲）9月6日，在曹禺故里湖北省潜江市举行了第二十届中国曹禺戏剧文学奖颁奖典礼。由我省戏剧家协会推荐、戏剧家阿莹创作的陕北秧歌剧《米脂婆姨绥德汉》荣获戏剧文学最高奖第二十届中国曹禺戏剧文学奖。

中国曹禺戏剧文学奖每两年评一次，本次有8部作品获得该奖，这些获奖作品是从全国各省剧协推荐的一百六十多部剧作中经过评委三次遴选产生的。

陕北秧歌剧《米脂婆姨绥德汉》，自2008年10月上演后，截至目前已演出百余场，场场爆满，并多次进京演出，社会各界观众好评如潮，文学界、戏剧界专家学者均给予高度评价，先后荣获第十三届中国艺术节文华大奖特别奖并囊括七个单项奖。

2009年7月19日
北京晚报

陕北秧歌剧博得热烈掌声

荒芜的土坡、连绵的丘壑、浓厚的"陕北腔"……昨晚，新编陕北秧歌剧《米脂婆姨绥德汉》在国家大剧院隆重上演，近1000个座位几乎爆满，高亢嘹亮的陕北民歌、生动形象的舞蹈以及轻松诙谐的舞台语言，博得观众一次次热烈的掌声。

为呈现出西北豪情，制作方不惜重金打造体现西北高原恢宏气势的舞台场景。演员们浓厚的"陕北腔"强烈释放着黄土地的热情与奔放：青青的美丽率真，石娃的坚韧不屈，虎子的宽大心胸，牛娃的善良正直，都将观众的心牢牢抓住。演出结束后，观众竟意犹未尽，不愿离去，全场掌声雷动，久久回荡着要求演员返场的呼唤声。

《米脂婆姨绥德汉》讲述了一个发生在中国陕北黄土地上的爱情故事，一段一女三男之间的爱恨情仇。人们非常熟悉的著名歌唱家王宏伟、雷佳、吕宏伟等担任主要演员，他们的演唱和表演，使剧中人物性格鲜明、形象丰满、光彩照人。作曲家赵季平以他对陕北生活深厚扎实的理解和积淀，运用交响音乐和民族音乐结合的表现形式，使陕北秧歌剧达到了一个崭新的境界。另外，该剧还设计展示了大量的陕北秧歌舞，如红绸舞、腰鼓舞、高跷舞、儿童舞等，荟萃了陕北秧歌舞的精华。

本报记者 罗颖 WJ132

2010年5月11日 星期二

九艺节特刊·文华奖参评剧目

中国文化报 17

本版责编 鲁娜

《米脂婆姨绥德汉》：陕北民间歌舞的强势突破

剧情介绍

陕北秧歌剧《米脂婆姨绥德汉》演绎了米脂女子青青和绥德后生虎子、石娃、牛娃4人之间动人的爱情故事。在很小的时候，虎子和青青订下“长大以后我要娶你”的誓言。时光荏苒，当他们长大以后，虎子被逼离家上了“山寨”，石娃成了远近有名的好石匠，而牛娃成了青青的“亲哥哥”，他们的爱情线路也随之发生了戏剧性的变化。虎子和石娃都想娶青青为妻，约定7月7日太阳落山前为期限。7月7日“山寨王”下山娶亲，而“走西口”的石娃也好回家备好了彩礼，二人为此展开了一场抢亲争斗，唱响一曲荡气回肠的爱情赞歌。

该剧在音乐上以陕北民歌为链条，以乡土风情和当代意识为建构，具有乐观、健康、积极、向上的编剧风格。戏剧是一棵古老的参天大树，古老的命题往往是具有现实性的命题。青青对爱情的执着，虎子的豪侠仗义、敢取敢舍，石娃的刚毅不屈、聪明能干，都给人留下了宝贵的精神支撑。《米脂婆姨绥德汉》正是演绎出了这样一群笑对人生、弘扬人性、凸显大爱的人。

该剧自2008年上演以来，深入农村和厂矿企业，3次赴西安演出，三度应邀进京献演并走进国家大剧院，受到专家和观众的高度赞誉。在第五届陕西省艺术节上荣获9项大奖，该剧还获得陕西省“五个一”工程奖。

主创人员表

总顾问：胡悦 郑小明

顾问：李金柱 晏朝 余华青

总策划：刘宽忍 井剑萍 钱远刚 兰新哲

策划：齐雅丽 刘南阳 徐敏 王建伟 李博 高德树

出品人：胡志强

制作人：李博 薛宝忠（特邀）

总监制：刘斌

总导演：陈蔚伊

编剧：白阿莹

音乐总监、作曲：赵季平

导演：姚晓明 李芸

作曲、编曲：崔炳元 韩兰魁 李兴派

舞美设计、总监：季乔

灯光设计、总监：周正平

服装、造型设计：梁雷润

主要演员

石娃：贺斌

青青：王晓怡

虎子：韩军

牛娃：武合瑾

老羊倌：瑜桂军

青青娘：徐云霞

媒婆：瑜翠莲

小青青：徐晓莉（特邀） 张萍萍

小虎子：窦娜

翠翠：瑜翠莲

司仪：韩晓东

支持演出：榆林市文工团 绥德黄土地艺术团

读《米脂婆姨绥德汉》

意料不及又回味无穷

走向经典的《米脂婆姨绥德汉》

《米脂婆姨绥德汉》创新的内在动力

榆林市民间艺术团简介

金相玉质的《米脂婆姨绥德汉》

——专家座谈发言摘要

4　本版编辑 徐曦鹏　热线电话 (010)84033768　E-mail yshdf@sina.com　专题　中国艺术报　2009年7月28日

展示黄土高原风情　彰显陕北民歌魅力

——陕北秧歌剧《米脂婆姨绥德汉》在京演出好评如潮

为民间的爱情法则而歌

●贺绍俊

在国家大剧院富丽堂皇的大厅内观看陕北秧歌剧《米脂婆姨绥德汉》，我不仅获得一次美好的艺术享受，而且有所感慨，感慨这是一桩意义深远的事情。

大剧院内精美典雅而又奢华的装潢，似乎只会与那些用美声唱法演绎的西洋歌剧或是那些必须正襟危坐聆听的交响乐联系起来。但就是在这里，传来了陕北高原上原汁原味的粗犷辽阔的民歌曲调，并且赢得了全场观众的热烈掌声。国家大剧院是展示艺术经典的殿堂，当我们观看《米脂婆姨绥德汉》时，不得不承认，民间艺术同样可以成为艺术经典，它登上国家大剧院的舞台，丝毫不逊色于西洋歌剧《图兰朵》等精英艺术，同样也会给国家大剧院增光添彩。另一方面，我在观看这部陕北秧歌剧时，仿佛也在观看历史，一部让民间艺术经典化和精英化的现代历史。60多年前，延安的文艺工作者在新文艺观的指导下，编写了《兄妹开荒》《夫妻识字》等新秧歌剧，这可以看作是专业的文艺家以革命理念改造陕北民间艺术的第一步。由此诞生的新歌剧如《白毛女》等剧具有了更多的精英艺术的成分。《米脂婆姨绥德汉》正是沿着这一思路发展而来，并在民间艺术经典化和精英化方面又有了更大的突破。《米脂婆姨绥德汉》的成功提醒我们，延安时期的文艺遗产是一笔重要的精神财富，今天如何继承发展是大有文章可做的。但我们对这笔文艺遗产的重新认识还非常不够。延安时期的文艺观强调向民间艺术学习，不仅是一个革命化和政治化的问题，还包括着经典化和精英化的问题，其实学习的过程就是一个进行经典化和精英化的过程。陕北秧歌剧《米脂婆姨绥德汉》在国家大剧院的轰动，也让我联想起东北二人转在春晚上的红火。同样是来自民间的艺术，二者处理的方式却完全不同。这些年来，二人转借助电视的功效确实红火了起来，但有关方面只是出于娱乐的需要，以大众文化的方式包装二人转，却根本放弃了对二人转的经典化和精英化的处理，因此其结果只会是媚俗的甚至低俗的。陕北秧歌和二人转都是流行于某个地域的民间戏曲，在表演形式、角色分配等方面都有相似之处。但陕北秧歌自从延安时期的文艺工作者开了学习的头之后，始终是沿着一条不断经典化和精英化的路子走下来，并顺理成章地收获到了《米脂婆姨绥德汉》这一可喜的硕果。准确地说，它已不是原生态的陕北秧歌剧了，甚至它在《白毛女》等新歌剧的基础上又更加精英化、更加经典化。陕西的学者肖云儒因此就将它称之为“秧歌音乐剧”。可以说，《米脂婆姨绥德汉》创造了一种新的艺术样式。

无论如何，《米脂婆姨绥德汉》是在陕北秧歌的基础上发展而来的，是艺术家学习和吸收民间艺术营养的结果。这种学习和吸收是全方位的，主要又是从音乐和民歌这两个方面。音乐无疑是地道的，这得益于作曲家赵季平对陕北音乐出神入化的理解和运用。但光有音乐还不能构成音乐剧，剧的素质同样体现出典型的陕北民间特征，这种民间特征来自剧作家白阿莹对陕北民歌的学习。陕北民歌鲜明地体现了陕北人的性格：大胆、直白、率真。情歌又在陕北民歌中占有相当大的比重。这些情歌是民间表达爱情也是民间宣泄情感的一种方式，它蕴含着民间关于爱情的想象，也体现了民间的爱情法则。白阿莹的构思完全建立在情歌的基础之上，这是一个大胆而又绝妙的艺术选择。于是他在《米脂婆姨绥德汉》中为我们讲述了一个奇特的爱情故事。青青是一位漂亮可爱的陕北姑娘，石娃、虎子、牛娃这三个年轻的陕北汉子都爱她。虎子和青青还在童年的时候就玩过娶亲的游戏，而正是这孩童的游戏在虎子的内心生了根，随着他的成长也长成了一棵粗壮的爱情树。但因为一次悄悄的保护青青他杀死了人，他不得不上山当了土匪，从而中断了与青青的联系。青青长大后爱上了勤劳聪明的石娃，石娃的贫穷却成为他娶青青的现实障碍。牛娃一直是青青家的好帮手，在青青母亲眼里是最合适的女婿人选。三位年轻人都希望能娶到青青，于是就有了矛盾冲突。作者在这种矛盾冲突中诠释了民间的爱情法则。这一爱情法则就是自然、自由和真诚。作者在剧中突出了自然和自由，强调了爱情是人的美好天性。可以说这构成了全剧的主旋律。“天上有个神神，地上有个人人，神神跟着人人，人人想着亲亲”，这几句歌词贯穿始终，正是这个爱情故事的主旨，它寓意深邃，耐人寻味。它告诉我们，爱情是天经地义的，是人类的文明之光烛照下的美好情感，也是人类最自然的情感。而剧中人物用民歌的方式表达得更为直截了当：“三月里桃花满山山红，世上的男人就爱女人。”这看似直白的语言却包含着深刻的哲理。而在这样的唱词中又能体会到民间爱情的真诚：“荞面皮皮架个墙飞，想哥哥想成黄脸鬼。三十里明沙二十里水，八百里路上寻妹妹。”爱情是自由的，是在日常生活中自然生成的，所以老羊倌叔开导失恋的虎子，不是你爱得不应该，而是你与青青长期没接触，爱情不能着急，获取女人爱情的办法是“慢慢缠”。这么简单的道理却又把爱情的本质说透了。至于青青为什么面对虎子丰厚的彩礼毫不动心，坚持要爱一贫如洗的石娃，她也说得很明白：“不图你的人，不图你的钱，只图你那好嗓子”，所以“酒盅盅量米也不嫌你穷”。在中外艺术宝库里，美丽的爱情经典数不胜数，而《米脂婆姨绥德汉》以其陕北人直率热烈、自由大胆的爱情表白足可以跻身其中。

这个剧在文学方面还有许多值得讨论的话题。比如民歌的比兴给这部剧带来的艺术魅力。民歌的比兴甚至可以说是这部剧的魂，就像“面对面站着都想你”这样的民歌表达方式会让你为之惊叹。如果把这些句子抽去，这部剧大概就干枯了。又比如虎子这个“好土匪”的形象在中国传统文化的土匪和武侠形象的谱系中处在一个什么样的坐标点上也是非常值得讨论的。也许人们会对虎子最后的抉择存有疑惑，我个人就不主张用“走西口”来表现虎子的归顺。然而，也正是这种疑惑证明了这个剧在人物形象塑造上的拓展。总之，《米脂婆姨绥德汉》留给我们的不仅仅是瞬时的艺术享受，我期待它不断磨砺，成为一部真正的艺术经典。

陕北秧歌剧《米脂婆姨绥德汉》剧照

编剧白阿莹近照

醉人的乡土气息

●吴文勤

新编陕北秧歌剧《米脂婆姨绥德汉》在国家大剧院上演后，观众络绎不绝，媒体好评如潮，仿佛在炎热的夏天刮来了一股清凉的艺术之风，充分展示了地方戏剧迷人的艺术魅力。该剧的剧情、舞美、歌曲、音乐都是一流的，无论是地域风情的展示、人物形象的塑造，还是民间歌舞的表演、编剧构思的独特，都堪称经典，其给观众带来的美感与震撼也是持久而强烈的。

全剧共分四幕，主要演绎的是米脂姑娘青青与三个绥德青年——虎子、石娃、牛娃之间的爱情故事。在序幕里，青梅竹马的虎子和青青订下了“长大后我要娶你”的婚誓，但在随着时光的流转和人生的变化，这个婚誓遭到了现实的考验。因为虎子被逼上梁山做了“山大王”，石娃和牛娃也都爱上了青青，而青青最爱的则是远近闻名的好石匠石娃。戏剧的内在冲突由此展开，憨厚的牛娃委屈自己的感情做了青青的“亲哥哥”，而虎子与石娃则互不相让，并共同约定七月七太阳落山前为娶青青的期限。四幕戏就围绕着此而展开，石娃“走西口”、青青苦等待、虎子光明正大不玩阴，到七月七这天剧情也达到了高潮：“山大王”下山娶亲，石娃也回家备好了彩礼，二人为此展开了一场荡气回肠的爱情“决斗”。“决斗”的结果是青青和石娃喜结良缘，虎子也决定浪子回头，走出山寨，与石娃、牛娃一起“走西口”，从而谱写了一曲真善美的颂歌。

该剧的感染力既得之于其歌颂美好爱情、美好人性的主题，也得之于其对于主人公性格和人格魅力的塑造。虎子的敢做敢当、石娃的聪明能干、牛娃的无私奉献，都从一个侧面丰富着“绥德汉子”的性格，他们既是一个个有生命力的个体，同时又是一个不可分割的整体。他们三位一体地展示了绥德汉子的力量、性格和情感。而青青则是“米脂婆姨”的代表，她美丽、温柔、心地善良，多才多艺，既有着对爱情的执着，又有着大义凛然的正气。某种意义上，虎子的浪子回头正是她人格力量感召的结果。与此同时，贯穿全剧的迷人的信天游、美轮美奂的各种秧歌表演以及有着浓郁地方特色的文化习俗也为该剧增色不少。

艺术上看，《米脂婆姨绥德汉》构思巧妙，结构紧凑，剧情的发展与人物性格的刻画、音乐舞蹈的表演紧密地结合在一起，独唱、对唱、合唱、独舞、群舞等艺术形式的复合运用，既有着强烈的视听效果，又能对人物心理有细腻的展现和刻画。尤其是“黄河边童年婚誓”这个情节在剧中的反复出现，不仅使剧情前后呼应，而且也为揭示主人公的内在心理矛盾和复杂情绪提供了背景，使得戏剧的冲突和结局均有了逻辑的力量。

近日，大型陕北秧歌剧《米脂婆姨绥德汉》在北京国家大剧院演出。该剧由榆林市民间艺术团排演，张舒伊执导，赵季平任音乐总监，白阿莹编剧。这部以描写青年人爱情故事的秧歌剧，用它充满西北风味的音乐、生活气息浓郁的唱词深深打动了观众，获得好评。本版刊登的评论文章，从不同角度分析了这部秧歌剧的艺术特色。

——编者

苍凉高远　意味深长

●张陵

陕北秧歌剧《米脂婆姨绥德汉》像一股来自黄土高原强劲的风，吹进了北京国家大剧院，也吹进了北京观众的心里。一部有着浓郁的高原民间生活风情的作品，在大城市里受到观众的欢迎，是很正常的。在流行时尚的文化中泡得太多太久，看到这样清新的作品，听到这样动人的民歌，自然会眼前一亮，拍手叫好。

这部秧歌剧以陕北民歌为主调，描写了米脂姑娘青青与几个绥德青年之间的爱情故事，展示了高原民俗生活，讴歌了人们生活中最美好的道德情感，把陕北民歌的精神内涵诠释得丰富多彩，从而展现出陕北民歌独有的艺术魅力。我本人就是一个陕北民歌的热爱者，常常为《山丹丹开花红艳艳》《兰花花》《赶牲灵》这样的民歌所感动。有一年，在延安地区听几个当地的民歌手唱原汁原味的陕北民歌，听得我们所有的人都热泪盈眶。事实上，我们国家任何一个地区的民歌我都非常喜欢，只是陕北民歌能特别快地让我投入其中。我常常想，陕北民歌到底是什么在吸引我们，那高亢悲凉的旋律里在传递着什么牵动我们情感的东西？

看得出，创作《米脂婆姨绥德汉》的艺术家们也在思考着这个问题。他们试图在男女爱情的交往关系中揭示出民歌本性。这部秧歌剧的主要内容就是爱情。这个思路也许不算特别深刻——因为据我所知，所有的民歌主要内容都和男女情爱性爱有关。抓住这一点，某种程度上也就能揭示出民歌之所以动人的秘密。不过，能正确认识到这一点，却是因了我们这个时代。当我们更深刻地认识艺术“以人为本”的精神实质后，写人的基本情感需要的内容主题也就会应运而生。而民歌正是最理想的承载者。从这个意义上说，《米脂婆姨绥德汉》的思考是抓住了我们时代的精神风貌的。仅这一点，就值得我们刮目相看。

爱情是文学艺术永恒的主题。但不同民族、不同地域文化的爱情又呈现出完全不同的生活情态与风情，与一个国家一个民族的生活息息相关而又动人心弦。这正是爱之所以具有人类永恒性的根本所在。这个特质，显然是被《米脂婆姨绥德汉》抓住了。它在青青、石娃、虎子等青年男女之间的情感纠葛中展开矛盾关系，表现了米脂女子的美好心灵和绥德男子的道德力量。通过这种充满生活气息与地域文化风情的男欢女爱，来歌唱生活，歌唱爱情。在这里，民歌的本质内涵在民俗生活的描写中充分显现，让观众感受到，而同时民歌在生活场景中也表现了生活的美。二者互为关系、相映成辉，融为一体，构成了一部优秀作品基本框架。

这部作品的音乐受到陕北民歌的深刻影响，深得陕北民歌之神韵。然而任何民歌又必须经过艺术家的加工再创造才能成为真正的艺术。其实原生态民歌正在期待最优秀的音乐家去再创造，才会有更多的听众，才会突破地域文化限制。《米脂婆姨绥德汉》正是在民歌基础上的一种文人加工创作，形成了有力表现作品主题内容的音乐。

我以为，《米脂婆姨绥德汉》的文学内涵值得一说。尽管秧歌剧可能会更偏重音乐的表现，但剧情本身也具有重要的支撑作用。说实话，要把一句流传下来的俗语变成一个文学剧本，创作难度相当大。这部作品做了相当的努力，也取得了很好的效果。当然，这个努力还可以进行下去——如果当地文化决策部门意识到他们是有可能把这部作品打造成当代经典性作品的话。我个人以为，这部作品的音乐旋律正在显现出经典的气质，经过不断打磨以后，我们完全会有出大作力作的预期。这样的话文学方面也必须跟进，在文学性方面多下功夫。我个人以为，可以更加深刻地认识开掘男女情爱背后的时代社会内涵，更深地揭示生活的本质。我们肯定注意到，陕北民歌虽然多唱的是男女情感，但实际是一种艰难生活的表现——这种民歌正是在民族生存斗争中产生的。例如《走西口》这支歌背后，有着多少艰难困苦的故事，但最后留下来的、积淀下来的就是一首情歌。正是因为多数走西口的人儿回不来了，才会有这首情歌。如果像现代社会生活那样，都能回到家里，共享天伦之乐，那还会有《走西口》吗？

中国民歌的形成过程的基本规律需要创作者重视。写一种纯粹的爱情、写人性并没有错，但如果我们有更多更充实的社会内涵灌注，就可能更有意味，爱情故事可能更具经典性，作品可能会更厚重。写到这里，我们终于知道了，那苍凉高远的陕北民歌，为什么会深深打动我们了。

地方文化资源的整合与重述

●孟繁华

陕北文化曾是现代中国红色文化的重要资源，特别是毛泽东《在延安文艺座谈会上的讲话》发表之后，延安的文艺家经历了一次走向民间的文化洗礼。这场运动之后，五四以来形成的知识分子话语方式实现了向民间话语的“转译”过程。李季的长诗《王贵与李香香》、新秧歌剧《兄妹开荒》《夫妻识字》《十二把镰刀》《牛永贵挂彩》《惯匪周子山》等，就是这个时代代表性的成果。因此可以说，陕北民间文化资源，是实践延安时代毛泽东文艺思想的重要文化资源之一。甚至在粉碎“四人帮”之后，最早取代“阴谋文艺”的大众文艺还是陕北民歌。《山丹丹开花红艳艳》《绣金匾》等一时间唱遍了大江南北，使革命的红色文艺从“样板戏”重新回到了它的源头和起点。改革开放以后，音乐界几度刮起“西北风”。可以说，能够传遍全国并受到普遍欢迎的民歌，大概只有陕北民歌。

大型陕北秧歌剧《米脂婆姨绥德汉》，在国家大剧院的演出，让我们有机会目睹了陕北风情和民歌的巨大魅力。“米脂的婆姨绥德的汉，清涧的石板瓦窑堡的炭。”这句赞美陕北风物风情人杰地灵的民谣，几乎世人皆知。榆林民间艺术团要将“米脂的婆姨绥德的汉”，打造成陕北的文化符号，可以说是得心应手自然天成。“大雨洗蓝了陕北的天，大风染红了陕北的山，天上飘下个米脂妹，地上走来个绥德汉，妹是那黄土坡上红山丹，哥是那黄河里皮筏船，高坡上爱来黄河上喊，米脂的婆姨绥德的汉。”该剧主线选取了陕北民歌最重要的元素，即民间爱情故事。有“小翻蝉”美誉的青青，与虎子青梅竹马，小时候虎子就立下“长大我娶娶你的”婚誓，长大后虎子被逼成了“山大王”，青青不愿嫁土匪；牛娃生性愚憨，成了青青的“亲哥哥”；石娃是远近闻名的好石匠，于是，争夺青青的情感或婚姻战争就在虎子和石娃之间展开了。这个故事是最普遍的大众文艺模式，简单的概括就是“一个女人和三个男人的故事”。但陕北民歌中健康、泼辣、雄健的特点和米脂婆姨敢爱敢恨、绥德汉子耿直粗犷的性格特征，将一出大众文艺的秧歌剧，演绎得雄浑高亢、有情有义。王宏伟、雷佳等倾情投入的演出，将石娃和青青的爱情演绎得感天撼地、惊心动魄。特别是即将曲终人散时，是虎子将青青和石娃送进了洞房。绥德汉子的高风亮节、大仁大义的风范和气度，以及他所承受的巨大痛苦都感人至深。这与坊间流行都市情感剧是大异其趣的。

剧中穿插呈现的信天游、秧歌、腰鼓、剪纸、高跷等民俗文化元素，不仅充分展现了陕北地方文化特色，而且使整个舞台色彩斑斓、跌宕有致、美不胜收。应该说，全剧实现了创作者“唱响陕北文化符号，彰显陕北民歌魅力”的期许和诉求。

每个地方都有自己不同的文化传统，这些文化传统不仅滋养了不同地域的风情风物，而且也培育了独特的性格和价值观。陕北民歌苍凉、高亢、雄浑和深情的曲调，方言俚语中的生动形象和比兴铺排手法，是陕北文化的精粹，也是陕北人民对人生、社会、历史、天人关系，包括爱情关系在内的人际关系自然质朴的表达。《东方红》《兰花花》《三十里铺》《赶牲灵》《走西口》等经典民歌，直至现代通俗流行歌曲《黄土高坡》，将陕北人民无限丰富的内心世界和地域风情表达得鲜活生动、淋漓尽致。作为重要的文化资源，陕北民歌在多种艺术形式中不断再现。在这个意义上可以说，陕北民歌已经成为整个民族文化资源的一部分。与作为艺术元素添加进艺术创作不同的是，《米脂婆姨绥德汉》从整体上发掘了地域的文化精神，在整合和重述中，创造性地提炼出了陕北文化的精要，陕北人的坦荡、豪气、情重如山、一诺千金、信义无价等，得到了形象的诠释；剧中的每一个片段，看似信手拈来，恰是整体构思严谨不露痕迹的佐证。在各地文化产业方兴未艾，纷纷打造自己文化符号和品牌的时候，《米脂婆姨绥德汉》应该说是一个成功的范例。相信经过不断的加工，更精细化地处理情节和场景之后，《米脂婆姨绥德汉》为陕北带来的社会、经济和文化效益，是完全可以想象的。

陕北民俗文化的盛宴

●白烨

对于一个来自陕北地域的文化人来说，信天游等陕北民歌，不仅听来舒心爽耳、荡气回肠，而且是早年的文艺启蒙，长期的文化哺乳，其作用在个人的成长中是无以替代的。

记得还是在上小学前后的幼年与少年时代，村里的老槐树下，常有走乡串村的瞎子艺人弹着三弦说唱《王贵与李香香》等新老信天游。弦音时急时缓，吟唱时高时低，因为觉得好听又好玩，时常听得如醉如痴。因为信天游的对我自小的熏染，便喜欢上了写顺口溜、做新诗，由此渐渐地走上了文学的道路。

后来离开陕北去了西安，再后来又离开西安到了北京，一来二去30多年，人离信天游越来越远了，心里却对信天游越来越惦记了。听到电视节目里的陕北民歌，或得到陕北民歌的音乐盒带，都会有说不出的高兴与愉悦。但这零敲碎打的走近与亲近，总让人觉着不解馋、不过瘾。

正是在这种心境之下，日前有幸观看了由榆林民间艺术团排演的陕北秧歌剧《米脂婆姨绥德汉》。那酣畅又淋漓的信天游连唱，那热烈而奔放的陕北秧歌舞，真是让人既饱耳福，又饱眼福。这出载歌又载舞的秧歌剧实在太精彩了，这样推陈出新的艺术创作实在太需要了。

《米脂婆姨绥德汉》在一女（青青）三男（牛娃、石娃、虎子）的普通人的爱情故事之中，讲述了米脂婆姨的敢爱敢恨，绥德汉子讲情讲义，并由这样的情感主线串结起了一曲曲脍炙人口的信天游名段，镶嵌进了一个个激情飞扬的陕北秧歌舞，构成了一部陕北民间民俗歌舞之集大成。这对于喜爱陕北歌舞的人来说，是一种尽情又尽兴的视听享受，对于分散式性流传于民间的陕北地方文艺来说，也是一种发展式的保存与保护。

《米脂婆姨绥德汉》可以称道的地方很多，比如舞美背景上的凸显黄土高原的沟壑峁坡，服装设计中的对于黄红两色的刻意渲染，音乐表现上的地域特色与现代技法的巧妙融合，舞蹈编排中的尽显陕北民俗的腰鼓、秧歌，等等。但我更看重的，是剧作者白阿莹从原始陕北民歌的丰富库存中，提炼出几十首经典信天游段子，又编创出几十首新的经典性歌词。前者如“天上有个神神，地上有个人人，神神照着人人，人人想着亲亲”，“面对着个面，我都还想你”，“荞面皮皮架个墙飞，想哥哥想成黄脸鬼，三十里明沙二十里水，八百里路上寻妹妹”，“天是被大雨洗蓝的，山是被大风染红的，羊是要天天抓的，女人是要慢慢缠的”，后者如“大雨洗蓝了陕北的天，大风染红了陕北的山，天上飘下个米脂妹，地上走来个绥德汉，妹是那黄土坡上红山丹，哥是那黄河里皮筏船，高坡上爱来黄河上喊，米脂的婆姨绥德的汉”等。既直白抒情，又精妙比兴，构成了陕北民歌信天游的独特魅力，这使它在情感的抒发与表达上具有真切而艺术的不二特色。《米脂婆姨绥德汉》的老词新用与新词妙用，都把陕北民歌这一艺术优长体现得淋漓尽致，这种新老兼备的名段荟萃，不啻是信天游在当代时期竞锦列秀的一大盛宴。它让人陶醉，引人回味，因而弥足珍贵。

就我的粗浅了解而言，作为陕北民俗文化宝库的信天游，有相当一部分是“闹红”之后产生与传唱的，那种“革命坚决”的义勇与“爱情决绝”的执着，相互交织又高度统一，使信天游从过去的软绵绵走向后来的火辣辣，实在是革命与文艺的双重文化遗产。我以为，这一部分民歌资源，还可以再做一些必要的发掘与充分的利用，而由此产生出新的“红色经典”一类的信天游力作，应是完全可能的。对于这一点，我寄予热切的希望，相信很多人也抱有同样的期待。

信报 2009年7月20日 星期一
编辑/龚学智 设计/王红 责校/王一

天天娱乐 雅俗汇 12版

《米脂婆姨绥德汉》首度进京公演

陕北秧歌剧"扭"进大剧院

7月16日至19日，新编陕北秧歌剧《米脂婆姨绥德汉》在国家大剧院连演四场。为呈现出西北豪情，制作方不惜重金打造舞台场景，荒芜的土坡、连绵的丘壑，无不体现出西北高原的气势恢宏。演员们浓厚的"陕北腔"强烈地释放着这片黄土地的热情与奔放。总政歌舞团民歌演唱家王宏伟和雷佳分别饰演该剧男女主角——牛娃和青青这对恋人。整部剧蕴含了秧歌、剪纸、高跷、信天游等陕北民俗文化，洋溢着浓浓的乡土气息。

《米脂婆姨绥德汉》主演雷佳(左)和王宏伟

剧情简介

三个后生都想娶青青

"米脂婆姨绥德汉"是一句古老的民谣，意思是说陕北女子漂亮、男子阳刚。新编陕北秧歌剧《米脂婆姨绥德汉》演绎了米脂女子青青和绥德后生虎子、石娃、牛娃三人之间的爱情故事。

在很小的时候，虎子对青青发誓："长大后我要娶你。"当他们长大以后，虎子为躲避一桩命案被逼到山寨做了土匪，石娃成了远近闻名的好石匠。虎子、石娃和牛娃都想娶青青为妻，青青看上的是石娃。而牛娃却做了青青的"亲哥哥"，他们的爱情结局也随之发生了戏剧性的变化。虎子和石娃约定七月七日太阳落山前为娶青青的期限。七月七日，"山寨王"下山娶亲，而"走西口"的石娃也赶紧回家准备好了彩礼，二人为此展开了一场抢亲争斗。戏剧发展到后来，出乎观众预料，虎子经过强烈的思想斗争忍痛将洞房让给了石娃，自己却拆了"寨子"，引兄弟们走了西口。

现场回放

剧场里搭起黄土高原

演出在重音版的主题曲《黄河神曲》声中拉开帷幕。舞台灯光亮起，观众们看到了大西北的豪景：远处是沟壑纵横、连绵起伏的高原，近处是沟坡土梁下的窑洞，一棵大树倔强地屹立在荒芜的土坡上。

开场后，近景旋转由坡面转入窑洞前，景物旋转，表示星移斗转，时光倒流，衔接转换，非常自然流畅。整个场景的设计手法洗练、简洁，整部戏还是那一抹山，那一棵树，那一弯月，那一轮红红的落日，既有陕北剪纸的风格，又有现代电影场景的表现手法。

痛苦的舍弃使爱升华

米脂姑娘青青是米脂城里的小貂蝉，她敢爱敢恨。虎子和石娃对青青的爱都是那样的赤诚、那样的炽热。任何一个正常的男女无不以获得对方的青睐为目标，而《米》剧却以虎子的舍弃，使爱升华为大爱。

当虎子亲自将自己挚爱的女人送入石娃洞房的那一刹那，虎子的痛苦一定是撕心裂肺的，可是为了自己心爱的女人的幸福，他还是选择了痛苦的舍弃。

鲜明的唱词原汁原味

"黑夜里我抱上枕头睡呀，亲嘴嘴亲了一口荞面皮呀，哎哟哟……""水流千里归大海，走西口的哥哥早回来""三月的桃花满山山红，世上的男人爱女人"……《米》剧中这些鲜明的唱词让北京观众着实领略了一番原汁原味的陕北民歌风韵。剧中所表现的秧歌、剪纸、高跷、腰鼓、信天游等陕北民俗文化和浓浓的陕北乡土气息，使全场观众陶醉在陕北文化的氛围之中。

主创团队

《米》剧汇聚了一流的主创团队。总导演陈薪伊从事舞台剧创作57年，迄今已有舞台作品近80部。她的话剧作品《女人一生》、《奥赛罗》轰动剧坛。2007年，她被国务院命名为"国家有特殊贡献话剧艺术家"。

编剧白阿莹曾任陕西省作家协会副主席。音乐总监赵季平现任陕西省文联主席、中国音协副主席、陕西省音协副主席、中国电影音乐学会会长。

表演团队更是明星荟萃，该剧邀请了王宏伟、雷佳、吕宏伟等担任主要演员，他们的演唱和表演，使剧中人物性格鲜明、形象丰满、光彩照人。

信报记者 江书波

法制晚报 2009.7.23/星期四

文化·消费 A13

国家大剧院首次提出买断音乐剧版权
《米脂婆姨绥德汉》六大看点震撼北京

说起文化陕军，比赵本山东北二人转，湖南卫视电视湘军，港台影视剧，韩流等，更加辉煌，更有根底。从八十年代的歌坛西北风，到九十年代的文坛陕军，从戏曲鼻祖秦腔、陕北民歌，到张艺谋的电影、歌剧、奥运会开闭幕式、新中国成立60周年庆典演出，可谓与时俱进、辉煌不断。大型陕北民歌剧《米脂婆姨绥德汉》引起评论界和新闻媒体的强烈关注："文化陕军正在崛起，这次陕西影视歌舞文化东征来得更猛烈，更震撼！"

国家大剧院非常看好 有意"买断"版权

早在上世纪四五十年代，陕北民歌剧《兄妹开荒》《夫妻识字》等风靡遐迩，特别是《东方红》歌曲更是被放上卫星，影响好几代人。进入21世纪，投资1000万，创作前后历时四年，由著名导演陈薪伊执导，著名作曲家赵季平任音乐总监，作家白阿莹编剧，歌唱演员王宏伟和"民歌小天后"雷佳主演的大型陕北秧歌剧《米脂婆姨绥德汉》凭其独特的魅力横空出世，在国家大剧院连续演出四场，震撼中外观众。

据榆林市文化局局长李博介绍说，该剧在2008年排练期间，总导演陈薪伊向国家大剧院进行了推荐，国家大剧院对这部戏表现出的深厚的陕北黄土精神、黄河精神和人类最本质的东西——人性比较认同，很看好这部戏，提出要买断这部戏，独家出品。后经双方洽谈协商，达成倾向性合作意向，共同出品，联合打造。对此，陈薪伊导演感慨颇多。她觉得这部戏能够首次代表陕西省文化创作成果亮相大剧院，除了实至名归外，更是一种奇迹。

信天游开创中国原生态音乐剧新样式

"米脂婆姨绥德汉，清涧石板瓦窑堡炭"。陕北民歌以其独特的黄土文化色彩在中国音乐界独树一帜，既有传统的爱情歌曲，又有传唱至今的"红歌"，还有劳动大众在田间地头喊出的号子，流行的形式被称为"信天游"。著名剧作家白阿莹和作曲家赵季平联袂打造的《米脂婆姨绥德汉》，开创了中国原生态音乐剧新样式。

编剧以人为本 唱词引爆流行

曾创作京剧现代戏《风雨老腔》、秦腔现代戏《柳河湾的新娘》的著名编剧谢艳春这样评价："从文本来看，《米脂婆姨绥德汉》以民歌为主题，大写意地展示了故事和人物，在原生态民歌的根茎呈现、爱的灵性演绎上下了很大的功夫，使作品具有了真实性、深刻性和丰富性。虽然这种大写意的手法在情节上没有一个细致深入的展现，但正是作者这种淡化情节、着力刻画人物性格的举动，才使作品有了穿越时空的人文光芒。"

赵季平让作品插上音乐的翅膀

作为我国当代最具影响力作曲家之一的赵季平出任本剧音乐总监，用音符对《米脂婆姨绥德汉》的演绎使白阿莹的这部作品更添华彩。赵季平一向以他擅于把握地域音乐特色而著称，长期以来为张艺谋、陈凯歌等导演进行电影音乐创作，是我国目前电影音乐界获奖最多、奖次最高的音乐家。

赵季平对于如何将秧歌剧《米脂婆姨绥德汉》中众多"土的掉渣"的民间歌曲作品进行舞台化处理有自己独特的理解，"在创作中刻意寻求把交响音乐和陕北民族音乐进行有机结合"。

王宏伟雷佳VS西部歌王

有着西部歌王之誉的王宏伟和民歌小天后雷佳的倾情加盟也是该剧的一大看点。对于第一次出现在音乐剧舞台的王宏伟来说，最大的困难就是剧中大量的秧歌表演内容，但是，他无与伦比的音乐表现几乎让观众来不及去看他的表演，便已经沉浸在他挥洒自如的歌声当中了。青年歌唱演员雷佳，嗓音明亮独具风格，对人物把握恰到好处，将一个敢爱敢恨的西北婆姨塑造成了一个令人迷恋的符号。她的天籁之音成为该剧另一道极为亮丽的风景线。

在陕西当地颇有名气的五位原生态歌王也应剧组邀请，加入到了该剧的演出当中，他们联袂献上了最具原生态色彩的陕北信天游。

主创呕心沥血打造精品剧目

《米脂婆姨绥德汉》高水平的演职人员功不可没。演职人员达157人，阵容超强，而500万元的投资更让从前仅靠歌舞、情节"支撑"的秧歌剧在声光效果方面表现得非同一般，因为在此之前，从未上演过如此大规模、大制作的秧歌剧。

中国唱片总公司党委书记赵大新指出："《米脂婆姨绥德汉》创造性将传统民歌与现代编曲相结合，其震撼效果彰显出近年来陕西文化的再度崛起。多才多艺、勤劳创新的陕西人正在打造更多新型影视音乐歌舞作品推向全国，势必引起新一轮文化西北风。"

意料不及又回嚼不尽的魅力

□陈忠实

陕西是一块盛产又盛行民歌的大地。感时感世的和咏叹生活的民歌，生动形象到令人一遍成记；尤其是表白男女情爱的民歌，不仅一遍成记，而且经久不忘。陕北民歌走出陕北走出陕西走向全国，本来属于交流障碍的方言却不构成局限，并为中国南北审美情趣差异很大的各方人群所乐于欣赏，的确是一个奇迹，足以见出陕北民歌独有的气质。随着陕北民歌的广泛传播，米脂出美女绥德出俊汉的佳话也流传到各地。榆林地区要搞一部民歌舞剧，把遍地流传的几成经典的爱情故事升华为一部代表性作品，无疑是适时而又适宜的富于创意性的思路。去年出现一部剧作，邀集西安多位评论家讨论，我也参加了，意见纷纭却都中肯，涉及到剧本的基础性意见，要修改提高，几乎是脱胎换骨的难题。提罢意见和看法后各人回各家了，不知剧作者该费多大的劲才能整出新的剧本来。确实意料不及的是，今年夏天遇见阿莹，说让我看看。原来，那次讨论会后，他竟动了写这个剧本的念头，而且一挥而……

……

这部秧歌剧的唱词也是几近完美的。阿莹穿插了大量的陕北民歌歌词，这些歌词是经历了不知多少年的传唱和不断的锤炼而完成了经典化过程；这些歌词又经过了不知多少年和多少人的传唱，又完成了一个扬弃和筛选的过程；留下来被当代人有滋有味歌唱着的，无疑都是最具生命活力和艺术魅力的唱段。这些经典歌词被剧作家穿插在唱段里，不仅具备原生态的魅力，而且进入了具体的人物对象的心理，也进入具体的情节推进过程中人物的情感……

认识阿莹有许多年头了。上世纪九十年代中期初识阿莹时，他是一家国防工业大厂的领导，指挥着军品生产，业余时间却写着抒情散文。我那时就颇费解，那种冷冰冰的钢铁家伙充塞着脑子，如何转换出诗样的优柔情怀来。我为他的散文集《绿地》作序时，就在心头悬着这个问号。几年后，阿莹调到陕西省委宣传部做领导，分管文艺，应该说与他的特长和爱好接上弦了，确实也显示出内行的效应，陕西文学创作和艺术创作呈现勃勃生机。今年年初，阿莹又调到陕西最大的国营企业当领导，作为外行我都可以想像事务的繁杂和压力之沉重。这人的出众之处在于，不仅把担子挑得悠然，事项有条不紊，伦逸性思路显示着活力，而且业余时间仍能进入形象思维，创作出一部陕北特色的秧歌剧来，在我就不仅是刮目相看了。

愿阿莹的事业兴旺发达，也愿他的创作活力持久鲜活，无疑是最充实的人生。

满目民风醉太平

□彭学明

比高原更高的

□张清华

秧歌剧《米脂婆姨绥德汉》评论

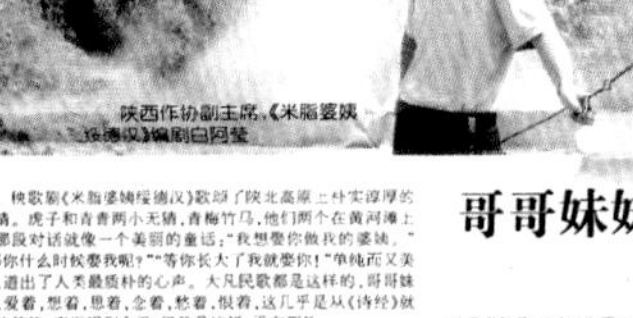

陕西作协副主席、《米脂婆姨绥德汉》编剧白阿莹

哥哥妹妹的歌与爱

□解玺璋

秧歌剧《米脂婆姨绥德汉》歌颂了陕北高原上朴实淳厚的爱情。虎子和青青两小无猜，青梅竹马，他们两个在黄河滩上的那段对话就像一个美丽的童话："我想娶你做我的婆姨。""那你什么时候娶我呢？""等你长大了我就娶你！"单纯而又美好，道出了人类最质朴的心声。大凡民歌都是这样的，哥哥妹妹，爱着，想着，思着，念着，愁着，恨着，这几乎是从《诗经》就有的传统，直至唱到今天，仍然是这样，没有例外。

爱情是不会一帆风顺的，它总是一波三折才有味道。所以，虎子和青青只能"妹是那黄土坡上红山丹，哥是那黄河里皮筏船"，他们的再次相遇不仅需要时间，更需要机缘。果然，世事多变，二人渐行渐远。一个偶然的机会，虎子上山当了土匪，而青青则随着年龄的增长爱上了勤劳、朴实的年轻石匠。如果说青青对虎子的表白还只是一种童言无忌的话，那么，她对石匠的爱却是一个成熟女子的自觉选择，因而也爱得更执著，更深沉。在整个剧作中，青青显然是个亮点。她是个新人形象，是米脂婆姨的新的代表，不仅具有美丽、善良、单纯、坚贞、敢爱敢恨、有情有义这样一些基本的性格特征，而且被想像和描述为一种新的命运，新的人生。我们还记得电影《黄土地》中的那个姑娘，那首著名的《女儿歌》唱出了多少女人的哀怨和伤心："六月里黄河冰不化，扭着我成亲是我大。五谷里数不过豌豆儿圆，人里头数不过女儿可怜，女儿可怜，女儿呦。"

很显然，秧歌剧《米脂婆姨绥德汉》中青青的形象，恰恰是……

……于很多作品，比如《走西口》，比如《兰花花》，比如……甚至比如电影《人生》中的插曲《叫一声哥哥你快回来》，在这些作品中，我们都能看到那个无助而绝望的"女儿"……本形象和姿态，即是望眼欲穿式的眺望。青青……上改变了传统信天游对女儿形象的塑造……

东方的美丽 动人的传奇

□[美国] 石江山(Jonathan Stalling)

对高原浪漫爱情的当代诠释

□李建军

本版责编：胡文杰

光明日报　综合新闻　2014年11月14日　星期五　07

从“下里巴人”到“阳春白雪”

——大型陕北秧歌剧《米脂婆姨绥德汉》走红探秘

本报记者　杨永林　张哲浩

11月12日晚，在第十六届中国上海国际艺术节陕西文化周开幕式上，大型陕北秧歌剧《米脂婆姨绥德汉》再一次在观众中引起强烈反响。

早在2009年7月，该剧首度进京，连续4天在国家大剧院上演，感动了无数首都观众。

是什么让一个地方剧目如此深受欢迎？

几易其稿倾情“智造”

“米脂的婆姨绥德的汉，清涧的石板瓦窑堡的炭。”这在陕北地区甚至在全国都是一句流传甚广的俗语，人们用米脂婆姨和绥德汉来指代美丽的女子和英俊的男子。

如何把这一极具代表性的人文符号通过舞台艺术展现出来，成了当地政府主管部门苦思冥想的一个课题。

2008年，陕西省委宣传部和榆林市经过协商，决定联袂打造这一著名文化品牌：由著名导演陈薪伊担任总导演，原著阿莹任编剧，中国音协副主席赵季平任音乐总监并和作曲家崔炳元、韩兰魁、李兴池共同作曲，特邀著名歌唱家王宏伟、雷佳分别担任男、女主角。

导演陈薪伊对陕北文化有着独特的感受和认知。她说：“我从15岁起就喜欢上了陕北语言和陕北文化，我个人认为，陕北是中国人文主义的发祥地。”在她的倡议下，该剧最终确定以大型秧歌剧的形式面世。

什么是秧歌剧呢？陈薪伊说，秧歌剧就是讲农民的故事、演农民的剧。

陈薪伊回忆说，敲定要创作这一剧目后，受作曲家赵季平邀约，他们一起前往陕西为当地创作秧歌剧，但最初的剧本并不理想。于是，她“将”了编剧阿莹“一军”，要求编剧连夜拿出一个纯爱情的剧本大纲，否则就不导了。没想到第二天吃早餐时，她真的看到了《米脂婆姨绥德汉》的剧本大纲。随后，阿莹又历时两年多完成了剧本创作，期间先后修改了十五六次。

为了创作该剧，阿莹、陈薪伊、赵季平等人多次到榆林采风，积累素材。“天上有个神神，地上有个人人，神神照着人人，人人想着亲亲。”如今，剧中那些曲调优美、寓意丰富的歌词，已经在观众中传唱开来。

融合创新魅力绽放

该剧音乐总监、作曲家赵季平长期以来为张艺谋、陈凯歌等导演进行电影音乐创作。他清楚地记得1983年他与陈凯歌、张艺谋、何群等人为了电影《黄土地》一起到陕北听当地人唱民歌，从下午四点一直到深夜，听得个个脸通红。赵季平说：“我对陕北民歌有着深厚感情，它的不一样在于质朴、不加修饰、发自内心。”《米脂婆姨绥德汉》创作过程中遇到的最大问题在于如何将众多“土得掉渣”的民间歌曲作品进行舞台化处理。赵季平说，他在创作中刻意寻求把交响音乐和陕北民族音乐进行有机结合，仍然具有浓郁的民间特色和地域气息。剧中的唱词则吸收信天游、小调、号子等陕北传统民歌的体裁和表现方式，展示人物的情绪。

该剧由土生土长的榆林市民间艺术团的演员们倾情演出。应剧组邀请，在陕北当地颇有名气的五位原生态歌手也加入了该剧的演出。此外，总政歌舞团著名民歌手王宏伟和雷佳作为“外援”，出演了该剧的男女主角——青青和牛娃这对终成眷属的恋人。尽管二人在民歌界已经很有名气，但出演该剧也是克服了不小的困难。陈薪伊要求每个演员在剧中都要说地道的陕北话，而雷佳是南方人，语言成了她首先要攻克的难关。好在排练过程中有语言环境，现在她已经敢面对镜头熟练地展示成果了。而对王宏伟来说，“演”是难点。他说：“这是我第一次演剧，导演在我身上花了不少心血。”

用心演绎人性真情

《米脂婆姨绥德汉》以乡土风情和当代意识为建构，演绎了米脂女子青青和绥德后生虎子、石娃、牛娃三人之间的爱情故事，向人们展示了“爱是永恒的”这一亘古不变的主题，全剧充满了人文主义的理想色彩。

作为一部新中国成立以来不多见的陕北题材的秧歌剧，《米脂婆姨绥德汉》蕴含了秧歌、剪纸、高跷等民俗文化以及众多陕北信天游，受到了国内非物质文化遗产保护专家的关注，尤其是精彩展现的陕北民俗“娶亲”“雕石”“划拳”以及陕北“秧歌”“腰鼓”等，都是当地地域文化集大成的精彩缩影。其中精心选取的60余首广泛流传的民歌，乐观、健康、诙谐，充满了黄土高坡、秧歌、信天游等文化符号，构成了一幅丰满的陕北民俗风情画卷。

舞台上的布景随着剧情不断变化，一棵象征历史与爱情的大树一直站在黄土地上。在陕北民歌的独唱、对唱与合唱中，在陕北秧歌的扭动中，一个最终以大团圆形式落幕的爱情故事，被演绎得曲折、感人。浓郁的陕北风情、坚贞的纯洁爱情、无瑕的人性真情，被音乐与舞蹈语言渲染得淋漓尽致。

《米脂婆姨绥德汉》自2008年上演以来，多次深入城市农村和厂矿学校，三度应邀晋京献演并走进国家大剧院，受到专家学者和普通观众的高度赞誉。在2008年陕西省第五届艺术节上，该剧以全票获得艺术节优秀剧目、优秀编剧、优秀作曲、优秀荣誉导演、优秀舞美设计、优秀灯光设计、优秀服装设计7项大奖。之后，又先后荣获了陕西省“五个一工程奖”和第9届中国艺术节国家“文华大奖”等奖项。

东方早报　2014.11.13　星期四　|　责任编辑：杨宝宝　美编：王珊珊
文化·上海国际艺术节 | Culture　A40

这出秧歌剧展现“真正的黄土高坡”

《米脂婆姨绥德汉》揭幕“陕西文化周”　西安古乐、“周野鹿鸣”青铜器展同期开幕

早报记者　廖阳

作为今年艺术节的嘉宾省，11月12日至17日，上海国际艺术节“陕西文化周”将举行。今年的陕西文化周汇聚了舞台表演、艺术展览、群文三大类活动。11月12日晚，陕北秧歌剧《米脂婆姨绥德汉》在文化广场为陕西文化周做了揭幕表演。虽然剧中充满了陕北民歌和方言等西北民俗风味，但沪上观众对这部剧完全没有理解上的压力，剧中直白浓烈的男女之情表达，也让习惯了含蓄内敛的南方观众在“惊诧”中欢快地笑出声来。

陕西秧歌剧《米脂婆姨绥德汉》体现了以淳朴、勤俭、乐观为核心的“黄土精神”。

浓缩版的“黄土高坡”

《米脂婆姨绥德汉》体现了以淳朴、勤俭、乐观为核心的“黄土精神”。该剧由陈薪伊任总导演，白阿莹任编剧，赵季平任音乐总监，2008年首演于陕西第五届艺术节，2009年进军国家大剧院，先后四次进京出演。2010年，《米脂婆姨绥德汉》在第9届中国艺术节上获国家文华大奖。

该剧以陕北民歌为链条，用乐观的编创风格，演绎了米脂女子青青和绥德后生虎子、石娃二人之间的“三角”爱情故事。导演陈薪伊希望这部秧歌剧成为一把人文标尺，“讲人性的大爱大恨，爱得美，恨得也美。”两个小时的演出时长内，《米脂婆姨绥德汉》前后串联了三十余首陕北民歌，也穿插了秧歌、剪纸、高跷、信天游等陕北文化，娶亲、雕石、划拳等民俗文化亦在此做了缩影呈现，活脱脱一个浓缩版的“黄土高坡”。

主演青青的王晓怡是榆林市民间艺术团的资深演员，唱陕北民歌已有20余年。演出前，王晓怡对早报记者说，虽然剧里有不少陕北民间歌舞元素，“但演员都是用陕北普通话，所以大家都能听得懂。”有一次艺术团去广东大学城巡演，第一场并没坐满，后面三场却都接连爆满，连走廊里都站满了人。“因为广东人没见过真正的黄土高坡是怎么回事，大家觉得很新鲜。”主创团队都相信，这部剧走进上海并不存在语言和理解上的问题。

王宏伟临阵“救场”

值得一提的是，原定主演石娃的演员贺斌因右腿骨折没有参与揭幕表演，而改由总政歌舞团歌唱家王宏伟临时救场。王宏伟正是《米脂婆姨绥德汉》2008年首演时的男主角。

这部秧歌剧最初吸引王宏伟的地方，在于有非常浓烈的民族音乐元素。“我从小在新疆长大，参军以后一直呆在西北。”王宏伟对陕北有特殊的情感，尤其是当地的本土音乐在他看来别具魅力。但在2008至2009年接连演过五六场《米脂婆姨绥德汉》后，王宏伟因为工作变动很少再有机会演这部剧，直到11月10日晚，王宏伟才临时接到“救场”《米脂婆姨绥德汉》的通知。

五年没演这部剧，王宏伟坦言自己将音乐、歌词、调度都忘得差不多了。这两天，他基本没睡，11月11晚参演完《名家与经典》后，与王晓怡连夜彩排至11月12日凌晨4点，12日当天又从中午排到下午4点。

回想起2008年首演该剧时的情景，王宏伟笑说，剧中的“陕北普通话”对他来说难度最大，“陕北方言和陕南、陕中的方言都不一样，而是在细节处有很多变化。”那时，王宏伟为了学好方言，特意在陕北住了三个月，跟当地演员同吃同住同排练，“这次重新捡起来倒是难度不大。语言一旦学会了，烙印就很难忘了，最难的变成台上来来回回的几十个舞台调度。”剧中，王宏伟前后要唱十余首陕北歌曲，有传统民歌如秦腔，也有赵季平后来改编的新歌，乡土气息浓郁，也很接地气，“但学起来并不容易，因为牵扯到语言和韵味的问题，要把握其中的微妙要下点功夫。”

除了陕北秧歌剧，本次“陕西文化周”还有一系列活动同期举办。11月14日，被称为中国古代音乐“活化石”的“西安鼓乐音乐会”将于上海贺绿汀音乐厅上演。11月12日，“周野鹿鸣——宝鸡石鼓山西周贵族墓地出土青铜器展”作为陕西文化周的重点活动，已于上海博物馆开幕。

陕西日报 Shaanxi Daily
责编：张立 版式：宏英
校检：林莫 秋硕 图编：宏丽
E—mail:sbbj511@sohu.com
文化周刊 5
2014年11月14日 星期五

沪上劲吹陕北风

——秧歌剧《米脂婆姨绥德汉》在上海演出引起强烈反响

11月12日晚，作为第十六届中国上海国际艺术节陕西文化周的重量级作品，陕北秧歌剧《米脂婆姨绥德汉》在上海文化广场倾情上演。"米脂婆姨绥德汉，清涧石板瓦窑堡炭"这句流传在陕西民间意思是说陕北女子漂亮、男子阳刚的俗语，成为陕北乃至全国人民对男人和女人人格魅力的终极赞誉。米脂婆姨到底有多柔美，绥德汉究竟有多豪迈？由陕西省委宣传部和榆林市委、市政府联合打造，由陈薪伊任总导演，阿莹任编剧，赵季平任音乐总监的超强的创作阵容，用《米脂婆姨绥德汉》这一几近完美的作品，让上海观众领略了一个美丽的传奇……

沪上演出引轰动

12日晚，《米脂婆姨绥德汉》在上海文化广场的演出引起了巨大轰动，能容纳近2000人的剧场大厅座无虚席。演出期间，观众鼓掌多达数十次；演出结束后，虽然演员数次返场，但观众仍久久不愿离去。

该剧演出前，有人担心上海观众因为听不懂陕北方言影响观看效果。事实证明，这种担心是多余的。虽然剧中充满了陕北民歌和方言等西北民俗风味，但沪上观众对这部剧完全没有理解上的压力。剧中直白浓烈的男女之情表达，也让习惯了含蓄内敛的南方观众在"惊诧"中欢快地笑出声来。主演青青的王晓怡是榆林市民间艺术团的资深演员，演出前王晓怡自信地表示，虽然剧里有不少陕北民间歌舞元素，"但演员都是用陕北普通话，所以大家一定能听得懂。"两个小时的演出时长内，《米脂婆姨绥德汉》前后串联了60余首陕北民歌，也穿插了秧歌、剪纸、高跷、信天游等陕北文化，娶亲、雕石、划拳等民俗文化亦在此做了缩影呈现，活脱脱一个浓缩版的"黄土高坡"。现场观众看得如痴如醉，不少人跟着演员学起了陕北话。

演出结束后，剧场里掌声如雷，观众不约而同站起来，向台上艺术家们的精彩表演致敬。在演职人员首次谢幕后，很多观众拥到台前，争相和王宏伟、王晓怡、雒胜军等主要演员以及导演陈薪伊握手、索要签名。上海市民李先生冲着台上大声喊道："你们演得太好了，谢谢你们！"曾在西安生活过48年的刘先生看完演出后非常激动："我听说《米脂婆姨绥德汉》要来上海演出，早早就把票买好了。今天演员们的表演让我落泪了，因为他们又让我回想起在陕西生活的几十年难忘的岁月。刚才有人问我为什么哭，我说因为我是陕西人，来看乡党们啦！"由于众多观众始终簇拥在舞台前，演员们不得不多次谢幕，但仍然无济于事。有观众说："让羊倌（雒胜军）再唱一首陕北民歌！"大家就纷纷鼓掌响应。最终在剧场工作人员的干预下，演职人员才得以返回后台。一位田女士追着工作人员问："这个剧还演不演了？"在得到只演一场的答复后，她显得极为遗憾："太可惜了，这么好看的演出，我还想带家里人和朋友来看呢。"作为主办方，中国上海国际艺术节中心总裁王隽女士对《米脂婆姨绥德汉》的成功上演给予了高度评价："很多上海观众都是首次领略到这种纯正浓郁、具有鲜明地域特色的秧歌剧。《米脂婆姨绥德汉》生动写实的表现手法和反映出的厚重的陕北历史文化让我们深受感染。这个剧人物情绪饱满，表演质朴、真实、接地气，艺术表现力强，特别具有穿透力，非常受观众喜欢。我们上海艺术节邀请嘉宾省参演，就是要体现艺术的多元化和多样性，《米脂婆姨绥德汉》淋漓尽致地做到了！"

在记者随着人流出场时，清晰地听见有上海观众还在哼唱：天上有个神神，地上有个人人，神神照着人人，人人想着亲亲……

大爱阐释陕北情

《米脂婆姨绥德汉》是一个文化符号，更是一把人文标尺。该剧以男女爱情为主线，以陕北民歌为链条，以乡土风情和当代意识为建构，用乐观、健康、积极、向上的编创风格，演绎了米脂女子青青和绥德后生虎子、石娃、牛娃三人之间动人的爱情故事。

在很小的时候，虎子和青青订下"长大以后我要娶你"的婚誓。时光荏苒，当她（他）们长大以后，虎子被逼离家上了"山寨"，石娃成了远近有名的好石匠，而牛娃成了青青的"亲哥哥"，她（他）们的爱情结局也随之发生了戏剧性的变化。虎子和石娃都想娶青青为妻，约定七月七日太阳落山前为婚限。七月七日"山寨王"下山娶亲，而"走西口"的石娃也赶回家备好了彩礼，二人为此展开了一场抢亲争斗，唱响一曲荡气回肠的爱情赞歌！

戏剧是一棵古老的参天大树，古老的命题往往是具有现实性的命题。爱是永恒的，从古至今，生生不息。青青对爱情的执着，虎子的豪侠仗义、敢取敢舍，石娃的刚毅不屈、聪明能干，都给我们留下了宝贵的精神支撑。中国有九亿农民，社会的和谐和民族精神的弘扬需要他们来支撑和托举。《米脂婆姨绥德汉》正是反映了这样一群笑对人生、弘扬人性、凸显大爱的人，以此来艺术地体现黄土地深厚的内涵、黄河博大的精神以及一种民族的、人类的大爱！

明星助阵西北风

《米脂婆姨绥德汉》这部陕北秧歌剧自2008年10月在榆林首演面世以来，不断登上一个又一个艺术高峰，成为陕西倾力打造的优秀舞台精品。其中一个很重要的原因，就是众多明星加盟助阵，使这部蕴含了秧歌、剪纸、高跷等民俗文化以及众多陕北信天游的大型作品从一问世，便受到了社会各界的广泛关注。

该剧总导演陈薪伊从事舞台剧创作近60年，迄今已有舞台剧作品近100部。曾多次获中宣部"五个一工程奖"及中国戏剧节、中国艺术节、中国京剧节以及各省市戏剧节等各类戏剧奖项。在演出正式开始前，70多岁的陈薪伊亲自走上舞台，为现场观众推介陕北文化，讲述秧歌剧的来历。她笑着说："我是西安人，在西安出生，现在是上海居民。所以，我是以双重身份欢迎大家来观看这场演出。什么是秧歌剧？秧歌剧就是农民的故事、农民的剧。我从15岁起就喜欢上了陕北方言和陕北文化，这块土地神奇极了，我个人认为，陕北是中国人文主义的发祥地。"

该剧编剧阿莹早在上世纪80年代初就开始文学创作，至今笔耕不辍，发表了大量具有浓郁地方气息的优秀作品，先后荣获冰心散文奖和徐迟报告文学奖。说到《米脂婆姨绥德汉》的创作，还有一段趣事。当年陕西要创作一部精品剧目，挑了20多个剧本，请来许多知名导演开会研讨，可是他们对剧本都不是很满意。导演陈薪伊开玩笑说，如果你能写出个剧本，我就来担任导演。结果那天夜里，他突然有了灵感，不到天亮，就写出了一个剧本大纲。第二天陈薪伊导演看了当场拍板，说这就是她想要的故事轮廓。创作剧情相对容易，可在很短时间内创作出几十首陕北民歌歌词，这对从没搞过歌词创作的阿莹来说是个极大的挑战。他不是陕北人，也没有在陕北生活的经历，怎样才能活灵活现地运用陕北方言，写出信天游式的民歌来？在动笔前，他翻遍了5本厚厚的陕北民歌集，又找来榆林等地的方言书悉心研究，还拜托当地朋友找了大量陕北酸曲，深入了解陕北民歌的表达方式。在长达四年的创作时期内，编剧不断地深入陕北各地采风，学习陕北的风土人情。四年间，始终围绕最初的提纲，十易其稿，硕果终成。著名作家陈忠实更是对这个剧本赞美有佳："这部歌舞剧的唱词是几近完美的。"

秧歌剧《米脂婆姨绥德汉》创作过程中遇到的最大问题在于如何将众多"土得掉渣"的民间歌曲作品进行舞台化处理，为此，身为音乐总监的著名作曲家赵季平在创作中刻意寻求把交响音乐和陕北民族音乐进行有机结合。由于加入了现代作曲手法，使得音乐表现更加具有交响特点，而且时代感跃然台上，整个戏剧的张力也突出了。最难能可贵的是，观众听到舞台上的音乐呈现仍然具有浓郁的民间特色和地域气息，这对于陕北民歌在当代的进一步开发和传播具有重要的作用。此外，剧中的唱词则吸收信天游、小调、号子等陕北传统民歌的体裁和表现方式，贴合剧情发展，充分而恰当地展示了剧中人物的情绪。

有了艰苦的付出，必定会有丰硕的回报。《米脂婆姨绥德汉》自上演以来，深入农村和厂矿企业，三度应邀进京献演并走进国家大剧院，受到专家和观众的高度赞誉。2010年，《米脂婆姨绥德汉》在第9届中国艺术节上获国家文华大奖。演出获得的巨大成功，让《米脂婆姨绥德汉》从陕北舞向了上海；接下来，这部精品巨作将会再接再厉，继续走向更大的舞台！　　本报记者　王戈华

11月12日，陕北秧歌剧《米脂婆姨绥德汉》亮相第十六届中国上海国际艺术节陕西文化周，其乐观、健康、积极、向上的编创风格和演员精湛演技震撼上海观众。　　本报记者　袁景智摄

虎子（韩军扮演）带领众弟兄与石娃（王宏伟扮演）带领众后生争抢青青

《米脂婆姨绥德汉》
经典唱段选

序幕：黄河神曲

（童声独唱·齐唱）

阿　莹　作词
赵季平　作曲

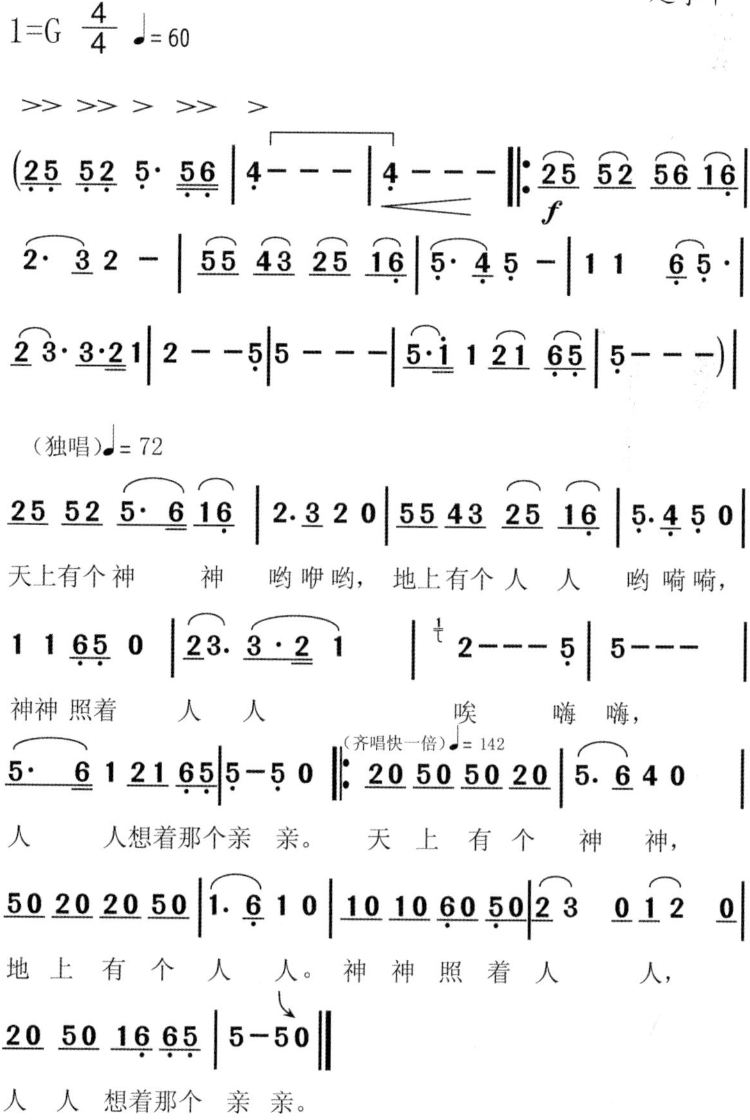
1=G 4/4 ♩=60
（独唱）♩=72
天上有个神　神　哟咿哟，地上有个人　人　哟嗬嗬，
神神照着　人　人　唉　嗨　嗨，
（齐唱快一倍）♩=142
人　人想着那个亲　亲。　天　上　有　个　神　神，
地　上　有　个　人　人。神　神　照　着　人　人，
人　人　想着那个　亲　亲。

一对对毛眼眼照哥哥

（青青唱）

阿 莹 作词
赵季平 作曲

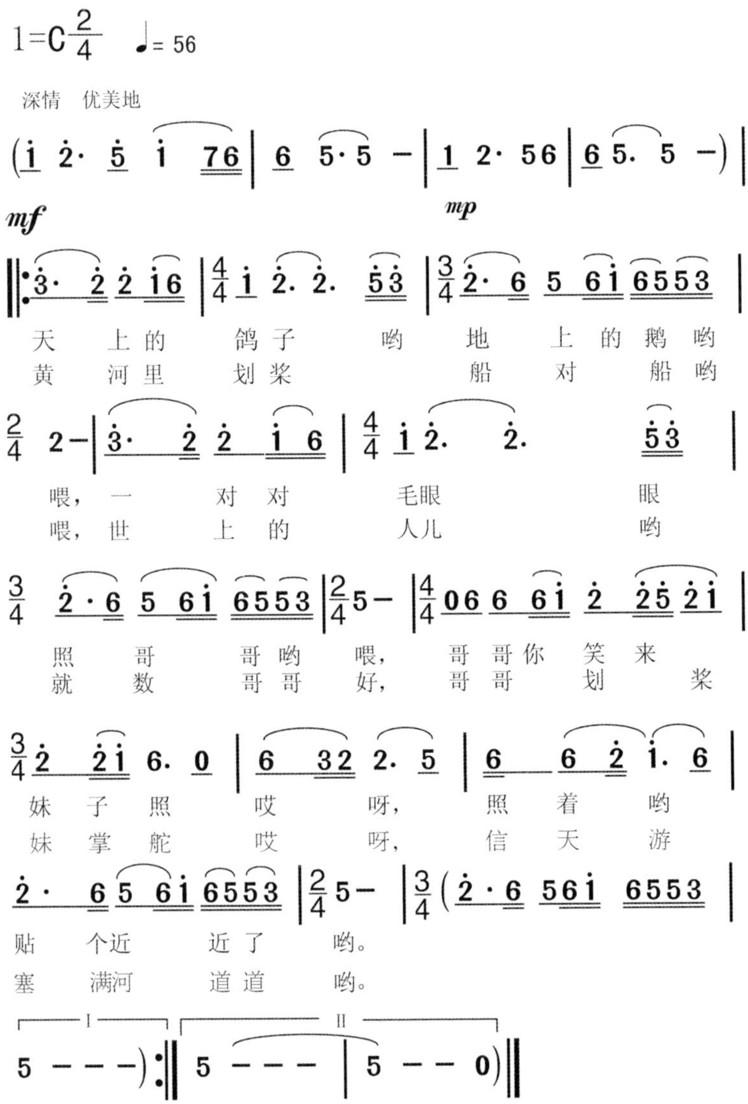
1=C 2/4 ♩= 56
深情 优美地
mf
mp
天 上的 鸽子 哟 地 上 的 鹅 哟
黄 河里 划桨 船 对 船 哟
喂，一 对 对 毛眼 眼
喂，世 上 的 人儿 哟
照 哥 哥 哟 喂，哥 哥你 笑 来
就 数 哥 哥 好，哥 哥 划 桨
妹 子 照 哎 呀，照 着 哟
妹 掌 舵 哎 呀，信 天 游
贴 个近 近 了 哟。
塞 满河 道 道 哟。
I
II

天上的星星亮晶晶

（青青唱）

阿　莹　作词
赵季平　作曲

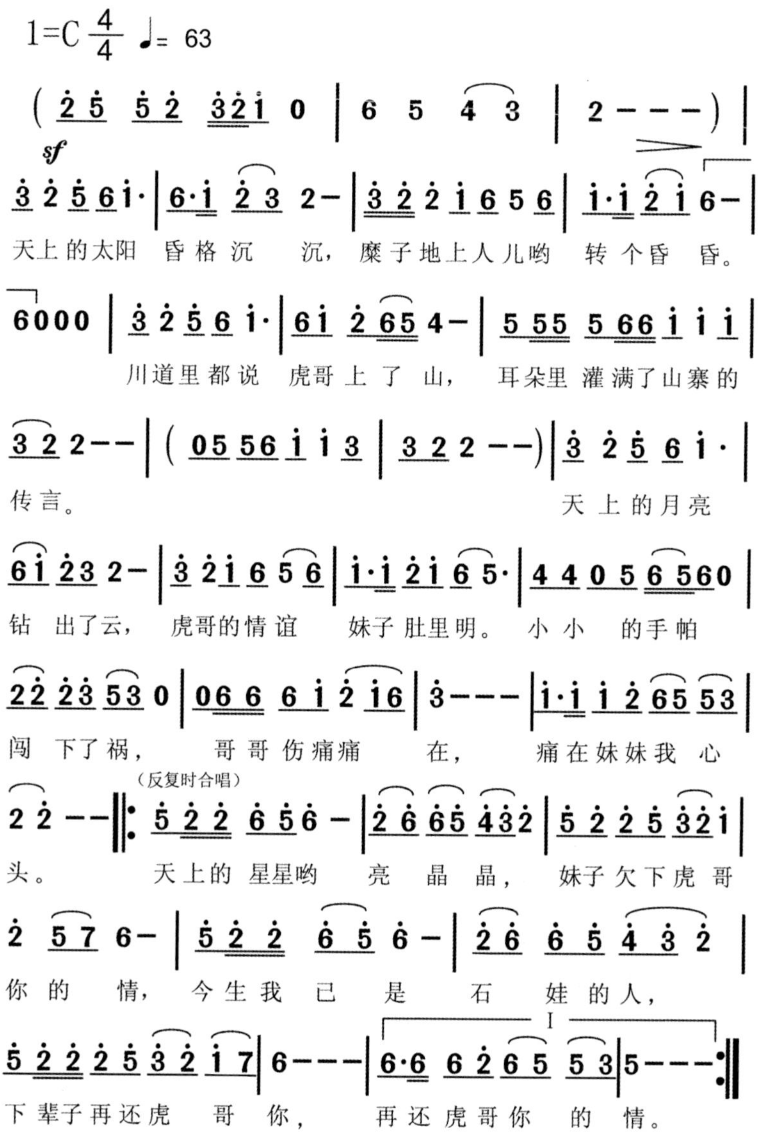

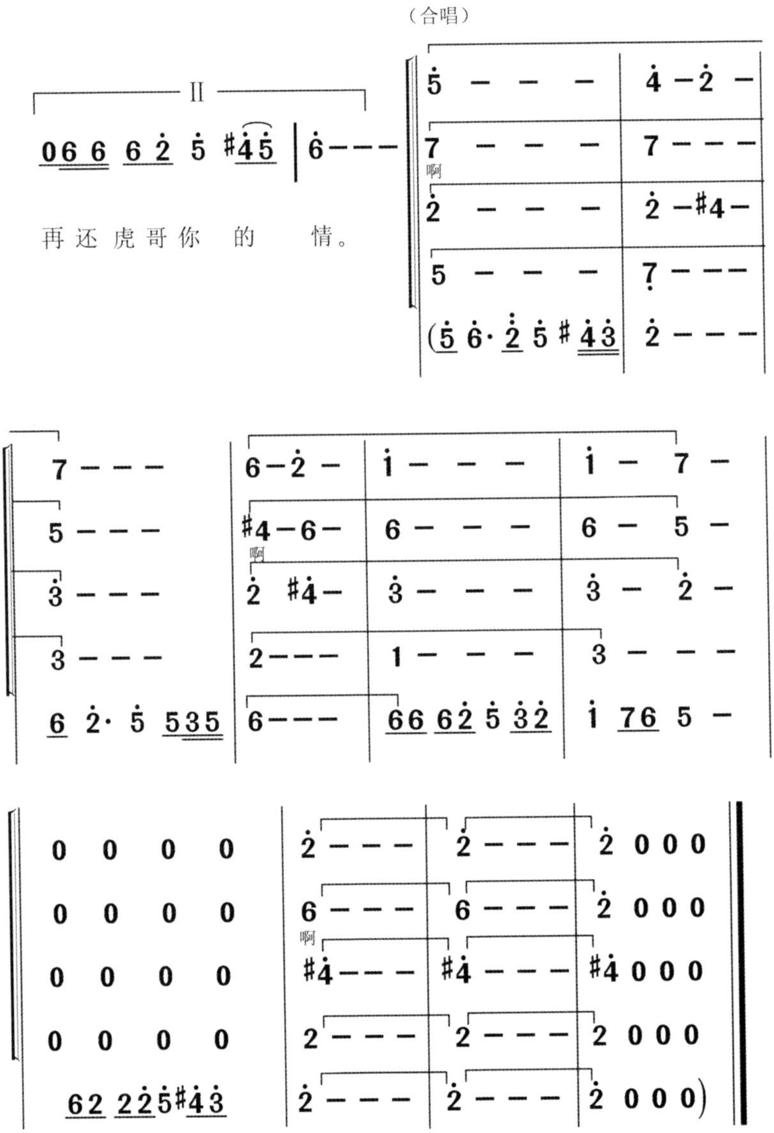
（合唱）
II
再还虎哥你的情。
啊
啊
啊

米脂婆姨绥德汉

（尾声合唱）

阿　莹　作词
赵季平　作曲

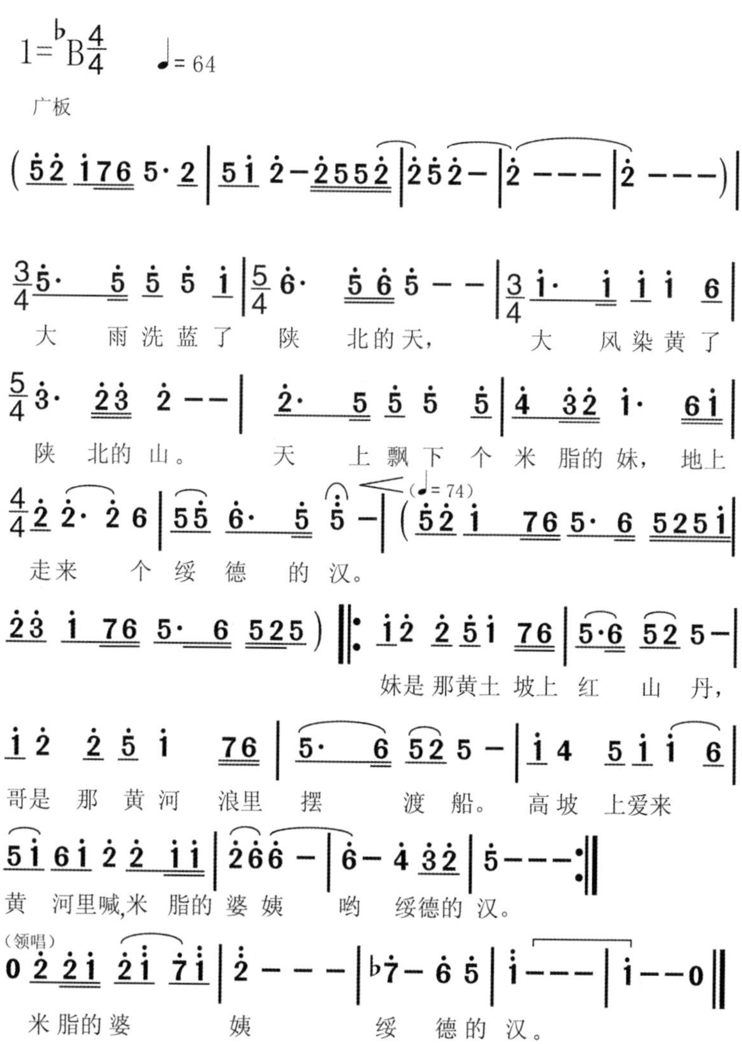

《米脂婆姨绥德汉》
大事记

榆林市民间艺术团
陕北秧歌剧
米脂婆姨绥德汉
Mi Zhi Po Yi Sui De Han

组织机构及演职人员

制作人：李　博　薛宝忠
总监制：刘　斌
总导演：陈薪伊
编　剧：白阿莹
音乐总监：赵季平
作曲、编曲：赵季平　崔炳元　韩兰魁　李兴池
导　演：姚晓明　李　芸
舞美设计、总监：季　乔
服装、造型设计：吴雪润
总导演助理：康世进　汤新新
副导演：燕小军　赵　青
舞台总监：刘晓霞
民俗顾问：孟海平　塞　北
演　奏：中国爱乐交响乐团
合　唱：中国爱乐交响乐团合唱队
石　娃：王宏伟　贺　斌　李　勇
青　青：雷　佳　王晓怡　王　贝
虎　子：吕宏伟　韩　军　张胜宝　雒胜军
牛　娃：武合瑾
老羊倌：雒胜军　郝榆生
青青娘：徐云霞
媒　婆：雒翠莲
群众演员：榆林民间艺术团演员队

中国音乐剧《米脂婆姨绥德汉》由陕西榆林民间艺术团演出，由阿莹编剧，陈薪伊导演，赵季平作曲，歌唱家王宏伟、雷佳、吕宏伟与“十大陕北民歌手”王晓怡、贺斌、韩军分别担任主演，榆林市民间艺术团的150多名演员参演。演出以来大事记述：

1．2006年6月14日，在陕西西安丈八沟陕西宾馆，确定打造一台陕北民歌剧，阿莹为此剧编剧，陈薪伊、赵季平分别为导演、作曲。会议研究了编剧阿莹提出的剧情大纲，一致同意以此为基础进行创作。

2．2006年8月15日，编剧撰写《米脂婆姨绥德汉》初稿，邀请有关人员进行研讨。

3．2007年9月，《米脂婆姨绥德汉》编剧、作曲、导演在西安商讨后，确定剧本交赵季平转入作曲阶段。

4．2008年4月15日，《米脂婆姨绥德汉》剧组在陕西榆林民间艺术团举行开排仪式，正式开始排练。

5．2008年10月12日，《米脂婆姨绥德汉》在陕西省榆林市进行首场演出，观众反响热烈。

6．2008年10月21日至23日，《米脂婆姨绥德汉》作为陕西省第五届艺术节的重点参演剧目，在西安连续演出三场，获得艺术节优秀编剧奖、优秀导演奖等七项大奖。第十届全国人大常委会副委员长蒋正华，中共陕西省委书记赵乐际、省长袁纯清与观众一起观看了演出。

7．2009年5月，《米脂婆姨绥德汉》获陕西省第十一届精神文明建设“五个一工程”奖。

8．2009年7月16日至19日，《米脂婆姨绥德汉》连续在国家大剧院演出四场。全国政协副主席陈宗兴，总政治部主任李继耐和100多名省部级领导与观众先后观看演出。

9．2009年7月20日，中国剧协在北京召开《米脂婆姨绥德汉》研讨会，与会专家对该剧获得的成功给予积极评价。

10．2009年9月28、29日，为庆祝新中国成立60周年，《米脂婆姨绥德汉》应邀二次进京在中国大剧院隆重献演。

11．2010年2月，《米脂婆姨绥德汉》荣获文化部文华新剧目奖。

12．2010年2月6日，由剧本杂志社在北京举办了《米脂婆姨绥德汉》专家研讨会，与会专家对《米脂婆姨绥德汉》的成功演出进行深层次的分析。《剧本》杂志随后在重点关注栏目推出《米脂婆姨绥德汉》剧本和研讨会摘录。

13．2010年3月12日，《米脂婆姨绥德汉》第三次进京在全国政协礼堂为全国“两会”倾情献演。中共中央政治局委员、中宣部部长刘云山及部分两会代表观看演出，评价该剧是戏剧舞台的新收获。

14．2010年6月3日，在广州举办的第九届中国艺术节上，《米脂婆姨绥德汉》荣获中国文华大奖特别奖，囊括全部单项奖，即剧作奖、导演奖、音乐创作奖、舞台美术奖、优秀表演奖和表演奖。

15．2010年12月8日至10日，《米脂婆姨绥德汉》第四次进京在北京保利剧院连续演出三场。

16．2011年7月9日，由中国艺术研究院、中共陕西省委宣传部、陕西省文化厅共同主办，艺术评论杂志社承办的《米脂婆姨绥德汉》与中国原创音乐剧发展研讨会在京举行。与会专家学者讨论了《米脂婆姨绥德汉》的艺术特点与成就，以及该剧对中国音乐剧发展的贡献，认为该剧由陕北秧歌剧改为中国音乐剧更能体现该剧的特色。《艺术评论》杂志随后推出了《解读·〈米脂婆姨绥德汉〉》专栏，刊发部分评论文章。

17. 2012年9月6日，中国文联、中国剧协在湖北潜江举办颁奖晚会，《米脂婆姨绥德汉》荣获第二十届中国曹禺戏剧文学奖（第四届中国戏剧奖曹禺剧本奖）。

18. 2014年11月12日，参加第十六届中国上海国际艺术节展演引起轰动。

19. 2018年2月23日，陕西绥德县剧团复排《米脂婆姨绥德汉》，定点演出，受到群众欢迎。

从左至右：青青扮演者王晓怡、导演陈薪伊、编剧阿莹及石娃扮演者贺斌在北京保利剧院演出结束后向观众致意

2009年7月17日，编剧阿莹与石娃的扮演者王宏伟、青青的扮演者雷佳在国家大剧院演出结束后合影

后　记

这本书要再版了，我挺欣慰。当这本书正在印刷的时候，获得了第二十届曹禺戏剧文学奖，在湖北潜江人民会堂，我捧过奖杯就想过很多……

我确实没想到一个偶然为之的剧作《米脂婆姨绥德汉》会产生这样持久的反响，有时自娱地翻阅前前后后的剧本或评论，自己似乎也感觉这部戏产生的气场直要将我裹挟进去，进而便会“沾沾自喜”地以为正在“走向经典”了。其实静下心来细细地想想这部剧作，固然可圈可点的地方不少，但专家学者们的评论也常常让我羞涩和深思。

也许这个戏能得到一些掌声真的是个偶然。从2006年秋天首演到今天，已经先后在国家大剧院、中国剧院、保利剧院、全国政协礼堂等一系列国内顶级的剧场上演亮相，还在第九届中国艺术节上获得文华大奖特别奖和文华优秀编剧奖。圈里的朋友告诉我这台戏还是那届艺术节唯一囊括全部七个奖项的剧作，我为此很是兴奋了些日子。现在想来，这部戏的成功，可能还因为剧作表现了那个“永恒的主题”，那个被无数文学和戏剧作品表现了几千年的主题，在今天依然容易燃起火样的激情和持久的热度，以至于《米脂婆姨绥德汉》一上演便受到追捧和关注。然而，由于我瞻前顾后的私虑，纷至沓来的专家学者们的评论和宣传稿件基本上被我“压制”了，使得许多朋

2009年7月17日，在国家大剧院编剧与演职人员合影

友很是费解，甚至打来电话诘问，特别是为这部戏直接付出了心血的主创们更是颇有微词，使得我也很是懊恼呢。

其实，我是一直爱好创作小说散文的，但笔下流走的那些文字从没有这样集中地被关注过，而这偶然为之的“跨界”创作，却给我以鼓舞与收获。我以为这是深入生活的一个收获。而且我感觉剧本创作有一个别于其他文学门类的特点，就是剧作的最终呈现不仅可以获得观众直接的掌声，还能结识很多执迷舞台艺术的朋友，从而给自己的生活增添许多的情趣。而那些专家学者们的评论更从不同侧面给了我许多的肯定，那每一条批评和每一段赞誉我都会铭记于心细细品味，积累为我的精神财富。所以，为弥补我的“私虑”，有朋友提议将剧本和评论汇集成册，既给专家朋友们以尊重，又能让大家更好地了解和认识这部剧作的创作过程，也算对自己是个总结。我以为这里更多的是以此方式向关注此剧的朋友们鞠躬致谢。

这里要说明的是，这部戏首演的时候，定名为“陕北秧歌剧”，这样的定位是有其道理的，可以让人们更直接地感受到鲜明的地域特色，而且导演也巧妙地用这方舞台集中展示了陕北的民俗，作曲也选择了信天游的音韵风格。但是2011年7月在京召开的“《米脂婆姨绥德汉》与中国原创音乐剧发展”研讨会上，众多专家学者认为这部戏就是中国式的音乐剧，符合音乐剧的各种要素，还有些专家则认为这应归类为歌剧，而且这部戏将来是要走出去的，翻译成音乐剧或歌剧都好理解，若定位为陕北秧歌剧恐怕会影响受众面；而且陕北秧歌剧只是流行于陕北地区的一个小型地方戏曲剧种，远没有这么大的容量，也没有形成自己的曲牌和程式。所以在准备出版这本书的时候，我们就按多数专家们的意见将其定名为“中国音乐剧”了。

这部戏从草创到演出，得到过许多的鼓励和支持，这里我要真诚地向有关领导和同志们表示由衷的谢意，特别要感谢陕西省委和榆林市委的领导以及质朴热情的演员们，正是他们的坚持和努力才使得这部戏能够站立到舞台上。记得在西安首演结束后，我把省委书记的贺词宣读给演职人员，大家兴奋与激动的掌声经久不息。而且每每看到榆林市后来授予的“荣誉市民”的奖杯，总是让我感慨万端。所以这本书应该是我献给陕西、献给榆林的一个礼物了。

我想，陕西人民出版社读懂了我的心思，操持出版又再版这本《米脂婆姨绥德汉》剧本和评论，我相信这部戏会在岁月的磨砺中走得更远。也有许多朋友期待我能创作出新的作品，我还是说，努力争取吧……

2014年6月22日修改于长安新城

再版后记

这本书已经再版了两次，出版社又要再版了，我感到挺欣慰的，想不到一个剧本还能有这么多读者的关注。

《米脂婆姨绥德汉》从首演到现在已经十年，从案头创作到现在已有十三年了，回顾这个过程令人欣慰，也令人感慨。而于我是要格外感谢这部剧的，倒不是因为这部剧获得了那些奖项，而是由于这部剧的创作，让我恢复了年轻时的梦想，使我开始接触和认识舞台，后来又创作了话剧《秦岭深处》、秦腔《李白在长安》、实景剧《出师表》和歌剧《大明宫赋》，尤其是还陆续写了三部散文集和一部小说。可我实在笨拙，每篇散文要改上七八遍才敢拿去示人，每部剧作也都要改上二三十稿才可能搬上舞台。不过，尽管其间甘苦自知，带给我的欣喜是长久的，让我工作之余钻进文字堆里享受了喜怒哀乐，忘却了难以言状的烦恼，我时常抚摸那一米多厚的稿纸，不由得感慨连连，人好像到了我今天的年龄不由得喜欢多愁善感了。

这部剧作出版时，我执拗地将几段演出时导演未采纳的唱段恢复了，想让读者了解这部作品本来的面貌，但是十年过去今要再版时，我仔细琢磨演出本与原稿的差异，感觉删掉的那几段似乎有累赘之感。所以，这次再版我将演出本稍作润色交给了编辑，以便让读者见到此剧演出的面貌。

听从音乐圈朋友的建议，这次我给大多数歌词加了标题，据说有了标题才便于传唱，我觉得已经演出十年了，若能传唱早就传开了，根本不在有无标题，但我还是加上了，只为演唱方便。

有陕北朋友对主人公虎子作为“山寨头”时有建言，能不能给他换个身份，我觉得在很久“以前”的那个年代，山寨头不是只知道打家劫舍的，也是有血有肉的，也是有胸怀有爱情的，《水浒传》不就表现了一群山寨头的故事吗？还有朋友考究剧中故事的发生地，其实艺术是不拘泥于生活的，从一定意义上讲米脂婆姨绥德汉便泛指陕北人，大可不必与一地一事相联系，我创作之初就是这样考虑的，而今看来这个黄土高坡上的爱情故事依然让我激动不已。

这里我还想说的是，这次绥德剧团很有魄力地将《米》剧又搬上舞台，以作为常态化演出，掌声依然不断响起，我想这部剧若能扎扎实实演下去，持续展示这部剧的魅力，一定会成为一张陕北独有的名片！

2018年10月12日于新城小舍

图书在版编目（CIP）数据

米脂婆姨绥德汉／阿莹著.—西安：陕西人民出版社，2015

ISBN978-7-224-11430-0

Ⅰ.①米… Ⅱ.①阿… Ⅲ.①音乐剧—剧本—中国—当代 Ⅳ.①I233

中国版本图书馆CIP数据核字(2015)第014002号

出 品 人：惠西平

总 策 划：宋亚萍

扉页题字：贺敬之

责任编辑：陶　书

整体设计：哲　峰

米脂婆姨绥德汉

作　　者　阿　莹
出版发行　陕西新华出版传媒集团　陕西人民出版社
（西安北大街147号　邮编：710003）
印　　刷　陕西金和印务有限公司
开　　本　787 mm×1092mm　16开　17.5印张　1插页
字　　数　231千字
版　　次　2015年6月第2版　2019年4月第4次印刷
书　　号　ISBN 978-7-224-11430-0
定　　价　56.00元